U0037391

안녕하세요!

—— 聽得懂說得出，初學到進階，全方位學習！ ——

初學者開口說韓語

DT企劃·張亞薇／著

張舜傑·李佳樺／繪

附MP3
音檔連結
QR Code

笛藤出版

目次

Part2 單字入門通 p.43

Part3 數量稱呼大不同 p.71

● 韓文四十音對照表 ●

母音\子音		ㅏ	ㅑ	ㅓ	ㅕ	ㅗ	ㅛ	ㅜ	ㅠ	ㅡ	ㅣ
		a	ya	eo	yeo	o	yo	u	yu	eu	i
ㄱ	k/g	가 ga	갸 gya	거 geo	겨 gyeo	고 go	교 gyo	구 gu	규 gyu	그 geu	기 gi
ㄴ	n	나 na	냐 nya	너 neo	녀 nyeo	노 no	뇨 nyo	누 nu	뉴 nyu	느 neu	니 ni
ㄷ	t/d	다 da	댜 dya	더 deo	뎌 dyeo	도 do	됴 dyo	두 du	듀 dyu	드 deu	디 di
ㄹ	r	라 ra	랴 rya	러 reo	려 ryeo	로 ro	료 ryo	루 ru	류 ryu	르 reu	리 ri
ㅁ	m	마 ma	먀 mya	머 meo	며 myeo	모 mo	묘 myo	무 mu	뮤 myu	므 meu	미 mi
ㅂ	p/b	바 ba	뱌 bya	버 beo	벼 byeo	보 bo	뵤 byo	부 bu	뷰 byu	브 beu	비 bi
ㅅ	s	사 sa	샤 sya	서 seo	셔 syeo	소 so	쇼 syo	수 su	슈 syu	스 seu	시 si
ㅇ	o	아 a	야 ya	어 eo	여 yeo	오 o	요 yo	우 u	유 yu	으 eu	이 i
ㅈ	j	자 ja	쟈 jya	저 jeo	져 jyeo	조 jo	죠 jyo	주 ju	쥬 jyu	즈 jeu	지 ji
ㅊ	ch	차 cha	챠 chya	처 cheo	쳐 chyeo	초 cho	쵸 chyo	추 chu	츄 chyu	츠 cheu	치 chi
ㅋ	kk	카 ka	캬 kya	커 keo	켜 kyeo	코 ko	쿄 kyo	쿠 ku	큐 kyu	크 keu	키 ki
ㅌ	tt	타 ta	탸 tya	터 teo	텨 tyeo	토 to	툐 tyo	투 tu	튜 tyu	트 teu	티 ti
ㅍ	pp	파 pa	퍄 pya	퍼 peo	펴 pyeo	포 po	표 pyo	푸 pu	퓨 pyu	프 peu	피 pi
ㅎ	h	하 ha	햐 hya	허 heo	혀 hyeo	호 ho	효 hyo	후 hu	휴 hyu	흐 heu	히 hi

母音 / 子音		ㅏ	ㅑ	ㅓ	ㅕ	ㅗ	ㅛ	ㅜ	ㅠ	ㅡ	ㅣ
		a	ya	eo	yeo	o	yo	u	yu	eu	i
ㄲ	gg	까 gga	꺄 ggya	꺼 ggeo	껴 ggyeo	꼬 ggeo	꾜 ggyo	꾸 ggu	뀨 ggyu	끄 ggeu	끼 ggi
ㄸ	dd	따 dda	땨 ddya	떠 ddeo	뗘 ddyeo	또 ddo	뚀 ddyo	뚜 ddu	뜌 ddyu	뜨 ddeu	띠 ddi
ㅃ	bb	빠 bba	뺘 bbya	뻐 bbeo	뼈 bbyeo	뽀 bbo	뾰 bbyo	뿌 bbu	쀼 bbyu	쁘 bbeu	삐 bbi
ㅆ	ss	싸 ssa	쌰 ssya	써 sseo	쎠 ssyeo	쏘 sso	쑈 ssyo	쑤 ssu	쓔 ssyu	쓰 sseu	씨 ssi
ㅉ	jj	짜 jja	쨔 jjya	쩌 jjeo	쪄 jjyeo	쪼 jjo	쬬 jjyo	쭈 jju	쮸 jjyu	쯔 jjeu	찌 jji

雙母音 / 子音	ㅐ	ㅒ	ㅔ	ㅖ	ㅘ	ㅙ	ㅚ	ㅝ	ㅞ	ㅟ	ㅢ
	ae	yae	e	ye	wa	wae	oe	wo	we	wi	ui
ㅇ	애 ae	얘 yae	에 e	예 ye	와 wa	왜 wae	외 oe	워 wo	웨 we	위 wi	의 ui

分類	收尾子音							發音	
1	ㄱ	ㅋ	ㄲ	ㄳ	ㄺ			ㄱ	k
2	ㄴ	ㄵ	ㄶ					ㄴ	n
3	ㄷ	ㅅ	ㅈ	ㅊ	ㅌ	ㅎ	ㅆ	ㄷ	t
4	ㄹ	ㄼ	ㄽ	ㄾ	ㅀ			ㄹ	l
5	ㅁ	ㄻ						ㅁ	m
6	ㅂ	ㅍ	ㅄ	ㄿ				ㅂ	p
7	ㅇ							ㅇ	ng

※ ㄼ 亦發 ㅂ(P) 音。

◆ **MP3音檔連結**
請掃描左方QRcode或輸入網址收聽：

https://bit.ly/Koreanlanguage

（注意英文大小寫區分）

■韓語發音｜俞靖珠・王稚鈞
■中文發音｜常青

안녕히 주무
셨어요 ?
睡的好嗎 ?

打招呼

日常招呼

[安寧]
1 안녕히 주무셨어요 ?
an.nyeong.hi.ju.mu.syeo.sseo.yo
早安。

[安寧]
2 안녕하세요 ?
an.nyeong.ha.se.yo
你好。

[安寧]
3 안녕히 주무세요 .
an.nyeong.hi.ju.mu.se.yo
晚安。（敬語）

4 잘 자 .
jal.ja
晚安。（半語）

[安寧]
5 안녕히 가세요 .
an.nyeong.hi.ka.se.yo
再見。
（敬語，對離開的人說）

[安寧]
6 안녕히 계세요 .
an.nyeong.hi.kye.se.yo
再見。
（敬語，對留在現場的人說）

7 나중에 봐요 .
na.jung.e.pwa.yo
再見、改天見。

↳ 你也可以這樣說喔！

● **다음에 봐요 .**
ta.eu.me.pwa.yo
下次見、改天見。

● **이따가 봐요 .**
i.dda.ga.pwa.yo
待會見。

🐰 [安寧]
안녕하세요? 어떻게 지내세요?　　　你好，最近過得好嗎？
an.nyeong.ha.se.yo.eo.ddeo.kke.ji.nae.se.yo

🐰 네, 잘 지내고 있어요. 김태중 씨는요?　是的，我很好，金泰中
[金泰中]　　　　　　　　　　　　　　　先生你呢？
ne.jal.ji.nae.go.i.sseo.yo.kim.ttae.jung.ssi.neu.nyo

🐰 저도 잘 지내고 있어요.　　　　　　我也很好。
jeo.do.jal.ji.nae.go.i.sseo.yo

🌸 初次見面

[金美靜]
1 제 이름은 김미경이라고 합니다.　　我的名字是金美靜。
je.i.leu.meun.kim.mi.gyeong.i.la.go.ham.ni.da

[美靜]
2 미경이라고 불러 주세요.　　　　　叫我美靜就可以了。
mi.gyeong.i.la.go.pul.leo.ju.se.yo

🐰 [安寧]　　　　　　　[林秀晶]
안녕하세요? 저는 임수정이라고　　你好，我叫林秀晶。
합니다.
an.nyeong.ha.se.yo.jeo.neun.im.su.jeong.i.la.
go.ham.ni.da

[付託]
잘 부탁드립니다.　　　　　　　　請多多指教。
jal.pu.ttak.ddeu.lim.ni.da

🐰 [秀哲]
저는 수철이라고 합니다.　　　　　我叫秀哲。
jeo.neun.su.cheo.li.la.go.ham.ni.da

[付託]
잘 부탁드립니다.　　　　　　　　也請你多多指教。
jal.pu.ttak.ddeu.lim.ni.da

만나서 반갑습니다.　　　　　　　很高興見到你。
man.na.seo.pan.gap.sseum.ni.da

到別人家拜訪

會話 ❶

[罪悚]
죄송합니다 .
joe.song.ham.ni.da
打擾了。

들어오세요 .
teu.leo.o.se.yo
請進。

會話 ❷

마실 거 드릴까요 ?
ma.sil-ggeo-deu.lil.kka.yo
要不要喝點東西呢？

괜찮아요 .
kwaen.cha.na.yo
不用麻煩了。

到別人公司

會話

[失禮]
실례합니다 .
sil.le.ham.ni.da
打擾了。

들어오세요 .
teu.leo.o.se.yo
請進。

들어오세요
快進來

다음에
또 만나요 .
下次見

告別語

日常告別

會話

[來日]
내일 만나요 .
nae.il-man.na.yo

明天見。

[來日]
내일 봐요 .
nae.il-pwa.yo

明天見。

[操心]
조심히 가세요 .
jo.si.mi-ka.se.yo

路上小心。

拜訪結束

1 귀찮게 해드려서 죄송해요 .
kwi.chan.kke-hae.deu.lyeo.seo-joe.song.hae.yo

[罪悚]

不好意思打擾您了。

2 먼저 갈게요 .
meon.jeo-kal.gge.yo

先告辭了。

會話 ①

가야 될 것 같아요 .
ka.ya-toel-ggeot-gga.tta.yo

我差不多該走了。

그래요 . 다음에 또 놀러 오세요 .
keu.lae.yo-ta.eu.me-ddo-nol.leo-o.se.yo

這樣啊,下次再來玩。

가야 되겠어요 .　　　　　　　　　　　　　我得走了。
ka.ya-toe.ge.sseo.yo

[時間]
아쉽네요 . 시간이 되면 또 놀러 오세요 . 真可惜，有空再來玩。
a.swim.ne.yo-si.ga.ni-toe.myeon-ddo-nol.
leo-o.se.yo

꼭이요 .　　　　　　　　　　　　　　　　一定會的！
ggo.gi.yo

[招待]
초대해 주셔서 고마워요 .　　　　　　今天非常謝謝您的招待。
cho.dae.hae-ju.syeo.seo-ko.ma.wo.yo

별 말씀을요 .　　　　　　　　　　　　哪裡，
　　　　　　　　　　　　　　　　　　　有時間的話，歡迎再來。
[時間]
시간이 나면 또 놀러 오세요 .
pyeol-mal.sseu.meu.lyo-si.ga.ni-na.
myeon-ddo-nol.leo-o.se.yo

 抒發感想

 오늘 즐거웠어요 .　　　　　　　　　我今天過得很愉快。
o.neul-jeul.geo.wo.sseo.yo

 저도요 .　　　　　　　　　　　　　　我也是。
jeo.do.yo

이야기를 나눠서 너무 즐거웠어요 .
i.ya.gi.leul-na.nwo.seo-neo.mu-jeul.geo.wo.sseo.yo

很高興能夠和你聊天。

저도요 .
jeo.do.yo

我也是。

下班先行離開

會話

(下屬) 먼저 가겠습니다 .
meon.jeo-ka.get.sseum.ni.da

我先走了。

(上司) 수고해 .
su.go.hae

辛苦了。

(同事) 수고해요 .
su.go.hae.yo

辛苦了。

(下屬) 수고하십시오 . / 수고하세요 .
su.go.ha.sip.ssi.o / su.go.ha.se.yo

辛苦了。

托人轉告事情

會話 ①

[秀珍]   [傳]
수진 씨한테 전해 주세요 .
su.jin-ssi.han.tte-cheo.nae-chu.se.yo

請代我向秀珍小姐
說一聲。

[傳]
네 , 전해 드릴게요 .
ne-jeo.nae-teu.lil.gge.yo

好的，我會轉告她的。

[安否] [傳]
안부를 전해 주세요 .　　　　　　代我向大家問好。
an.bu.leul-jeo.nae-ju.se.yo

[傳]
네 , 전해 줄게요 .　　　　　　　好的，我會替你轉達。
ne-jeo.nae-jul.gge.yo

會話❸

[miss朴] [傳]
이걸 미쓰 박한테 전해 주세요 .　麻煩你把這個交給
i-geol-mi.sseu-pa.kkan.tte-jeo.nae-ju.　朴小姐。
se.yo

그럴게요 .　　　　　　　　　　好的。
keu.leol.gge.yo

約定下次相見

會話❶

언제 또 만날까요 ?　　　　　　下次何時可以見面呢？
eon.je-ddo-man.nal.gga.yo

[週] [火曜日]
다음 주 화요일은 어때요 ?　　　下星期二如何？
ta.eum.ju-hwa.yo.i.leun-eo.ddae.yo

좋아요 .　　　　　　　　　　　好啊。
jo.a.yo

[週] [火曜日]
다음 주 화요일날에 봐요 .　　　下星期二見囉！
ta.eum.ju-hwa.yo.il.la.le-pwa.yo

會話②

잘 가요 . 다음에 봐요 .
jal-ga.yo-ta.eu.me-pwa.yo
保重。下次見！

그래 , 다음에 봐 .
keu.lae-ta.eu.me-pwa
嗯，下次再見。

會話③

다음에 또 만나요 .
ta.eu.me-ddo-man.na.yo
改天再見面吧！

[連絡]
그래요 . 연락해 주세요 .
keu.lae.yo-yeol.la.kkae-ju.se.yo
好啊，請再跟我連絡。

探訪完病人時

1 몸을 잘 챙기세요 .
mo.meul-jal-chaeng.gi.se.yo
多保重。

[完快]
2 빨리 완쾌하길 바라요 .
bbal.li-wan.kkwae.ha.gil-pa.la.yo
祝你早日康復。

要分離很久時

會話

[調理]
몸조리 잘하세요 .
mom.jo.li-cha.la.se.yo
請好好保重身體。

당신도요 .
tang.sin.do.yo
你也保重。

[email]
이메일을 기다릴게요 .
i.me.i.leul-ki.da.lil.gge.yo
期待你的 email。

축하해요！
恭喜你！

祝賀語

日常祝賀語

[祝賀]
1 축하해요 .
chu.kka.hae.yo
恭喜。

[入學] [卒業] [祝賀]
2 입학／졸업을 축하해요 .
i.ppak-jo.leo.beul-chu.kka.hae.yo
恭喜你入學／畢業。

[就職] [祝賀]
3 취직을 축하해요 .
chwi.ji.geul-chu.kka.hae.yo
恭喜你就職。

[昇進] [祝賀]
4 승진을 축하드립니다 .
seung.ji.neul-chu.kka.deu.lim.ni.da
恭喜你升職。

[退院] [祝賀]
5 퇴원을 축하드려요 .
ttoe.wo.neul-chu.kka.deu.lyeo.yo
恭喜你出院。

[成人]
6 성인이 된 것을 축하해요 .
seong.i.ni-toen.keo.seul-chu.kka.hae.yo
恭喜你成年。

[新婚]
7 신혼을 잘 보내세요 .
si.no.neul-jal-po.nae.se.yo
新婚愉快。

[生日祝賀]
8 생일 축하해요 .
saeng.il-chu.kka.hae.yo
生日快樂。

[merry christmas]
9 메리 크리스마스 .
me.li-kkeu.li.seu.ma.seu
聖誕快樂。

[結婚紀念日] [祝賀]
10 결혼기념일을 축하합니다 .
kyeo.lon.gi.nyeo.mi.leul-chu.kka.ham.ni.da
結婚紀念日快樂。

11 어버이날 잘 보내세요 .
eo.beo.i.nal-jal-po.nae.se.yo
（韓國的父親節和母親節為同一天，在每年的五月八日）
父母節快樂。

新年祝賀語

1 새해 복[福] 많이 받으세요 .
sae.hae-pong-ma.ni-pa.deu.se.yo

新年快樂。

2 지난 일년[一年]동안 많이 챙겨 주셔서
감사[感謝]합니다 .
ji.nan-il.lyeon.dong.an-ma.ni-chaeng.
gyeo-ju.syeo.seo-kam.sa.ham.ni.da

謝謝過去一年的關照。

3 올해 모든 일이 잘 풀리길 바라요 .
o.lae-mo.deun-i.li-jal-ppul.li.gil-pa.la.yo

祝你今年事事如意。

會話

새해 복[福] 많이 받으세요 .
sae.hae-pong-ma.ni-pa.deu.se.yo

新年快樂。

올해도 잘 부탁[付託]드립니다 .
o.lae.do-jal-pu.ttak.ddeu.lim.ni.da

今年還請多多關照。

별[別]말씀을요 . 저도 잘 부탁[付託]드립니다 .
pyeol-mal.sseu.meu.lyo-jeo.do-jal-pu.
ttak.ddeu.lim.ni.da

哪裡哪裡。
我也要請你多多關照。

생일
축하해요 !
生日快樂！

죄송해요！
對不起！

感謝、道歉

日常感謝語

[正] [感謝]
1 정말 감사합니다.
jeong.mal-kam.sa.ham.ni.da

非常謝謝你。

會話

[感謝]
감사합니다.
kam.sa.ham.ni.da

謝謝你。

[千萬]
천만에요.
cheon.ma.ne.yo

不客氣。

接受別人幫忙

[感謝]
1 도와 주셔서 감사합니다.
to.wa-ju.syeo.seo-kam.sa.ham.ni.da

謝謝你的關照。

2 수고하셨어요.
su.go.ha.syeo.sseo.yo

真是辛苦你了。

3 고맙지만 마음만 받을게요.
ko.map.jji.man-ma.eum.man-pa.deul.gge.yo

多謝你的好意，
我心領了。

會話❶

[正]
정말 많은 도움을 주셨어요.
jeong.mal-ma.neun-to.u.meul-ju.syeo.sseo.yo

你真的幫了我一個大忙。

아니요. 일이 있으면 말해요.
a.ni.yo-i.li-i.sseu.myeon-ma.lae.yo

哪裡。有問題隨時都
歡迎。

會話 ❶

🧑 **잘 챙겨 주셔서 고마워요 .**
jal-chaeng.gyeo-ju.syeo.seo-ko.ma.wo.yo
承蒙您多方關照。

🐰 [別]
별말씀을요 .
pyeol-mal.sseu.meu.lyo
哪裡哪裡。

道歉與回應

● 道歉

[未安]
1 **미안합니다 .**
mi.a.nam.ni.da
對不起。

[失禮]
2 **실례합니다 .**
sil.le.ham.ni.da
不好意思。

[罪悚]
3 **죄송합니다 .**
joe.song.ham.ni.da
抱歉。

4 **수고하셨어요 .**
su.go.ha.syeo.sseo.yo
真是麻煩／辛苦您了。

[不便]　　　　　[罪悚]
5 **불편을 드려서 죄송합니다 .**
pul.ppyeo.neul-teu.lyeo.seo-joe.song.ham.ni.da
不好意思給您帶來困擾。

[正]　　　[未安]
6 **정말 미안해요 .**
jeong.mal-mi.a.nae.yo
非常對不起。

● 回應

1 **걱정하지 말아요 .**
keok.jjeong.ha.ji-ma.la.yo
不用擔心。

2 **신경 쓰지 마세요 .**
sin.gyeong.sseu.ji.ma.se.yo
請不要放在心上。

3 **걱정하지 마세요 .**
keok.jjeong.ha.ji-ma.se.yo
請你不用擔心。

讓別人久等時

會話 ❶

많이 기다렸죠?
ma.ni-ki.da.lyeot.jjyo

你等很久了吧?

괜찮아요. 저도 방금[方今] 왔어요.
kwaen.cha.na.yo-jeo.do-pang.
geum-wa.sseo.yo

沒關係,我也剛到而已。

會話 ❷

많이 기다렸어요?
ma.ni-ki.da.lyeo.sseo.yo

等很久了嗎?

괜찮아요. 저도 이제 막 도착[到著]했는데요.
kwaen.cha.na.yo-jeo.do-i.je-mak-to.
cha.kkaen.neun.de.yo

沒關係,
我也才剛到而已。

會話 ❸

늦어서 미안[未安]해요.
neu.jeo.seo-mi.a.nae.yo

對不起,我遲到了。

괜찮아요.
kwaen.cha.na.yo

沒關係。

학교에
늦었어요!
上學要遲到了!

도와주세요！
請幫幫我！

拜託

麻煩別人

會話 ❶

[付託]
부탁드려요 .
pu.ttak.ddeu.lyeo.yo

拜託，麻煩您了。

네 . 알겠습니다 . 제가 다 해 드릴게요 .
ne-al.get.sseum.ni.da-je.ga-ta-hae-teu.
lil.gge.yo

好的，了解了，
包在我身上。

會話 ❷

[付託]
부탁 하나만 들어 줘도 돼요 ?
pu.ttak-ha.na.man-teu.leo-jwo.do-twae.yo

可以拜託你一下嗎？

그래요 . 좋아요 .
keu.lae.yo-jo.a.yo

可以啊，沒問題！

會話 ❸

[罪悚]
죄송합니다 .
joe.song.ham.ni.da

打擾一下了。

들어오세요 .
teu.leo.o.se.yo

請進。

會話❹

도와 주실 수 있으세요 ?
to.wa-ju.sil-ssu-i.sseu.se.yo

可以請你幫一下忙嗎 ?

 그럴게요 .
keu.leol.gge.yo

我很樂意。

請別人等一下

1 잠깐만요 .
jam.ggan.ma.nyo

請等一下。

2 조금만 기다려 주세요 .
jo.geum.man-ki.da.lyeo-ju.se.yo

請稍等一下。

3 조금만 기다려 주시겠어요 ?
jo.geum.man-ki.da.lyeo-ju.si.ge.sseo.yo

能不能請你稍待片刻 ?

4 2,3 분[分] 더 기다려 주시겠어요 ?
i.sam.bun-teo-ki.da.lyeo-ju.si.ge.sseo.yo

能不能請你再稍等兩、
三分鐘 ?

5 30 분[分] 늦게 도착[到著]할 것 같아요 .
sam.sip.bbun-neut.gge-to.cha.
kkal-ggeot-gga.tta.yo

我大概會晚三十分鐘
到。

잠깐만 기다려
주세요 !
等我一下 !

여기가 어디예요?
這裡是哪裡？

問 路

問路

[罪悚]
1 죄송한데 길을 좀 물어보려고요 .
joe.song.han.de-ki.leul-jom-mu.
leo-bo.lyeo.go.yo

對不起，我想問個路。

[南山tower]　　　　[首爾驛近處]
2 남산타워는 서울역 근처에 있어요 ?
nam.san.tta.wo.neun-seo.ul.lyeok-keun.
cheo.e-i.sseo.yo

南山塔在首爾車站附近嗎？

[程度]
3 여기서 저기까지 어느 정도 걸려요 ?
yeo.gi.seo-jeo.gi.gga.ji-eo.neu-jeong.
do-keol.lyeo.yo

從這裡到那裡有多遠？

[時間]
4 걸어가면 시간이 얼마나 걸려요 ?
keo.leo.ga.myeon-si.ga.ni-eol.ma.
na-keol.lyeo.yo

走路要花多久時間呢？

[鍾路]
5 종로에 가려면 어떻게 가요 ?
jong.no.e-ka.lyeo.myeon-eo.ddeo.
kke-ka.yo

如果要去鐘路該怎麼走？

[地圖]
6 지도를 그려 주시겠어요 ?
ji.do.leul-keu.lyeo-ju.si.ge.sseo.yo

可以幫我畫一下地圖嗎？

[地圖]　　　　[現位置]
7 이 지도에서 현위치가 어디에 있죠 ?
i-ji.do.e.seo-hyeo.nwi.chi.ga-eo.di.e-it.jjyo

以這地圖來看，我們現在在哪裡呢？

[地下鐵驛]
8 여기 지하철역이 있나요 ?
yeo.gi-ji.ha.cheol.lyeo.gi-in.na.yo

這附近有沒有地鐵車站？

[明洞]
9 명동에 가는 길이 어느 쪽이죠 ?
myeong.dong.e-ka.neun-ki.li-eo.neu.jjo.gi.jyo

往明洞該走哪一條路呢？

10 길을 잃어버렸어요 .
ki.leul-i.leo.beo.lyeo.sseo.yo

我迷路了。

PART1 會話即時通 31

알겠습니다！
我知道了！

答覆

肯定的回答

1 네 .
ne

是的。

2 네 , 알겠습니다 .
ne-al.get.sseum.ni.da

我懂了，我知道了。

3 알아요 .
a.la.yo

我知道。

4 저도 그렇게 생각해요 .
jeo.do-keu.leo.kke-saeng.ga.kkae.yo

我也這麼覺得。

5 알았어요 .
a.la.sseo.yo

我明白了。

6 생각이 나요 .
saeng.ga.gi-na.yo

我記得。

7 틀림없어요 .
tteul.li.meop.sseo.yo

沒有錯。

8 그래요 .
keu.lae.yo

確實如此。

9 맞아요 .
ma.ja.yo

對的。

32 ● 答覆

否定的回答

1 아니에요 .
a.ni.e.yo
不是。

2 모르겠어요 .
mo.leu.ge.sseo.yo
我不懂、我不知道。

3 잘 모르겠는데요 .
jal-mo.leu.gen.neun.de.yo
我不是很清楚。

4 저 그렇게 생각하지 않아요 .
jeo-keu.leo.kke-saeng.ga.kka.ji-a.na.yo
我不這麼覺得。

5 그거 저도 모르겠어요 .
keu.geo-jeo.do-mo.leu.ge.sseo.yo
這我也不知道。

[記憶]
6 기억이 잘 안 나요 .
ki.eo.gi-jal-an-na.yo
我不太記得。

7 아니요 .
a.ni.yo
不對。

8 그렇지 않아요 .
keu.leo.chi-a.na.yo
並非如此。

9 아니요 . 안 그래요 .
a.ni.yo-an-keu.lae.yo
不、不是這樣的

[誤會]
10 오해하지 마요 .
o.hae.ha.ji-ma.yo
請不要誤會。

拒絕

1 됐어요 .
twae.sseo.yo
不用了。

[必要]
2 필요없어요 .
ppi.lyo.eop.sseo.yo
我不需要。

[別]
3 별로 좋아하지 않아요 .
pyeol.lo.jo.a.ha.ji.a.na.yo
我不太喜歡。

[罪悚]
4 죄송한데 . 전 할 줄 몰라요 .
joe.song.han.de.jeon-hal-jul-mol.la.yo
抱歉，我不會。

5 저 못해요 .
jeo-mo.ttae.yo
我做不到。

무슨
뜻이에요?
什麼意思？

語言不通

聽不懂韓語時

1 죄송한데 아까 못 들었어요 .
joe.song.han.de.a.gga-mot-ddeu.
leo.sseo.yo
對不起，
我剛剛沒聽到。

2 다시 한번 말해 주세요 .
ta.si-han.beon-ma.lae-ju.se.yo
麻煩你再說一次。

3 천천히 말씀을 해 주시겠습니까 ?
cheon.cheo.ni-mal.sseu.meul-hae-ju.
si.get.sseum.ni.gga
可以請你說慢一點嗎？

[英語]
4 영어로 말해 주세요 .
yeong.eo.lo-ma.lae-ju.se.yo
麻煩你用英文說。

5 그분이 아까 뭐라고 하셨어요 ?
keu.bu.ni-a.gga-mwo.la.go-ha.syeo.sseo.yo
他剛剛說什麼？

6 무슨 뜻이에요 ?　　　　　　　　　　　什麼意思？
mu.seun-ddeu.si.e.yo

7 여기에다 적어 주세요 .　　　　　　　幫我寫在這。
yeo.gi.e.da-jeo.geo-ju.se.yo

告訴對方自己不會韓語

[韓國語]
1 제 한국어가 좀 서툴러요 .　　　　　　我不太會講韓語。
je-han.gu.geo.ga-jom-seo.ttul.leo.yo

[完全]
2 완전히 못해요 .　　　　　　　　　　我完全不會。
wan.jeo.ni-mo.ttae.yo

↳ 加上程度副詞，可以讓對方更了解你的理解狀況喔！

肯定說法	● 잘 알아요 . jal-a.la.yo	我非常了解。
	● 대충 알아요 . tae.chung-a.la.yo	我大概知道。
	● 조금 알아요 . jo.geum-a.la.yo	我稍微知道
否定說法	● 잘 모르겠어요 . jal-mo.leu.ge.sseo.yo	我不太知道。
	[完全] ● 완전히 몰라요 . wan.jeo.ni-mol.la.yo	我完全不知道。

Can I find the supermarket in this way!?

自我介紹

어디에 사세요?
你住在哪裡？

初次見面的對話

會話 ①

성함이 어떻게 되세요？
seong.ha.mi-eo.ddeo.kke-toe.se.yo

可以請教你的大名嗎？

[美靜]
미정이라고 해요.
mi.jeong.i.la.go-hae.yo

我叫美靜。

會話 ②

어디서 오셨어요？
eo.di.seo-o.syeo.sseo.yo

你從哪裡來的？

[台灣]
저는 대만에서 왔어요.
jeo.neun-tae.ma.ne.seo-wa.sseo.yo

我從台灣來的。

會話 ③

어느 나라에서 왔어요？
eo.neu.na.la.e.seo-wa.sseo.yo

你來自哪一國？

[台灣]
대만요.
tae.ma.nyo

台灣。

會話 ④

[韓國]
한국에 온 지 얼마나 됐어요？
han.gu.ge-on-ji-eol.ma.na-twae.sseo.yo

你來韓國多久了？

[年半]
1 년 반이 됐어요.
il.lyeon-pa.ni-twae.sseo.yo

一年半。

[韓國]
어떻게 한국에 왔어요 ?
eo.ddeo.kke-han.gu.ge-wa.sseo.yo

你為什麼來韓國呢？

[韓國語]
한국어를 배우러 왔어요 .
han.gu.geo.leul-pae.u.leo-wa.sseo.yo

我是來學韓語的。

[旅行社]
여행사를 끼고 왔어요 ?
yeo.haeng.sa.leul-ggi.go-wa.sseo.yo

你是跟團來的嗎？

아니요 . 저 혼자 왔어요 .
a.ni.yo-jeo-hon.ja-wa.sseo.yo

不是，我一個人來的。

[泊]   [日]   [背囊旅行]
2 박 3 일 배낭여행을 하러 왔어요 .
i.bak-sa.mil-pae.nang.yeo.haeng.eul-ha.leo-wa.
sseo.yo

我參加三天兩夜的
自由行。

↳ 你也可以這樣回答 :

[觀光]
●관광하러 왔어요 .
kwan.gwang.ha.leo-wa.sseo.yo

我是來觀光的。

[business]
●비즈니스로 왔어요 .
pi.jeu.ni.seu.lo-wa.sseo.yo

我是來工作的。

[出張]
●출장하러 왔어요 .
chul.jjang.ha.leo-wa.sseo.yo

我是來出差的。

●콘서트를 보러 왔어요 .
kkon.seo.tteu.leul-po.leo-wa.
sseo.yo

我是來看演唱會的。

[工夫]
어디서 공부해요 ?
eo.di.seo-kong.bu.hae.yo

你在哪裡唸書呢？

[首爾大]
서울대에 다니고 있어요 .
seo.ul.dae.e-ta.ni.go-i.sseo.yo

我在首爾大學唸書。

會話⑧

어떤 일을 해요?
eo.ddeon-ni.leul-hae.yo

你在做什麼工作呢?

[通譯]
통역 일을 하고 있어요 .
tong.yeok-i.leul-ha.go-i.sseo.yo

我在做口譯。

會話⑨

어디에 사세요?
eo.di.e-sa.se.yo

你住在哪裡?

[江南]
집이 강남요 .
ji.bi-kang.na.myo

我家在江南。

會話⑩

[映畫]
영화를 좋아하세요?
yeong.hwa.leul-jo.a.ha.se.yo

你喜歡看電影嗎?

아주 좋아해요 .
a.ju-jo.a.hae.yo

非常喜歡。

會話⑪

[趣味]
취미가 뭐예요?
chwi.mi.ga-mwo.ye.yo

你的興趣是什麼?

[趣味]　　　[piano]
취미는 피아노 치기요 .
chwi.mi.neun-pi.a.no.chi.gi.yo

我的興趣是彈鋼琴。

會話⑫

[韓國]
한국에 얼마동안 있을 거예요 ?
han.gu.ge-eol.ma.dong.an-i.sseul-ggeo.ye.yo

你預定在韓國待多久?

[個月]
10 개월요 .
sip.ggae.wo.lyo

十個月。

누구세요?
你是誰？

詢問

針對語言詢問

1 이 글씨는 어떻게 읽어요？
i-keul.ssi.neun-eo.ddeo.kke-il.geo.yo

這個字怎麼唸？

[單語]
2 이 단어는 무슨 뜻이에요？
i-ta.neo.neun-mu.seun-ddeu.si.e.yo

這個字是什麼意思？

[韓國語]
3 이거 한국어로 어떻게 말해요？
i.geo-han.gu.geo.lo-eo.ddeo.kke-ma.lae.yo

這個用韓文怎麼說？

詢問地點

1 여기가 어디예요？
yeo.gi.ga-eo.di.ye.yo

這裡是哪裡？

[化妝室]
2 화장실이 어디예요？
hwa.jang.si.li-eo.di.ye.yo

洗手間在哪裡？

詢問人

1 그 사람이 누구예요？
keu.sa.la.mi-nu.gu.ye.yo

那個人是誰？

2 그분이 누구세요？
keu.bu.ni-nu.gu.se.yo

他是哪位？

詢問原因、理由

1 왜요？
wae.yo

為什麼？

2 어떻게 불이 났어요？
eo.ddeo.kke-pu.li-na.sseo.yo

為什麼會發生火災？

3 [原因] 원인이 뭐예요?
wo.ni.ni-mwo.ye.yo

原因是什麼？

4 [仔細] 자세히 [說明] 설명해 주세요.
ja.se.hi-seol.myeong.hae-ju.se.yo

請你詳細說明。

5 [理由] 이유를 말해 주세요.
i.yu.leul-ma.lae-ju.se.yo

請你告訴我理由。

會話 ❶

무슨 일이 있었어요?
mu.seun-ni.li-i.sseo.sseo.yo

發生了什麼事？

[交通事故] 교통사고가 났어요.
kyo.ttong.sa.go.ga-na.sseo.yo

出車禍了。

會話 ❷

어떻게 됐어요?
eo.ddeo.kke-twae.sseo.yo

怎麼了？

[化妝室] 화장실 물이 안 나와요.
hwa.jang.sil-mu.li-an-na.wa.yo

廁所的水流不出來。

會話 ❸

[通行禁止] 오늘 이 길은 통행금지입니다.
o.neul-i-ki.leun-ttong.haeng.geum.ji.im.ni.da

今天這條路禁止通行。

왜요?
wae.yo

為什麼？

[marathon大會] 마라톤대회 때문요.
ma.la.tton.dae.hoe-ddae.mu.nyo

因為有馬拉松比賽。

1 이렇게 해도 돼요 ?　　　　　　　　　這樣可以嗎？
　 i.leo.kke-hae.do-twae.yo
　 [寫真]
2 사진을 찍어도 되나요 ?　　　　　　　可以拍照嗎？
　 sa.ji.neul-jji.geo.do-toe.na.yo

3 담배를 피워도 되나요 ?　　　　　　　可以抽菸嗎？
　 tam.bae.leul-ppi.wo.do-toe.na.yo

4 보여 줄 수 있나요 ?　　　　　　　　　可以讓我看一下嗎？
　 po.yeo-jul-su-in.na.yo

5 여기서 앉아도 돼요 ?　　　　　　　　我可以坐這裡嗎？
　 yeo.gi.seo-an.ja.do-twae.yo
　 [罪悚]
6 죄송한데요 .　　　　　　　　　　　　不好意思
　 joe.song.han.de.yo

7 입어 봐도 돼요 ?　　　　　　　　　　可以試穿嗎？
　 i.beo-pwa.do-twae.yo
　 [試食]
8 시식해도 돼요 ?　　　　　　　　　　可以試吃嗎？
　 si.si.kkae.do-twae.yo

9 써 볼 수 있어요 ?　　　　　　　　　　可以試用嗎？
　 sseo-pol-su-i.sseo.yo

10 만져 봐도 돼요 ?　　　　　　　　　可以摸摸看嗎？
　 man.jyeo-pwa.do-twae.yo

韓國的燒酒文化

　　韓國是個無酒不歡的國家,不只是特殊節慶的日子,就連一般的聚會上也都一定要喝個痛快才行。愛喝酒的程度甚至讓韓國的燒酒品牌「真露」,一躍成為世界銷量最高的蒸餾酒!然而燒酒的崛起卻是一段略顯哀愁的故事。

　　西元1965年到1999年間,韓國正面臨糧食短缺的問題,為此政府下令禁止使用穀物釀酒。生活已經很辛苦了還要過著沒有酒喝的日子,除了人民們苦不堪言之外,更有許多廠商因此倒閉。釀酒商轉用甘藷來提煉酒精,再加入水和香料使其順口,才演變成現在的燒酒。這個研發出來的新味道可能不是很好,甚至有人說喝起來就像工業酒精,但它低廉的價格在當時的韓國成為了一種救贖。

　　不管是大學生還是上班族的大叔,一起出去吃飯喝酒是增進感情最快的方法。新進員工歡迎會、大學社團聯誼會、女子會等等,各式各樣的聚會都少不了燒酒,因此每到夜晚總是能看到成群的人們一攤接一攤地喝。

　　在韓國,喝酒的時候也有一套禮儀。像是在長輩面前要側過身喝酒、乾杯的時候杯子要拿的比長輩低一點、倒酒時要等對方杯子空了才可以幫忙加滿等等,看韓劇的時候可以多多觀察這些有趣的文化。

　　除了原味之外最近也推出葡萄柚、柚子、水蜜桃等等口味,跟原本的燒酒比起來口味豐富許多,廣受女性的歡迎。到韓國旅遊的時候不妨邊吃烤肉邊小酌一杯,跟朋友一起度過快樂的晚餐時間,體會韓國式的夜晚!

　　一瓶台幣30元左右的親民價格,卻能串起每個孤單寂寞的靈魂,更發展出許多特殊的文化,這就是燒酒的力量。

PART 2

單字入門通

代名詞

🌸 **你我他**

1 저
jeo
我（謙稱）

2 나
na
我

3 저희／저희들
jeo.hi / jeo.hi.deul
我們（謙稱）

4 우리／우리들
wu.li / wu.li.deul
我們

[當身]
5 당신
tang.sin
您（尊稱）

6 너
neo
你

7 여러분
yeo.leo.bun
你們、各位（尊稱）

8 너희／너희들
neo.hi / neo.hi.deul
你們

9 ～들
deul
～們

10 그분
keu.bun
他／她（尊稱）

[女]
11 그녀
keu.nyeo
她

12 그
keu
他

13 그들
keu.deul
他們／她們

14 이것／저것／그것
i.geot／jeo.geot／keu.geot
這個／那個／那個

15 이것들／저것들／그것들
i.geot.ddeul／jeo.geot.ddeul／keu.geot.ddeul
這些／那些／那些

16 이／저／그
i／jeo／keu
這／那／那

17 저의／제
jeo.e／je
我的（謙稱）

18 나의／내
na.e／nae
我的

[當身]
19 당신의
tang.si.ne
您的（尊稱）

20 너의／네
neo.e／ne
你的

21 ～의
e
～的

家庭成員

아버지 a.beo.ji 父親	어머니 eo.meo.ni 母親	[兄] [男叫男]　　[女叫男] 형　／오빠 hyeong ／ o.bba 哥哥	[男叫女]　[女叫女] 누나／언니 nu.na ／ eon.ni 姊姊
남동생 nam.dong.saeng 弟弟	여동생 yeo.dong.saeng 妹妹	할아버지 ha.la.beo.ji ／ [外] 외할아버지 oe.ha.la.beo.ji 祖父／外公	할머니 hal.meo.ni ／ [外] 외할머니 oe.hal.meo.ni 祖母／外婆
작은아버지 ja.geu.na.beo.ji ／ 큰아버지 kkeu.na.beo.ji 叔叔／伯伯	[姑母]　　[姨母] 고모／이모 ko.mo ／ i.mo 姑姑／阿姨	[四寸]　　　[外四寸] 사촌／외사촌 sa.chon ／ oe.sa.chon 堂兄弟姐妹／ 表兄弟姊妹	[夫人] 부인 pu.in ／ [男便] 남편 분 nam.ppyeon.bun 夫人／先生
[外三寸] 외삼촌 oe.sam.chon 舅舅	아들／아드님 a.deul ／ a.deu.nim 兒子／令郎	딸／따님 ddal ／ dda.nim 女兒／令嬡	[子女] 자녀 cha.nyeo 子女

形容詞

 對比詞

좋다 jo.tta 好	나쁘다 na.bbeu.da 壞	굵다 kuk.dda 粗	가늘다 ka.neul.da 細
뚱뚱하다 ddung.ddung.ha.da 胖	마르다 ma.leu.da 瘦	이르다 i.leu.da 早	늦다 neut.dda 晚
두껍다 tu.ggeop.dda 厚	얇다 yal.da 薄	빠르다 bba.leu.da 快	느리다 neu.li.da 慢
길다 kil.da 長	짧다 jjal.da 短	넓다 neol.da 寬廣	좁다 jop.dda 狹窄
부드럽다 pu.deu.leop.dda 軟	딱딱하다 ddak.dda.kka.da 硬	크다 kkeu.da 大	작다 jak.dda 小
[強] 강하다 kang.ha.da 強	[弱] 약하다 ya.kka.da 弱	무겁다 mu.geop.dda 重	가볍다 ka.byeop.dda 輕

쉽다 swip.dda 容易		어렵다 eo.lyeop.dda 難	높다 nop.dda 高		낮다 nat.dda 低
멀다 meol.da 遠		가깝다 ka.ggap.dda 近	비싸다 pi.ssa.da 貴		싸다 ssa.da 便宜
조이다 jo.i.da 緊		헐렁하다 heol.leong.ha.da 鬆	[津] 진하다 chi.na.da 濃		옅다 yeot.da 淡

달다 tal.da 甜	맵다 maep.dda 辣	짜다 jja.da 鹹	쓰다 sseu.da 苦

시다 si.da 酸	맛있다 ma.sit.dda 好吃	맛없다 ma.deop.dda 難吃

동글다 tong.geul.da 圓的	[四角型] 네모나다／사각형 ne.mo.na.da ／ sa.ga.kkyeong 方形的／四角型

數字

漢語數字

[零] [空] 영／공 yeong／kong 0／零	[一/壹] 일 il 一	[二/貳] 이 i 二	[三] 삼 sam 三
[四] 사 sa 四	[五] 오 o 五	[六] 육 yuk 六	[七] 칠 chil 七
[八] 팔 ppal 八	[九] 구 ku 九	[十] 십 sip 十	십일 si.bil 十一
십이 si.bi 十二	십삼 sip.ssam 十三	십사 sip.ssa 十四	십오 si.bo 十五
십육 sim.nyuk 十六	십칠 sip.chil 十七	십팔 sip.ppal 十八	십구 sip.ggu 十九
이십 i.sip 二十	삼십 sam.sip 三十	사십 sa.sip 四十	오십 o.sip 五十
육십 yuk.ssip 六十	칠십 chil.ssip 七十	팔십 ppal.ssip 八十	구십 ku.sip 九十

백 [百]	이백	삼백	사백
paek	i.baek	sam.baek	sa.baek
一百	兩百	三百	四百
오백	육백	칠백	팔백
o.baek	yuk.bbaek	chil.baek	ppal.baek
五百	六百	七百	八百
구백	천 [千]	이천	삼천
ku.baek	cheon	i.cheon	sam.cheon
九百	一千	兩千	三千
사천	오천	육천	칠천
sa.cheon	o.cheon	yuk.cheon	chil.cheon
四千	五千	六千	七千
팔천	구천	만 [萬]	십만
ppal.cheon	ku.cheon	man	sim.man
八千	九千	一萬	十萬
백만 [百萬]	천만 [千萬]	억 [億]	
paeng.man	cheon.man	eok	
一百萬	一千萬	一億	

그러네 .
對啊

날씨가 좋다 .
天氣真好

하나 ha.na 1	둘 tul 2	셋 set 3	넷 net 4
다섯 ta.seot 5	여섯 yeo.seot 6	일곱 il.gop 7	여덟 yeo.deol 8
아홉 a.hop 9	열 yeol 10	열 하나 yeol.ha.na 11	열 둘 yeol.dul 12
열 셋 yeol.set 13	열 넷 yeol.let 14	열 다섯 yeol.da.seot 15	열 여섯 yeo.lyeo.seot 16
열 일곱 yeo.lil.gop 17	열 여덟 yeo.leo.deol 18	열 아홉 yeo.la.hop 19	스물 seu.mul 20
서른 seo.leun 30	마흔 ma.heun 40	쉰 swin 50	예순 ye.sun 60
일흔 i.leun 70	여든 yeo.deun 80	아흔 a.heun 90	

감기에 걸렸어요.
我感冒了

時間

 月份

1 몇 월요? [月]
myeo-dwo.lyo

幾月？

1月	일 월 [月] i.lwol 一月

2月	이 월 [月] i.wol 二月

3月	삼 월 [月] sa.mwol 三月

4月	사 월 [月] sa.wol 四月

5月	오 월 [月] o.wol 五月

6月	유 월 [月] yu.wol 六月

7月	칠 월 [月] chi.lwol 七月

8月	팔 월 [月] ppa.lwol 八月

9月	구 월 [月] ku.wol 九月

10日	시 월 [月] si.wol 十月

십일 월 [月]
si.bi.lwol
十一月

십이 월 [月]
si.bi.wol
十二月

日期

1 며칠요 ?
myeo.chi.lyo

幾號？

일 일 [日]
i.lil
一號

이 일 [日]
i.il
二號

삼 일 [日]
sa.mil
三號

사 일 [日]
sa.il
四號

오 일 [日]
o.il
五號

육 일 [日]
yu.gil
六號

칠 일 [日]
chi.lil
七號

팔 일 [日]
ppa.lil
八號

구 일 [日]
ku.il
九號

십 일 [日]
si.bil
十號

11 日	십일 일 [日] si.bi.lil 十一號
12 日	십이 일 [日] si.bi.il 十二號
13 日	십삼 일 [日] sip.ssa.mil 十三號
14 日	십사 일 [日] sip.ssa.il 十四號
15 日	십오 일 [日] si.bo.il 十五號
16 日	십육 일 [日] sim.nyu.gil 十六號
17 日	십칠 일 [日] sip.chi.lil 十七號
18 日	십팔 일 [日] sip.ppa.lil 十八號
19 日	십구 일 [日] sip.ggu.il 十九號
20 日	이십 일 [日] i.si.bil 二十號
21 日	이십일 일 [日] i.si.bi.lil 二十一號
22 日	이십이 일 [日] i.si.bi.il 二十二號
23 日	이십삼 일 [日] i.sip.ssa.mil 二十三號
24 日	이십사 일 [日] i.sip.ssa.il 二十四號

이십오 일
[日]
i.si.bo.il
二十五號

이십육 일
[日]
i.sim.nyu.gil
二十六號

이십칠 일
[日]
i.sip.chi.lil
二十七號

이십팔 일
[日]
i.sip.ppa.lil
二十八號

이십구 일
[日]
i.sip.ggu.il
二十九號

삼십 일
[日]
sam.si.bil
三十號

삼십일 일
[日]
sam.si.bi.lil
三十一號

 星期

1 무슨 요일요 ?
[曜日]
mu.seun-nyo.i.lyo

星期幾 ?

일요일
[日曜日]
i.lyo.il
星期日

월요일
[月曜日]
wo.lyo.il
星期一

화요일
[火曜日]
hwa.yo.il
星期二

수요일
[水曜日]
su.yo.il
星期三

[木曜日]
목요일
mo.gyo.il
星期四

[金曜日]
금요일
keu.myo.il
星期五

[土曜日]
토요일
tto.yo.il
星期六

時針 (韓字音數字)

1 몇 시요?
[時]
myeot-ssi.yo

幾點？

[子正] [時]
자정 열두 시
cha.jeong-yeol.du-si
午夜十二點

[時]
한 시
han-si
一點

두 시
[時]
tu-si
兩點

[時]
세 시
se-si
三點

네 시
[時]
ne-si
四點

[時]
다섯 시
ta.seot-ssi
五點

여섯 시
[時]
yeo.seot-ssi
六點

[時]
일곱 시
il.gop-ssi
七點

여덟 시 ^[時]
yeo.deol-ssi
八點

아홉 시 ^[時]
a.hop-ssi
九點

열 시 ^[時]
yeol-ssi
十點

열한 시 ^[時]
yeo.lan-si
十一點

열두 시 ^[時]
yeol.ddu-si
十二點

 分針、秒針（漢字音數字）

1 몇 분요? ^[分]　　　　　　　　幾分？
myeot-bbu.nyo

2 몇 초요? ^[秒]　　　　　　　　幾秒？
myeot-cho.yo

일 분／초 ^{[一分] [秒]}
il.bun / cho
一分／秒

이 분／초 ^{[二分] [秒]}
i.bun / cho
兩分／秒

삼 분／초 ^{[三分] [秒]}
sam.bun / cho
三分／秒

사 분／초 ^{[四分] [秒]}
sa.bun / cho
四分／秒

[五分] [秒]
오 분／초
o.bun ／ cho
五分／秒

[六分] [秒]
육 분／초
yuk.bbun ／ cho
六分／秒

[七分] [秒]
칠 분／초
chil.bun ／ cho
七分／秒

[八分] [秒]
팔 분／초
ppal.bun ／ cho
八分／秒

[九分] [秒]
구 분／초
ku.bun ／ cho
九分／秒

[十分] [秒]
십 분／초
sip.bbun ／ cho
十分／秒

[十五分] [秒]
십오분／초
si.bo.bun ／ cho
十五分／秒

[二十分] [秒]
이십분／초
i.sip.bbun ／ cho
二十分／秒

[三十分] [秒]
삼십 분／초
sam.sip.bbun ／ cho
三十分／秒

[四十分] [秒]
사십 분／초
sa.sip.bbun ／ cho
四十分／秒

[五十分] [秒]
오십 분／초
o.sip.bbun ／ cho
五十分／秒

[時間]
한 시간
han.si.gan
一小時

[時間]
두 시간
tu.si.gan
兩小時

[時間]
세 시간
se.si.gan
三小時

[時間]
네 시간
ne.si.gan
四小時

[時間]
다섯 시간
ta.seot.ssi.gan
五小時

[時間]
여섯 시간
yeo.seot.ssi.gan
六小時

[時間]
일곱 시간
il.gop.ssi.gan
七小時

[時間]
여덟 시간
yeo.deol.si.gan
八小時

[時間]
아홉 시간
a.hop.ssi.gan
九小時

[時間]
열 시간
yeol.si.gan
十小時

[時間]
몇 시간
myeot.ssi.gan
幾小時

[半時間]
반 시간
pan.si.gan
半小時

지금 ji.geum 現在	나중에 na.jung.e 以後	이따가 i.dda.ga 稍後、隨後	예전 ye.jeon 以前

오늘 o.neul 今天	어제 eo.je 昨天	그저께 keu.jeo.gge 前天	[來日] 내일 nae.il 明天	모레 mo.le 後天
[週] 이번주 i.beon.ju 本週	[週] 지난주 ji.nan.ju 上週	[週] 지지난주 ji.ji.nan.ju 上上週	[週] 다음주 ta.eum.ju 下週	[週] 다다음주 ta.da.eum.ju 下下週
[週末] 주말 chu.mal 週末	이번 달 i.beon.dal 本月	지난달 ji.nan.dal 上個月	지지난달 ji.ji.nan.dal 上上個月	다다음달 ta.da.eum.dal 下下個月
올해 o.lae 今年	지난해 ji.na.nae 去年	지지난해 ji.ji.na.nae 前年	[來年] 내년 nae.nyeon 明年	[後年] 후년 hu.nyeon 後年
아침 a.chim 早晨	[午前] 오전 o.jeon 上午	[點心] 점심 jeom.sim 中午	[午後] 오후 o.hu 下午	저녁 jeo.nyeok 傍晚
밤 pam 晚上	새벽 sae.byeok 半夜			

오늘이 무슨 날이에요? 今天是什麼日子？

節日、季節

韓國節日

[名節]
명절
myeong.jeol
名節

[新正]
신정
sin.jeong
元旦（國曆）

설날
seol.lal
大年初一（農曆）

[陽曆]
양력
yang.nyeok
國曆

[陰曆]
음력
eum.nyeok
農曆

[正月大]
정월대보름
jeong.wol.dae.bo.leum
元宵節（農曆 1 月 15 日）

[三一節]
삼일절
sa.mil.jjeol
三一節（3 月 1 日）

[植木日]
식목일
sing.mo.gil
植樹節（4 月 5 日）

[端午]
단오
ta.no
端午節（農曆 5 月 5 日）

어린이날
eo.li.ni.nal
兒童節（5 月 5 日）

어버이날
eo.beo.i.nal
父母節（5月8日）

[釋迦誕辰日]
석가탄신일
seo.gga.ttan.si.nil
釋迦摩尼誕辰（5月28日）

[顯忠日]
현충일
hyeon.chung.il
顯忠日（6月6日）

[光復節]
광복절
kwang.bok.jjeol
光復節（8月15日）

[秋夕]
추석
chu.seok
中秋節（農曆8月15日）

[國軍]
국군의 날
kuk.ggu.ne.nal
國軍節（10月1日）

[開天節]
개천절
kae.cheon.jeol
開天節（10月3日）

한글날
han.geul.lal
諺文日（10月9日）

[聖誕節]
성탄절／크리스마스
seong.ttan.jeol ／ keu.ri.seu.ma.seu
聖誕節（12月25日）

四季

봄
pom
春

여름
yeo.leum
夏

가을
ka.eul
秋

겨울
kyeo.ul
冬

서울의 겨울은
너무 추워요!
首爾的冬天好冷！

어디에 있어요?
在哪裡？

方位

 位置

위	아래	[中間] 중간／가운데	오른쪽
wi	a.lae	jung.gan ／ ka.un.de	o.leun.jjok
上面	下面	中間	右邊

왼쪽	앞	뒤	[內部] 내부	안／속
wen.jjok	ap	twi	nae.bu	an ／ sok
左邊	前面	後面	內部	裡面

밖	거기／저기	여기
pak	keo.gi ／ jeo.gi	yeo.gi
外面	那裡	這裡

方向

 [東]
동
tong
東

 [西]
서
seo
西

 [南]
남
nam
南

 [北]
북
puk
北

色彩

 顔色

1 무슨 색깔을 좋아하세요?
[色]
mu.seun-saek.gga.leul-jo.a.ha.se.yo

你喜歡什麼顏色？

 흰색
[色]
hin.saek
白色

 검은색
[色]
keo.meun.saek
黑色

 빨간색
[色]
bbal.gan.saek
紅色

 남색
[藍色]
nam.saek
藍色

 보라색
po.la.ssaek
紫色

 노란색
[色]
no.lan.saek
黃色

 갈색
[色]
kal.saek
褐色

 하늘색
[天空] [色]
ha.neul.saek
淺藍色（天空藍）

 분홍색
[粉紅色]
pu.nong.saek
粉紅色

 진빨강색
[津] [色]
jin.bbal.gang.saek
暗紅色

[ivory]
아이보리
a.i.bo.li
象牙、米白色

[朱黃色]
주황색
ju.hwang.saek
橘色

[灰色]
회색
hoe.saek
灰色

[金色]
금색
keum.saek
金色

[銀色]
은색
eun.saek
銀色

[軟] [色]
연한 색
yeo.nan.saek
淺色

[津] [色]
진한 색
ji.nan.saek
深色

[色]
밝은색
pal.geun.saek
亮色

[色]
어두운색
eo.du.un.saek
暗色

핑크색을 너무
좋아해요！
好喜歡粉紅色！

次序

第幾個／次

1 첫 번째
cheot.bbeon.jjae
第一個／次

2 두 번째
tu.beon.jjae
第二個／次

3 세 번째
se.beon.jjae
第三個／次

4 네 번째
ne.beon.jjae
第四個／次

5 다섯 번째
ta.seot.bbeon.jjae
第五個／次

6 여섯 번째
yeo.seot.bbeon.jjae
第六個／次

7 일곱 번째
il.gop.bbeon.jjae
第七個／次

8 여덟 번째
yeo.deol.bbeon.jjae
第八個／次

9 아홉 번째
a.hop.bbeon.jjae
第九個／次

10 열 번째
yeol.bbeon.jjae
第十個／次

저는
사수자리예요.
我是射手座

十二生肖、地支、星座

時辰

쥐 · 자 [子] jwi / ja 鼠 · 子	소 · 축 [丑] so / chuk 牛 · 丑	호랑이 · 인 [寅] ho.lang.i / in 虎 · 寅	토끼 · 묘 [卯] tto.ggi / myo 兔 · 卯
용 · 진 [龍][辰] yong / jin 龍 · 辰	뱀 · 사 [巳] paem / sa 蛇 · 巳	말 · 오 [午] mal / o 馬 · 午	양 · 미 [羊][未] yang / mi 羊 · 未
원숭이 · 신 [申] won.sung.i / sin 猴 · 申	닭 · 유 [酉] tak / yu 雞 · 酉	개 · 술 [戌] kae / sul 狗 · 戌	돼지 · 해 [亥] twae.ji / hae 豬 · 亥

星座

양자리 [羊] yang.ja.li 牡羊座	황소자리 [黃] hwang.so.ja.li 金牛座
쌍둥이자리 [雙] ssang.dung.i.ja.li 雙子座	게자리 ke.ja.li 巨蟹座

[獅子]
사자자리
sa.ja.ja.li
獅子座

[處女]
처녀자리
cheo.nyeo.ja.li
處女座

[天秤]
천칭자리
cheon.ching.ja.li
天秤座

[全蠍]
전갈자리
cheon.gal.ja.li
天蠍座

[弓手]　　　[射手]
궁수자리／사수자리
kung.su.ja.li ／ sa.su.ja.li
射手座

염소자리
yeom.so.ja.li
山羊座／魔羯座

[瓶]
물병자리
mul.bbyeong.ja.li
水瓶座

물고기자리
mul.ggo.gi.ja.li
雙魚座

저의 생일이 8 월 18 일니까
사자자리예요 .
我的生日是 8/18 ，
所以我是獅子座

過節的重點是製造回憶！

　　韓國是個熱愛慶祝節日的民族，每到了節慶總會精心準備，好好地慶祝一番。四季分明的韓國每個季節都有不同的景色，因此情侶們都會做些特別的事來記錄這一整年的變化。來介紹一下各有主題的每月情人節！

1月14日 日記節 (Diary Day) 다이어리데이	
第一個情人節。這天情侶會為對方準備新的行事曆，期許能度過充實的一年。	
2月14日 西洋情人節 (Valentine's Day) 밸런타인데이	
最主要的情人節。	
3月14日 白色情人節 (White Day) 화이트데이	
如果男方有回送女生表示兩人情投意合。	
4月14日 黑色情人節 (Black Day) 블랙데이	
經過了前面兩個互表心意的情人節之後，卻依舊單身的人，會在這天穿著黑色衣服去吃黑色炸醬麵。	
5月14日 玫瑰花節 (Rose Day) 로즈데이	
五月是玫瑰盛開的季節，所以互送玫瑰花。	
6月14日 親吻情人節 (Kiss Day) 키스데이	
在這天可以大方接吻，也給那些進度緩慢的情侶檔一個初吻的藉口。	
7月14日 銀色情人節 (Silver Day) 실버데이	
親吻過後就可以買情侶戒了！	
8月14日 綠色情人節 (Green Day) 그린데이	
8月氣候最適合出遊，因此這天要出去玩！	
9月14日 照片情人節 (Photo Day) 포토데이	
拍個紀念照的好日子。	
10月14日 紅酒情人節 (Wine Day) 와인데이	
入秋的天氣適合喝杯紅酒共度浪漫的夜晚。	
11月14日 電影情人節 (Movie Day) 무비데이	
一起去看部電影！	
12月14日 擁抱情人節 (Hug Day) 허그데이	
順利過完這一年，給對方一個擁抱來感謝這些日子的包容與照顧。	

　　除了這些情人節之外，韓國情侶非常重視交往的第100天、200天、300天等等，一定都會特地數日子，然後相約一起慶祝。這樣情人節或許有點太多，給人喘不過氣的感覺，甚至可說是商人的陰謀。不過如果能夠為枯燥乏味的生活帶來一點樂趣，其實也是滿不錯的。

PART 3 數量稱呼大不同

物品數量單位

小東西、一般物品

1 ~ 개 [個] kae		~個。
2 몇 개요? [個] myeot-ggae.yo		幾個？

한 개 [個] han.gae 一個	두 개 [個] tu.gae 兩個	세 개 [個] se.gae 三個	네 개 [個] ne.gae 四個	다섯 개 [個] ta.seot.ggae 五個
여섯 개 [個] yeo.seot.ggae 六個	일곱 개 [個] il.gop.ggae 七個	여덟 개 [個] yeo.deol.ggae 八個	아홉 개 [個] a.hop.ggae 九個	열 개 [個] yeol.gae 十個

햄버거 몇개 먹었어요?
你吃了幾個漢堡？

1 몇 사람요？／몇 명요？ ［名］ 　幾個人／幾名？
myeot.ssa.la.myo / myeon.myeong.yo

한 사람／명 ［名］
han-sa.lam / myeong
一個人

두 사람／명 ［名］
tu-sa.lam / myeong
兩個人

세 사람／명 ［名］
se-sa.lam / myeong
三個人

네 사람／명 ［名］
ne-sa.lam / myeong
四個人

다섯 사람／명 ［名］
ta.seot-ssa.lam / myeong
五個人

여섯 사람／명 ［名］
yeo.seot-ssa.lam / myeong
六個人

일곱 사람／명 ［名］
il.gop-ssa.lam / myeong
七個人

여덟 사람／명 ［名］
yeo.deol-ssa.lam / myeong
八個人

아홉 사람／명 ［名］
a.hop-ssa.lam / myeong
九個人

열 사람／명 ［名］
yeol-ssa.lam / myeong
十個人

열한 사람／명 ［名］
yeo.lan-sa.lam / myeong
十一個人

열두 사람／명 ［名］
yeol.ddu-sa.lam / myeong
十二個人

스무 사람／명 ［名］
seu.mu-sa.lam / myeong
二十個人

次數

1 몇 번요? [番]
myeo-bbeo.nyo

幾次？

한 번	두 번	세 번	네 번	다섯 번
han.beon	tu.beon	se.beon	ne.beon	ta.seot.bbeon
一次	兩次	三次	四次	五次

여섯 번	일곱 번	여덟 번	아홉 번	열 번
yeo.seot.bbeon	il.gop.bbeon	yeo.deol.bbeon	a.hop.bbeon	yeol.bbeon
六次	七次	八次	九次	十次

月數

1 한국에 얼마동안 있을 거예요? [韓國]
han.gu.ge-eol.ma.dong.an-i.sseul-ggeo.ye.yo

你預定在韓國待多久？

한 달	두 달	세 달	네 달	다섯 달
han.dal	tu.dal	se.dal	ne.dal	ta.seot.ddal
一個月	兩個月	三個月	四個月	五個月

여섯 달	일곱 달	여덟 달	아홉 달	열 달
yeo.seot.ddal	il.gop.ddal	yeo.deol.ddal	a.hop.dal	yeol.ddal
六個月	七個月	八個月	九個月	十個月

1 몇 주요?
[週]
myeot-jju.yo

幾個星期？

일 주 il.jju 一個禮拜	이 주 i.ju 兩個禮拜	삼 주 sam.ju 三個禮拜	사 주 sa.ju 四個禮拜
오 주 o.ju 五個禮拜	육 주 yuk.jju 六個禮拜	칠 주 chil.jju 七個禮拜	팔 주 ppal.jju 八個禮拜
구 주 ku.ju 九個禮拜	십 주 sip.jju 十個禮拜		

金錢

1 얼마예요?
eol.ma.ye.yo

多少錢？

일 원 i.lwon 一元	이 원 i.won 兩元	삼 원 sa.mwon 三元	사 원 sa.won 四元
오 원 o.won 五元	육 원 yu.gwon 六元	칠 원 chi.lwon 七元	팔 원 ppa.lwon 八元

구 원 ku.won 九元	십 원 si.bwon 十元	백원 pae.gwon 一百元	이백 원 i.bae.gwon 兩百元
삼백 원 sam.bae.gwon 三百元	사백 원 sa.bae.gwon 四百元	오백 원 o.bae.gwon 五百元	육백 원 yuk.bbae.gwon 六百元
칠백 원 chil.bae.gwon 七百元	팔백 원 ppal.bae.gwon 八百元	구백 원 ku.bae.gwon 九百元	천 원 cheo.nwon 一千元
이천 원 i.cheo.nwon 兩千元	삼천 원 sam.cheo.nwon 三千元	사천 원 sa.cheo.nwon 四千元	오천 원 o.cheo.nwon 五千元
육천 원 yuk.cheo.nwon 六千元	칠천 원 chil.cheo.nwon 七千元	팔천 원 ppal.cheo.nwon 八千元	구천 원 ku.cheo.nwon 九千元
만 원 ma.nwon 一萬元	오십만 원 o.sim.ma.nwon 五十萬元	백만 원 paeng.ma.nwon 百萬元	

1 몇 층요? [層]
myeot-cheung.yo

幾樓？

일 층 il.cheung 一樓	이 층 i.cheung 二樓	삼 층 sam.cheung 三樓	사 층 sa.cheung 四樓
오 층 o.cheung 五樓	육 층 yuk.cheung 六樓	칠 층 chil.cheung 七樓	팔 층 ppal.cheung 八樓

구 층 ku.cheung 九樓	십 층 sip.cheung 十樓	지하 일 층 [地下一層] chi.ha.il.cheung 地下一樓

꼭대기 층 ggok.ddae.gi.cheung 頂樓	옥탑방 [屋塔房] ok.ttap.bbang 頂樓加蓋

比例

이등분 [二等分] i.deung.bun 一半	이 분의 일 [二分] [一] i.bu.ne.il 二分之一
삼 분의 일 [三分] [一] sam.bu.ne.il 三分之一	사 분의 일 [四分] [一] sa.bu.ne.il 四分之一

茶、咖啡等飲料或麵、飯等碗裝容器

1 몇 잔요? ^[盞]
myeot-jja.nyo
幾杯？

2 몇 병요? ^[瓶]
myeot-bbyeong.yo
幾瓶？

3 몇 캔요? ^[can]
myeot-kkae.nyo
幾罐？

4 몇 그릇요?
myeot-ggeu.leu.dyo
幾碗？

한 잔 / 병 / 캔 / 그릇
han-jan / byeong / kaen / geu.leut
一杯／瓶／罐／碗

두 잔 / 병 / 캔 / 그릇
tu-jan / byeong / kaen / geu.leut
兩杯／瓶／罐／碗

세 잔 / 병 / 캔 / 그릇
se-jan / byeong / kaen / geu.leut
三杯／瓶／罐／碗

네 잔 / 병 / 캔 / 그릇
ne-jan / byeong / kaen / geu.leut
四杯／瓶／罐／碗

다섯 잔 / 병 / 캔 / 그릇
ta.seot-jjan / byeong / kaen / geu.leut
五杯／瓶／罐／碗

여섯 잔 / 병 / 캔 / 그릇
yeo.seot-jjan / byeong / kaen / geu.leut
六杯／瓶／罐／碗

일곱 잔 / 병 / 캔 / 그릇
il.gop-jjan / byeong / kaen / geu.leut
七杯／瓶／罐／碗

여덟 잔 / 병 / 캔 / 그릇
yeo.deol-jjan / byeong / kaen / geu.leut
八杯／瓶／罐／碗

아홉 잔 / 병 / 캔 / 그릇
a.hop-jjan / byeong / kaen / geu.leut
九杯／瓶／罐／碗

열 잔 / 병 / 캔 / 그릇
yeol.jjan / byeong / kaen / geu.leut
十杯／瓶／罐／碗

1 몇 장요?
[張]
myeot-jjang.yo
幾張?

2 몇 벌요?
myeot-bbeo.lyo
幾件?

한 장／벌 han-jang／beol 一張／件	두 장／벌 tu-jang／beol 兩張／件	세 장／벌 se-jang／beol 三張／件
네 장／벌 ne-jang／beol 四張／件	다섯 장／벌 ta.seot-jjang／beol 五張／件	여섯 장／벌 yeo.seot-jjang／beol 六張／件
일곱 장／벌 il.gop-jjang／beol 七張／件	여덟 장／벌 yeo.deol-jjang／beol 八張／件	아홉 장／벌 a.hop-jjang／beol 九張／件
열 장／벌 yeol-jjang／beol 十張／件		

筆、刀槍、袋子數量

1 몇 자루요?
myeot-jja.lu.yo
幾支／把／袋?

한 자루 han.ja.lu 一支／把／袋	두 자루 tu.ja.lu 兩支／把／袋	세 자루 se.ja.lu 三支／把／袋

네 자루 ne.ja.lu 四支／把／袋	다섯 자루 ta.seot.jja.lu 五支／把／袋	여섯 자루 yeo.seot.jja.lu 六支／把／袋
일곱 자루 il.gop.jja.lu 七支／把／袋	여덟 자루 yeo.deol.jja.lu 八支／把／袋	아홉 자루 a.hop.jja.lu 九支／把／袋
열 자루 yeol.jja.lu 十支／把／袋		

鞋子、襪子、手套

1 몇 켤레요?
myeot-kkyeol.le.yo

幾雙？

한 켤레 han.kkyeol.le 一雙	두 켤레 tu.kkyeol.le 兩雙	세 켤레 se.kkyeol.le 三雙	네 켤레 ne.kkyeol.le 四雙
다섯 켤레 ta.seot.kkyeol.le 五雙	여섯 켤레 yeo.seot.kkyeol.le 六雙	일곱 켤레 il.gop.kkyeol.le 七雙	
여덟 켤레 yeo.deol.kkyeol.le 八雙	아홉 켤레 a.hop.kkyeol.le 九雙	열 켤레 yeol.kkyeol.le 十雙	

成套物品、套組組合

1 몇 세트요?
[set]
myeot-sse.tteu.yo

幾套？

한 세트 han.se.tteu 一套	두 세트 tu.se.tteu 兩套	세 세트 se.se.tteu 三套	네 세트 ne.se.tteu 四套

다섯 세트 ta.seot.sse.tteu 五套	여섯 세트 yeo.seot.sse.tteu 六套	일곱 세트 il.gop.sse.tteu 七套

여덟 세트 yeo.deol.sse.tteu 八套	아홉 세트 a.hop.sse.tteu 九套	열 세트 yeol.sse.tteu 十套

秤重

1 몇 근요?
[斤]
myeot-ggeu.nyo

幾斤？

한 근 han.geun 一斤	두 근 tu.geun 兩斤	세 근 se.geun 三斤	네 근 ne.geun 四斤	다섯 근 ta.seot.ggeun 五斤

여섯 근 yeo.seot.ggeun 六斤	일곱 근 il.gop.ggeun 七斤	여덟 근 yeo.deol.ggeun 八斤	아홉 근 a.hop.ggeun 九斤	열 근 yeol.ggeun 十斤

重量

[kilogram]
1 몇 킬로그램요?
myeot-kil.lo.geu.lae.myo

幾公斤？

일 킬로그램
il.kil.lo.geu.laem
一公斤

이 킬로그램
i.kil.lo.geu.laem
二公斤

삼 킬로그램
sam.kil.lo.geu.laem
三公斤

사 킬로그램
sa.kil.lo.geu.laem
四公斤

오 킬로그램
o.kil.lo.geu.laem
五公斤

육 킬로그램
yuk.kil.lo.geu.laem
六公斤

칠 킬로그램
chil.kil.lo.geu.laem
七公斤

팔 킬로그램
ppal.kil.lo.geu.laem
八公斤

구 킬로그램
ku.kil.lo.geu.laem
九公斤

십 킬로그램
sip.kil.lo.geu.laem
十公斤

餐點

[人份]
1 몇 인분요?
myeo-din.bu.nyo

幾人份？

일 인분
il.in.bun
一人份

이 인분
i.in.bun
二人份

삼 인분
sam.in.bun
三人份

사 인분
sa.in.bun
四人份

오 인분 o.in.bun 五人份	육 인분 yu.gin.bun 六人份	칠 인분 chi.lin.bun 七人份	팔 인분 ppa.lin.bun 八人份
구 인분 ku.in.bun 九人份	십 인분 si.bin.bun 十人份		

打數

1 몇 다스요?
[dozen]
myeot-dda.seu.yo　　　　　　　幾打？

한 다스 han.das 一打	두 다스 tu.das 兩打	세 다스 se.das 三打
네 다스 ne.das 四打	다섯 다스 ta.seot.ddas 五打	여섯 다스 yeo.seot.ddas 六打
일곱 다스 il.gop.ddas 七打	여덟 다스 yeo.deol.ddas 八打	아홉 다스 a.hop.ddas 九打
열 다스 yeol.ddas 十打		

1 몇 그루요?　　　　　　　幾棵？
myeot-ggeu.lu.yo

한 그루 han.geu.lu 一棵	두 그루 tu.geu.lu 兩棵	세 그루 se.geu.lu 三棵	네 그루 ne.geu.lu 四棵

다섯 그루 ta.seot.ggeu.lu 五棵	여섯 그루 yeo.seot.ggeu.lu 六棵	일곱 그루 il.gop.ggeu.lu 七棵

여덟 그루 yeo.deol.ggeu.lu 八棵	아홉 그루 a.hop.ggeu.lu 九棵	열 그루 yeol.ggeu.lu 十棵

1 몇 정[錠]요?　　　　　　　幾錠？
myeot-jjeong.yo

한 정[錠] han.jeong 一錠	두 정[錠] tu.jeong 兩錠	세 정[錠] se.jeong 三錠	네 정[錠] ne.jeong 四錠

다섯 정[錠] ta.seot.jjeong 五錠	여섯 정[錠] yeo.seot.jjeong 六錠	일곱 정[錠] il.gop.jjeong 七錠	여덟 정[錠] yeo.deol.jjeong 八錠

아홉 정[錠] a.hop.jjeong 九錠	열 정[錠] yeol.jjeong 十錠

藥丸等顆粒狀物品

1 몇 알요?　　　　　　　　幾粒／顆？
myeo-da.lyo

한 알	두 알	세 알	네 알
ha.nal	tu.al	se.al	ne.al
一粒／顆	兩粒／顆	三粒／顆	四粒／顆

다섯 알	여섯 알	일곱 알	여덟 알
ta.seo.dal	yeo.seo.dal	il.go.bal	yeo.deol.bal
五粒／顆	六粒／顆	七粒／顆	八粒／顆

아홉 알	열 알
a.ho.bal	yeo.lal
九粒／顆	十粒／顆

機器或車輛

1 몇 [台] 대요?　　　　　　幾台？
myeot-ddae.yo

한 대	두 대	세 대	네 대	다섯 대
han.dae	tu.dae	se.dae	ne.dae	ta.seot.ddae
一台	兩台	三台	四台	五台

여섯 대	일곱 대	여덟 대	아홉 대	열 대
yeo.seot.ddae	il.gop.ddae	yeo.deol.ddae	a.hop.ddae	yeol.ddae
六台	七台	八台	九台	十台

1 몇 번요 ?   幾號 ?
myeot-bbeo.nyo

[一番] 일 번 il.beon 一號	[二番] 이 번 i.beon 二號	[三番] 삼 번 sam.beon 三號	[四番] 사 번 sa.beon 四號	[五番] 오 번 o.beon 五號
[六番] 육 번 yuk.bbeon 六號	[七番] 칠 번 chil.beon 七號	[八番] 팔 번 ppal.beon 八號	[九番] 구 번 ku.beon 九號	[十番] 십 번 sip.bbeon 十號

動物

1 몇 마리요 ?   幾隻 ?
myeon-ma.li.yo

한 마리 han.ma.li 一隻	두 마리 tu.ma.li 兩隻	세 마리 se.ma.li 三隻	네 마리 ne.ma.li 四隻
다섯 마리 ta.seon.ma.li 五隻	여섯 마리 yeo.seon.ma.li 六隻	일곱 마리 il.gom.ma.li 七隻	여덟 마리 yeo.deol.ma.li 八隻
아홉 마리 a.hom.ma.li 九隻	열 마리 yeol.ma.li 十隻		

1 몇 살요？

myeot-ssa.lyo

幾歲？

한 살 han.sal 一歲	두 살 tu.sal 兩歲	세 살 se.sal 三歲	네 살 ne.sal 四歲
다섯 살 ta.seot.ssal 五歲	여섯 살 yeo.seot.ssal 六歲	일곱 살 il.gop.ssal 七歲	여덟 살 yeo.deol.ssal 八歲
아홉 살 a.hop.ssal 九歲	열 살 yeol.ssal 十歲	스무 살 seu.mu-sal 二十歲	서른 살 seo.leun.sal 三十歲
마흔 살 ma.heun.sal 四十歲	쉰 살 swin.sal 五十歲	예순 살 ye.sun.sal 六十歲	일흔 살 i.leun.sal 七十歲
여든 살 yeo.deun.sal 八十歲	아흔 살 a.heun.sal 九十歲	백 살 [百] paek.ssal 一百歲	

書籍、雜誌、筆記本

1 몇 권요?
myeot.ggwo.nyo
[卷]

幾本?

한 권 han.gwon 一本	두 권 tu.gwon 兩本	세 권 se.gwon 三本	네 권 ne.gwon 四本

다섯 권 ta.seot.ggwon 五本	여섯 권 yeo.seot.ggwon 六本	일곱 권 il.gop.ggwon 七本	여덟 권 yeo.deol.ggwon 八本

아홉 권 a.hop.ggwon 九本	열 권 yeol.ggwon 十本	전 권 [全卷] jeon.gwon 全冊、全集

報紙、書籍類的份數

1 몇 부요?
myeot.bbu.yo
[部]

幾份（書報）？

한 부 han.bu 一份	두 부 tu.bu 兩份	세 부 se.bu 三份	네 부 ne.bu 四份	다섯 부 ta.seot.bbu 五份

여섯 부 yeo.seot.bbu 六份	일곱 부 il.gop.bbu 七份	여덟 부 yeo.deol.bbu 八份	아홉 부 a.hop.bbu 九份	열 부 yeol.bbu 十份

PART 4 旅遊韓語開口說

GOGO

여행을 떠나요
出去玩囉

좋은 것 같아요.
好像很不錯

飯店

尋找飯店

1 괜찮은 [숙소]를 좀 알려 주시겠어요?
[宿所]
kwaen.cha.neun-suk.sso.leul-jom-al.lyeo-ju.si.ge.sseo.yo

能告訴我哪裡有不錯的投宿地方嗎？

2 괜찮은 [호텔]을 좀 알려 주시겠어요?
[hotel]
kwaen.cha.neun-ho.tte.leul-jom-al.lyeo-chu.si.ge.sseo.yo

能幫我介紹好的飯店嗎？

3 이 근처에 호텔이 있어요?
[近處] [hotel]
i-keun.cheo.e-ho.tte.li-i.sseo.yo

這附近有飯店嗎？

↳ 你也可以將▢裡的字代換成以下詞彙喔！

● 여관 旅館
[旅館]
yeo.gwan

● 호스텔 青年旅館
[hostel]
ho.seu.ttel

● 민박 民宿
[民泊]
min.bak

詢問房間價錢

1 방값이 얼마예요?
[房]
pang.gap.ssi-eol.ma.ye.yo

房間價格多少呢？

2 더 싼 방이 없나요?
[房]
teo-ssan-pang.i-eom.na.yo

有沒有更便宜的房間？

3 하룻밤에 3 만원 이하의 방을 하나 주세요.
[萬元以下] [房]
ha.lut.bba.me-sam.ma.nwon-i.ha.e-pang.eul-ha.na-chu.se.yo

我想要一晚三萬元以下的房間一間。

[預約]
1 예약해야 되나요？　　　　　　　需要預約嗎？
ye.ya.kkae.ya-toe.na.yo

2 혹시 빈방 있어요？　　　　　　　有空房嗎？
hok.si.pin.pang.i.sseo.yo

會話 ①

[房預約]
방 예약하려고요.　　　　　　　　我想預約房間。
pang-ye.ya.kka.lyeo.go.yo

언제 오세요？　　　　　　　　　　請問哪天住宿呢？
eon.je-o.se.yo

[月]　　[日]
8 월 6 일부터 이틀 밤요.　　　　我預訂八月六日開始住
ppa.lwol-yu.gil.bu.tteo-i.tteul.ba.myo　兩個晚上。

모두 몇 분이세요？　　　　　　　總共幾位呢？
mo.du-myeot-bbu.ni.se.yo

[名]
2 명이에요.　　　　　　　　　　　兩位。
tu.myeong.i.e.yo

[double寢臺]　　　　　　[single寢臺]　　[個]
더블침대인가요？ 싱글침대 2 개인가　請問要雙人床呢、
요？　　　　　　　　　　　　　　還是兩張單人床？
teo.beul-chim.dae.in.ga.yo
sing.geul-chim.dae-tu.gae.in.ga.yo

[single寢臺]　　[個]　　[房]
싱글침대 2 개인 방을 주세요.　　　麻煩你給我兩張單人床
sing.geul-chim.dae-tu.gae.in-pang.eul-chu.se.yo　的房間。

[房]　　[浴槽]
방에 욕조가 있나요？　　　　　　房間有浴缸嗎？
pang.e-yok.jjo.ga-in.na.yo

[shower器]
아니요 , 샤워기만 있어요.　　　　沒有，只有淋浴式的。
a.ni.yo-sya.wo.gi.man-i.sseo.yo

🐱 오늘 밤에 빈 [房]방이 있나요?
o.neul-pa.me-pin-bang.i-in.na.yo
今晚有空房嗎？

🐰 [罪悚]죄송한데, 오늘 [房]방이 없어요.
joe.song.han.de-o.neul-pang.i-eop.sseo.yo
非常抱歉，
今天都客滿了。

🌸 住房登記

1 좀 늦게 [到著]도착할 거예요.
jom-neut.gge-to.cha.kkal-ggeo.ye.yo
我會稍微晚到。

2 오늘 밤 10 [時半]시 반쯤에 [到著]도착할 거예요.
o.neul-pam-yeol.ssi-pan.jjeu.me-to.cha.kkal-ggeo.ye.yo
今晚十點半左右會抵達飯店。

3 [checkin]체크인해 주세요.
che.kkeu.in-hae.ju.se.yo
麻煩你我要辦理住房登記。

4 [一人室]일인실을 [預約]예약했어요.
i.lin.si.leul-ye.ya.kkae.sseo.yo
我有預約單人房。

🦁 오늘 [預約]예약했습니다.
o.neul-ye.ya.kkaet.sseum.ni.da
我預約了今天住宿。

🐰 [姓銜]성함이 어떻게 되세요?
seong.ha.mi-eo.ddeo.kke-toe.se.yo
請問貴姓大名？

🦁 장수철이라고 합니다.
chang.su.cheol.i.la.go-ham.ni.da
我叫張～（加名字）。

[旅卷]
여권 좀 보여 주세요.
yeo.ggwon-jom-po.yeo-ju.se.yo
麻煩護照給我看一下。

[sign]
여기서 사인해 주세요.
yeo.gi.seo-ssa.i.nae-chu.se.yo
請在這裡簽名。

[check out時間] [時]
체크아웃 시간이 열한 시입니다.
che.kkeu.a.ut-ssi.ga.ni-yeo.lan-si.im.ni.da
退房時間是十一點。

잘 쉬세요.
jal-swi.se.yo
請好好休息。

會話②

[預約]
예약하셨나요?
ye.ya.kka.syeon.na.yo
有預約嗎?

[預約]
예약 안 했는데요.
ye.ya-gan-haen.neun.de.yo
沒有預約。

飯店服務

1 아침도 나와요?
a.chim.do-na.wa.yo
有附早餐嗎?

[房]
2 아침을 방에 갖다 주시겠어요?
a.chi.meul-pang.e-kat.dda-ju.si.ge.sseo.yo
可以請你把早餐送到房間來嗎?

[毯]
3 담요 하나 더 주실래요?
tam-nyo-ha.na-teo-ju.sil.lae.yo
可以再跟你要一條毛毯嗎?

[morning call]
4 모닝콜 해 주세요.
mo.ning.kkol-hae-ju.se.yo
請用電話叫醒我。

[保管]
5 이걸 좀 보관해 주세요.
i.geol.jom.po.kwon.ne.ju.se.yo.
請幫我保管這個東西。

[新聞] [房]
6 아침에 신문 하나 방에 갖다 주세요.
a.chi.me-sin.mun.ha.na-pang.e-kat.
dda-ju.se.yo
麻煩你早上幫我送一份報紙來。

세탁물이 있는데요 . [洗濯物]
se.ttang.mu.li-in.neun.de.yo
我有衣物想要送洗。

예 .
ye
好的。

언제까지 줄 수 있어요 ?
eon.je.gga.ji-jul-ssu-i.sseo.yo
什麼時候可以好？

오늘요 .
o.neu.lyo
今天就會好了。

계산을 언제 해요 ? [計算]
ke.sa.neul-eon.je-hae.yo
什麼時候付費呢？

체크아웃할 때 계산하면 돼요 .
che.kkeu.a.u.ttal-ddae-ke.sa.na.myeon-twae.yo
退房的時候再結帳就可以了

有狀況時

1 문을 잠글 수 없어요 . [門]
mu.neul-jam.geul-ssu-eop.sseo.yo
門鎖不上。

2 에어컨이 시원하지 않아요 . [aircon]
e.eo.kkeo.ni-si.wo.na.ji-a.na.yo
冷氣不冷。

3 난방이 안 따뜻해요 . [暖房]
nan.bang.i-an-dda.ddeu.ttae.yo
暖氣不暖。

4 화장실 물이 새요 . [化妝室]
hwa.jang.sil-mu.li-sae.yo
廁所的水流不停。

5 텔레비전이 고장난 것 같아요 . [television] [故障]
ttel.le.bi.jeo.ni-ko.jang.nan-ggeot-gga.tta.yo
電視好像壞掉了。

6 따뜻한 물이 안 나와요 .
dda.ddeu.ttan-mu.li-an-na.wa.yo
沒有熱水。

[shower器]
7 샤워기 물이 너무 뜨거워요 .
sya.wo.gi-mu.li-neo.mu.ddeu.geo.wo.yo

蓮蓬頭的水太燙了。

8 방에 불이 안 켜져요 .
pang.e.bul.li.an.kyeo.jyeo.yo

房間電燈壞掉了。

[手巾]
9 수건이 없어요 .
su.geo.ni-eop.sseo.yo

沒有毛巾。

↳ 你也可以將 ◯ 裡的字代換成以下詞彙喔！

● 비누　　肥皂
pi.nu

[shampoo]
● 샴푸　　洗髮精
syam.ppu

[房]
10 옆방이 너무 시끄러워요 .
yeop-bbang.i-neo.mu-si.ggeu.leo.wo.yo

隔壁房太吵了。

[洗濯]
11 세탁한 옷을 아직 못 받았어요 .
se.tta.kkan-o.seul-a.jing-mot-bba.da.
sseo.yo

我的送洗衣物還沒拿
到。

[key]　　　[房]
12 키를 방에 놔 두고 나왔어요 .
kki.leul-pang.e-nwa-du.go-na.wa.
sseo.yo

我把鑰匙忘在房間
裡了。

↳ 遇到狀況時，你可以這樣說喔！

[調節]　　　　[方法]
● 조절하는 방법을 가르쳐 주세요 .
jo.jeo.la.neun-pang.beo.beul-ka.
leu.chyeo-ju.se.yo

請告訴我調整的
方法。

[房溫度]　　　　　　　[調節]
● 방 온도는 어떻게 조절해요 ?
pang-on.do.neun-eo.ddeo.kke-jo.
jeo.lae.yo

該怎麼調整房間溫度呢？

[房]
● 방을 바꿔 줄 수 있나요 ?
pang.eul-pa.ggwo-jul-ssu-in.na.yo

可以幫我換房間嗎？

[check out]
1 체크아웃해 주세요 .
che.kkeu.a.u-ttae.ju.se.yo

我要辦理退房。

[領收證]
2 영수증을 주세요 .
yeong.su.jeung.eul-ju.sae.yo

麻煩給我收據。

[預約時間]
3 예약 시간보다 하루 일찍 나가요 .
ye.yak-ssi.gan.bo.da-ha.lu-il.jjing-na.ga.yo

我要比預定的時間早一
天離開。

[分]　　　　　　 [check out]
4 30 분 늦게 체크아웃해도 되나요 ?
sam.sip.bbun-neut.gge-che.kkeu.a.u.ttae.
do-toe.na.yo

請問晚三十分鐘退房可
以嗎？

5 하룻밤 더 묵을 수 있나요 ?
ha.lut-bbam-teo-mu.geul-su-in.na.yo

可以再延長住一晚嗎？

[信用card]　　　 [計算]
6 신용 카드로 계산할게요 .
si.nyong.kka.deu.lo-ke.sa.nal.gge.yo

我要用信用卡付款。

[taxi]
7 택시를 좀 불러 주시겠어요 ?
ttaek.ssi.leul-jom-pul.leo-ju.si.ge.sseo.yo

能幫我叫計程車嗎？

[物件]　　　 [房]
8 물건을 방에 놔 두고 왔어요 .
mul.geo.neul-pang.e-nwa-du.go-wa.sseo.yo

我把東西忘在房間
裡了。

체크인해 주세요 .
請幫我
辦理住房登記

單字充電站

預約相關

| [single room] 싱글 룸 sing.geul.lum 單人房 | [double room] 더블 룸 teo.beul.lum 雙人房（一張雙人床） | [twin room] 트윈 룸 tteu.win.lum 雙人房（兩張單人床） |

[family twin]
패밀리 트윈
ppae.mil.li.tteu.win
家庭雙人房（雙人床加一床）

[溫突]
온돌
on.dol
韓式地熱房

[預約]
예약
ye.yak
預約

[包含]
아침포함
a.chim.ppo.ham
附早餐

[食事]　　　[包含]
식사 2 끼 포함
sik.ssa-tu.ggi-ppo.ham
附兩餐

室內用品、設備

[暖房]
난방
nan.bang
暖氣

[化粧室]
화장실
hwa.jang.sil
化妝室／廁所

[浴室]
욕실
yok.ssil
浴室

[寢臺]
침대
chim.dae
床

이불
i.bul
棉被

[aircon]
에어컨
e.eo.kkeon
空調

담요
tam.nyo
毛毯

[寢臺cover]
침대 커버
chim.dae-kkeo.beo
床單

[cover]
이불 커버
i.bul-kkeo.beo
被單

| 베개
pe.gae
枕頭 | [手巾]
수건
su.geon
毛巾 | 프런트
ppeu.leon.tteu
櫃台 | [客室番號]
객실번호
kaek.ssil.beo.no
房間號碼 |

[key]
열쇠／키
yeol.soe／kki
鑰匙

[溫突房]
온돌방
on.dol.bbang
暖坑房（鋪在有地熱的地板上睡）

[室內浴槽]
실내욕조
sil.lae.yok.jjo
室內浴池

[寢臺房]
침대방
chim.dae.bbang
床鋪房（床鋪）

[露天湯]
노천탕
no.cheon.ttang
露天浴池

[溫泉]
온천
on.cheon
溫泉

[男湯]
남탕
nam.ttang
男用浴池

[女湯]
여탕
yeo.ttang
女用浴池

[shower booth]
샤워부스
sya.wo.bu.seu
淋浴間

[食事]
아침 식사
a.chim-sik.ssa
早餐

[點心食事]
점심 식사
cheom.sim-sik.ssa
中餐

[食事]
저녁 식사
cheo.nyeok-ssik.ssa
晚餐

이 근처에 은행이
있어요?
這附近有銀行嗎?

銀行

尋找、詢問

[銀行]
1 은행이 어디에 있어요?
eu.naeng.i-eo.di.e-i.sseo.yo

銀行在哪裡?

[銀行]
2 가까운 은행이 어디에 있어요?
ka.gga.wun-neu.naeng.i-eo.di.e-i.sseo.yo

最近的銀行在哪裡?

[銀行] [時] [門]
3 은행이 몇 시에 문을 열어요?
eu.naeng.i-myeot.ssi.e-mun.eul-yeo.leo.yo

銀行幾點開門?

在櫃台－客人要求

[換錢]
1 환전하고 싶어요.
hwan.jeo.na.go-si.ppeo.yo

我想換錢。

[通帳]
2 통장을 만들려고 합니다.
ttong.jang.eul-man.deul.lyeo.go-ham.ni.da

我想要開戶。

[通帳] [書類] [必要]
3 통장을 만들 때 어떤 서류가 필요해요?
ttong.jang.eul-man.deul-ddae-eo.
ddeon-seo.lyu.ga-ppi.lyo.hae.yo

請問開戶需要準備哪些資料?

[旅行者手票] [現金]
4 저는 여행자수표를 현금으로 바꾸고 싶어요.
jeo.neun-yeo.haeng.ja.su.ppyo.leul-hyeon.
geu.meu.lo-pa.ggu.go-si.ppeo.yo

我想將旅行支票換成現金。

[書類] [作成]
5 이 서류를 어떻게 작성해야 되는지 가르쳐 주세요.
i-seo.lyu.leul-eo.ddeo.kke-chak.sseong.hae.
ya-toe.neun.ji-ka.leu.chyeo-ju.se.yo

請教我如何填寫這張表格。

在櫃台 – 服務人員的指示

1 여기에 사인하세요 .
[sign]
yeo.gi.e-ssa.i.na.se.yo
請在這裡簽名。

2 확인하세요 .
[確認]
hwa.gi.na.se.yo
請確認一下。

3 수정하세요 .
[修正]
su.jeong.ha.se.yo
請訂正一下。

4 도장 좀 주세요 .
[圖章]
to.jang-jom-ju.se.yo
麻煩印章給我一下。

5 여권 좀 보여 주세요 .
[旅卷]
yeo.ggwon-jom-po.yeo-ju.se.yo
請給我看一下護照。

使用提款機領錢時

1 현금 인출기가 어디에 있어요 ?
[現金引出機]
hyeon.geu.min.chul.gi.ga-eo.di.e-i.sseo.yo
請問哪裡有提款機？

2 현금 인출기를 어떻게 사용하는지 가르 쳐 주세요 .
[使用]
hyeon.geu.min.chul.gi.leul-eo.ddeo.kke-sa.
yong.ha.neun.ji-ka.leu.chyeo-ju.se.yo
請教我如何使用提款機。

3 돈이 안 나와요 .
to.ni-an-na.wa.yo
錢沒有出來。

4 비밀번호가 3 번 틀렸어요 .
[秘密番號]
pi.mil.beo.no.ga-se.beon-tteul.lyeo.sseo.yo
我密碼輸錯三次了。

5 카드를 잃어버렸어요 .
[card]
kka.deu.leul-i.leo.peo.lyeo.sseo.yo
我遺失了提款卡。

兌換

[換錢]
1 어디서 환전할 수 있어요?
eo.di.seo-hwan.jeo.nal-ssu-i.sseo.yo

哪裡可以換錢呢?

[換錢]
2 환전해 주세요.
hwan.jeo.nae-ju.se.yo

請幫我換錢。

[dollar當]　　[韓國]
3 1 달러당 한국 돈으로 얼마인가요?
il.dal.leo.dang-han.guk.ddo.neu.lo-eol.
ma.in.ga.yo

一美元等於多少韓幣
呢?

[換率]
4 환율이 어떻게 되나요?
hwa.nyu.li-eo.ddeo.kke-toe.na.yo

匯率是多少呢?

[dollar]　　　[韓國]
5 달러를 한국 돈으로 바꿔 주세요.
tal.leo.leul-han.guk.ddo.neu.lo-pa.
ggwo-ju.se.yo

請幫我把美元換成韓
幣。

[千元]　　[紙幣]
6 천 원 지폐로 바꿔 주세요.
cheo-nwon-ji.ppe.lo-pa.ggwo-ju.se.yo

請幫我換成一千元鈔
票。

7 잔돈으로 바꿔 주세요.
jan.do.neu.lo-pa.ggwo-chu.se.yo

請幫我換成零錢。

匯款

[台灣]　　　　　[送金]
1 대만으로 송금하려고 합니다.
tae.ma.neu.lo-song.geu.ma.lyeo.go-ham.ni.da

我要匯款到台灣。

[送金票]　　　　　　[作成]
2 송금표를 어떻게 작성하는지 가르쳐
주시겠어요?
song.geum.ppyo.leul-eo.ddeo.kke-chak.sseong.
ha.neun.ji-ka.leu.chyeo-chu.si.ge.sseo.yo

能不能教我如何寫匯款
單?

[來日]　[點心]
3 내일 점심까지 받을 수 있을까요?
nae.il-cheom.sim.gga.ji-pa.deul-ssu.i.
sseul.gga.yo

明天中午前能匯到嗎?

會話

[計座移替]
계좌이체하고 싶은데 어떻게 해야
돼요?
ke.jwa.i.che.ha.go-si.ppeun.de-eo.ddeo.
kke-hae.ya-twae.yo

我想轉帳，該怎麼做呢？

[送金票]　　　[作成]
이 송금표를 작성하세요 .
i.song.geum.ppyo.leul-chak.sseong.ha.se.yo

請填寫這張匯款單。

其他

[殘額]　　　　　　　　　　[確認]
1 잔액이 얼마나 있는지 확인하고 싶어요 .
ja.nae.gi-eol.ma.na-in.neun.ji-hwa.gi.na.go-si.
ppeo.yo

我想知道我的存款餘額。

[手續料]
2 수수료가 얼마예요 ?
su.su.lyo.ga-eol.ma.ye.yo

手續費是多少呢？

單字充電站

銀行、兌換

돈 ton 錢	[殘] 잔돈 jan.don 零錢

| [紙幣]
지폐
ji.ppe
鈔票 | [手票]
수표
su.ppyo
支票 |

[旅行者手票]
여행자 수표
yeo.haeng.ja-su.ppyo
旅行支票

[換錢]
환전
hwan.jeon
換外幣

[計座移替]
계좌이체
ke.jwa.i.che
戶頭轉帳

[現金card]
현금카드
hyeon.geum.kka.deu
金融卡

[窗口]
창구
chang.gu
窗口

[支店]
지점
ji.jeom
分行

[換錢]
환전
hwan.jeon
兌錢

[送金]
송금
song.geum
匯款

[現金引出機]
현금인출기
hyeon.geu.min.chul.gi
提款機

돈찾기
ton.chat.ggi
領錢

[通帳]
통장
ttong.jang
存摺

[換率]
환율
hwan.nyul
匯率

[殘額]
잔액
ja.naek
餘額

[韓國]
한국 돈
han.guk.ddon
韓幣

[台灣]
대만 돈
tae.man.don
台幣

[dollar]
달러
ddal.leo
美元

[身分證]
신분증
sin.bun.jjeung
證件

배고파요 .
肚子餓了

餐廳

✤ 尋找餐廳

1 [食堂]
괜찮은 식당을 알려 주세요 .
kwaen.cha.neun-sik.ddang.eul-al.lyeo-ju.se.yo
請幫我介紹好的餐廳。

2 [食堂]
여기 싸고 맛있는 식당이 있어요 ?
yeo.gi-ssa.go-ma.sin.neun-sik.ddang.i-i.sseo.yo
這附近有沒有便宜又好吃的餐廳呢？

3 [韓食]
여기 한식집이 있나요 ?
yeo.gi-han.sik.jji.bi-in.na.yo
這附近有沒有韓國料理店？

✤ 預約

會話 ①

[預約]
예약하고 싶은데요 .
ye.ya.kka.go-si.ppeun.de.yo
我想預約。

[時]　　[預約]
언제 몇 시로 예약하시겠어요 ?
eon.je-myeot.ssi.lo-ye.ya.kka.si.ge.seo.yo
請問您要預約哪一天幾點的呢？

[日午後]　[時]　[預約]
13 일 오후 6 시로 예약해 주세요 .
sip.ssa.mil-o.hu-yeo.seot.ssi.lo-ye.ya.
kae.ju.se.yo
十三號下午六點。

몇 분이세요 ?
myeot-bbu.ni.se.yo
請問幾位呢？

[名]
5 명요 .
ta.seong.myeong.yo
五位。

네 . 예약 되셨습니다 .
ne.ye.yak.toe.syeo.seum.ni.da
好的，靜候您的到來。

[預約]
예약해야 되나요?　　　　　　　　　請問需要預約嗎？
ye.ya.kkae.ya-toe.na.yo

아니요 . 그냥 오세요 .　　　　　　　不用，請您直接過來。
a.ni.yo-keu.nyang-o.se.yo

進入餐廳

[營業中]
1 지금 영업중이세요?　　　　　　　　請問現在有營業嗎？
ji.geum-yeong.eop.jjung.i.se.yo

[時]　　　　　[始作]
2 저녁 몇 시부터 시작해요?　　　　　晚餐幾點開始呢？
jeo.nyeong-myeot.ssi.bu.tteo-si.ja.kkae.yo

[coffee]
3 커피만 시켜도 돼요?　　　　　　　　可以只點咖啡嗎？
kkeo.ppi.man-si.kkyeo.do-twae.yo

어서 오세요 .　　　　　　　　　　　歡迎光臨。
eo.seo-o.se.yo

몇 분이세요?　　　　　　　　　　　請問幾位?
myeot-bbu.ni.se.yo

[名]
7 명요 .　　　　　　　　　　　　　　七位。
il.gom.myeong.yo

담배를 피우세요?　　　　　　　　　請問有抽菸嗎?
tam.bae.leul-ppi.u.se.yo

안 피워요 .　　　　　　　　　　　　不抽。
an-ppi.wo.yo

이쪽으로 오세요 .　　　　　　　　　那請往這邊走。
i-jjo.geu.lo-o.se.yo

會話②

1	자리가 있어요？	有空位嗎？
	ja.li.ga-i.sseo.yo	

[罪悚]
죄송한데 , 지금 자리가 없어요 .
joe.song.han.de-ji.geum-ja.li.
ga-eop.sseo.yo

非常抱歉，現在都客滿了。

얼마나 기다려야 돼요？
eol.ma.na-ki.da.lyeo.ya-twae.yo

請問要等多久呢？

[分 程度]
20 분 정도 기다려야 합니다 .
i.sip.bbun-jeong.do-ki.da.lyeo.ya-ham.ni.da

大約要等二十分鐘。

點餐

[menu]
1 메뉴 주세요 .
me.nu-ju.se.yo

請給我看一下菜單。

[推薦]
2 맛있는 거 추천해 주세요 .
ma.sin.neun-keo-chu.cheo.nae-ju.se.yo

請推薦給我好吃的。

3 빨리 나오는 거 뭐죠？
bbal.li-na.o.neun-keo-mwo.jyo

哪一個出餐速度比較快？

4 무슨 맛이죠？
mu.seun-ma.si.jyo

是什麼味道呢？

5 이건 단 맛인가요？ 매운 맛인가요？
i-keon-tan-ma.sin.ga.yo. mae.un-ma.
sin.ga.yo

這是甜味的、還是辣味的？

[麥酒]
6 어떤 맥주가 있어요？
eo.ddeon-maek.jju.ga-i.sseo.yo

有什麼啤酒？

[wine]　　　[瓶]
7 와인 한 병 주세요 .
wa.in-han-pyeong-ju.se.yo

請給我一瓶葡萄酒。

[dessert]
8 디저트는 이따가 주세요 .
ti.jeo.tteu.neun-i.dda.ga-ju.se.yo

甜點稍後再點。

9 식사하고 나서 커피 주세요 .
[食事] [coffee]
sik.ssa.ha.go-na.seo-kkeo.ppi-ju.se.yo

咖啡請餐後再送上來。

10 우유와 설탕을 주세요 .
[牛乳] [雪糖]
u.yu.wa-seol.ttang.eul-ju.se.yo

請給我牛奶和糖。

會話❶

 뭘 드릴까요 ?
mwol-teu.lil.gga.yo

請問要點什麼？

 오므라이스를 주세요 .
[omelet rice]
o.meu.la.i.seu.leul-ju.se.yo

我要點蛋包飯。

↳ 你也可以這樣回答喔！

● 돌솥비빔밥을 주세요 .
tol.sot.bbi.bim.ba.beul-ju.se.yo

請給我石鍋拌飯。

● 짬뽕 하나 주세요 .
jjam.bbong-ha.na-ju.se.yo

麻煩給我一份炒碼麵。

● 아직요 .
a.ji.gyo

我還沒決定好。

會話❷

 매운 맛 주세요 .
mae.un-mat-ju.se.yo

請給我辣的。

더 맵게 해 주세요 .
teo-maep.gge-hae.ju.se.yo

麻煩我要辣一點。

조금 덜 맵게 해 주세요 .
cho.geum-teol-maep.gge-hae.ju.se.yo

請不要太辣。

맵지 않게 해 주세요 .
maep.jji-an.kke-hae.ju.se.yo

請不要加辣。

� [飯饌] 반찬 좀 더 주세요.　　　　　　　　　　　請再給我一些小菜。
pan.chan-jom-teo-ju.se.yo

↳ 餐廳裡的小菜通常可以免費續加，
　你也可以將◯裡的字代換成以下詞彙喔！

　● 김치　　　泡菜
　　kim.chi

　● 깍두기　　醃蘿蔔塊
　　ggak.ddu.gi

　● 단무지　　醃黃蘿蔔片
　　dan.mu.ji

會話❸

如果想要打包上飛機，可以這樣問！

� 김치 파세요?　　　　　　　　　　　　　請問有賣泡菜嗎？
kim.chi-ppa.se.yo

[稅關]　　　　[通過]
세관을 통과할 수 있나요?　　　　　　可以通過海關嗎？
se.gwa.neul-ttong.gwa.hal-ssu-in.na.yo

[飛行機]
비행기 탈건데,　　　　　　　　　　　我要搭飛機回去，
[真空包裝]　　　　　　　　　　　　　　請幫我真空包裝。
진공포장으로 해 주세요.
pi.haeng.gi-ttal.geon.de-jin.gong.ppo.
jang.eu.lo-hae.ju.se.yo

會話❹

🍄 안에 돼지고기가 들어 있나요?　　　　請問裡面有豬肉嗎？
a.ne-twae.ji.go.gi.ga-teu.leo-in.na.yo

↳ 也可以將◯裡的字代換成以下詞彙喔！

　● 쇠고기／소고기　　牛肉
　　soe.go.gi ／ so.go.gi

　● 닭고기　　　　　　雞肉
　　tak.ggo.gi

會話⑤

[menu]
어린이 메뉴가 있나요? 　　　　　　　請問有兒童餐嗎？
eo.li.ni-me.nu.ga-in.na.yo

[食卓椅子] 　　　　　　　　　[fork]
어린이 식탁의자와 어린이 포크를 　　請給我兒童椅和兒童餐
주세요. 　　　　　　　　　　　　具。
eo.li.ni-sik.tta.gi.ja.wa-eo.li.ni-ppo.kkeu.
leul-ju.se.yo

 用餐中

1 저 이것 안 시켰는데요. 　　　　　我沒有點這個。
jeo-i.geot-an-si.kkyeon.neun.de.yo

[異常]
2 맛이 좀 이상해요. 　　　　　　　　味道怪怪的。
ma.si-jom-i.sang.hae.yo

[salad]
3 샐러드가 아직 안 나왔어요. 　　　我點的生菜沙拉還沒有
sael.leo.deu.ga-a.jik-an-na.wa.sseo.yo 　　來。

[knife] 　　　[fork]
4 나이프와 포크를 주세요. 　　　　　請給我刀叉。
na.i.ppeu.wa-ppo.kkeu.leul-ju.se.yo

5 젓가락이 떨어졌어요. 　　　　　　我的筷子掉了。
jeot.gga.la.gi-ddeo.leo.jyeo.sseo.yo

6 소금 좀 주시겠어요? 　　　　　　可以給我鹽嗎？
so.geum-jom-ju.si.ge.sseo.yo

[tissue]
7 물티슈를 좀 주시겠어요? 　　　　可以給我濕紙巾嗎？
mul.tti.syu.leul-jom-ju.si.ge.sseo.yo

[coffee]
8 커피 리필돼요? 　　　　　　　　　咖啡可以續杯嗎？
kkeo.ppi.ri.pil.twae.yo

9 담배를 피워도 되나요? 　　　　　可以抽菸嗎？
tam.bae.leul-ppi.wo.do-toe.na.yo

10 물 더 주세요 .
mul-teo-ju.se.yo

請幫我加水。

11 미지근한 물 주세요 .
mi.ji.geu.nan-mul-ju.se.yo

請給我溫水。

買單

1 어디서 계산해요 ? [計算]
eo.di.seo-ke.sa.nae.yo

要到哪邊付帳呢？

2 계산 좀 해주세요 . [計算]
ke.san-jom-hae.ju.se.yo

麻煩你我要買單。

3 따로 계산해 주세요 . [計算]
dda.lo-ke.sa.nae-ju.se.yo

麻煩你我們要分開付。

小吃攤

1 일인분 얼마예요 ? [一人份]
i.lin.bun-eol.ma.ye.yo

這一份多少錢？

2 일인분 주세요 . [一人份]
i.lin.bun-ju.se.yo

給我一人份。

3 이거 일인분 주시고 저거 이인분 주세요 . [一人份] [二人份]
i.geo-i.lin.bun-ju.si.go-jeo.geo-i.in.bun-ju.se.yo

這個給我一人份，那個給我兩人份。

4 포장해 주세요 . [包裝]
ppo.jang.hae-ju.se.yo

請幫我打包。

5 매워요 ?
mae.wo.yo

會很辣嗎？

6 덜 맵게 해 주세요 .
teol-maep.gge-hae-ju.se.yo

不要太辣。

7 안 매운 거 주세요 .
a.n-mae.un-geo-ju.se.yo

不要加辣。

8 어떤 게 안 매워요 ?　　　　　　　有沒有什麼是不辣的？
　eo.ddeon-ge-an-mae.wo.yo

9 [꼬치] 하나 주세요 .　　　　　　　給我一串烤肉。
　ggo.chi-ha.na-ju.se.yo

　↳ 也可以將◯裡的字代換成以下詞彙喔！

　　　[hot dog]　　　　　　　　　　　[hot bar]
　●핫도그　　　西式熱狗　　　●핫바　　　　魚糕棒
　　hat.ddo.geu　　　　　　　　　　hat.bba

點飲料

1 하나에 얼마예요 ?　　　　　　　一杯多少？
　ha.na.e-eol.ma.ye.yo

2 덜 달게 해 주세요 .　　　　　　　不要太甜。
　teol-tal.ge-hae-ju.se.yo

　[small size]
3 스몰 사이즈 있나요 ?　　　　　　有小杯的嗎？
　seu.mol-sa.i.jeu-in.na.yo

　[regular]
4 레귤러 하나 주세요 .　　　　　　我要一杯中杯。
　le.gyu.leo-ha.na-ju.se.yo

　[large]　　　[盞]
5 라지 두 잔 주세요 .　　　　　　　我要兩杯大杯。
　la.ji-tu.jan-ju.se.yo

　[雪糖]　　　[syrup]
6 설탕／시럽 넣지 마세요 .　　　　　請不要加糖／糖漿。
　seol.ttang ／ si.leop.neo.chi-ma.se.yo

　[牛乳]
7 우유를 넣어 주세요 .　　　　　　請幫我加牛奶。
　u.yu.leul-neo.eo-ju.se.yo

　[cream]
8 크림 빼주세요 .　　　　　　　　請不要加奶精。
　kkeu.lim-ppae.ju.se.yo

9 휘핑 빼주세요 .　　　　　　　　請不要加鮮奶油。
　hwi.pin.ppae.ju.se.yo

10 휘핑 많이 올려주세요 .　　　　　請多加一點鮮奶油。
　hwi.pin.ma.ni.ol.lyeol.ju.se.yo

11 얼음 넣지 마세요.
eo.leum-neo.chi-ma.se.yo

請不要加冰塊。

 單字充電站

各式餐館

[restaurant] 레스토랑 le.seu.tto.lang 餐廳	[食堂] 식당 sik.ddang 餐廳／飯館	[茶房] 다방 ta.bang 茶館	국수집 kuk.ssu.jip 麵店	수제비집 su.je.bi.jip 麵疙瘩店
고깃집 ko.git.jjip 烤肉店	[部隊] 부대찌개집 pu.dae.jji.gae.jip 部隊鍋店	샤브샤브집 sya.beu.sya.beu.jip 火鍋店	[hof] 호프 ho.ppeu 啤酒屋	
술집 sul.jjip 酒店	[bar] 바 pa 酒吧	[布帳馬車] 포장마차 ppo.jang.ma.cha 路邊攤	[粉食] 분식집 pun.sik.jjip 小吃店	

營業相關用語

[營業中] 영업중 yeong.eop.jjung 營業中	[準備中] 준비중 jun.bi.jung 準備中	[open] 오픈 o.ppeun 開店	[營業終了] 영업 종료 yeong.eop-jong.nyo 打烊
[計算] 계산 ke.san 買單	[附加稅] 부가세 pu.ga.se 消費稅	[tip] 팁 ttip 小費	

各式料理

[韓國料理]
한국요리
han.gung.nyo.li
韓國料理

[中華料理]
중화요리
chung.hwa.yo.li
中華料理

[日本料理]
일본요리
il.bo.nyo.li
日本料理

[泰國料理]
태국요리
ttae.gung.nyo.li
泰國料理

[France料理]
프랑스요리
ppeu.lang.seu.yo.li
法國料理

[Italia料理]
이탈리아요리
i.ttal.li.a.yo.li
義大利料理

[韓食]
한식집
han.sik.jjip
韓式餐廳

[菜食]
채식
chae.sik
素食料理

飲食說法

[食事]
아침／아침 식사
a.chim／a.chim-sik.ssa
早餐

[點心]　　　　　[點心食事]
점심／점심 식사
jeom.sim／jeom.sim-sik.ssa
中餐

[食事]
저녁／저녁 식사
jeo.nyeok／jeo.nyeok-ssik.ssa
晚餐

[dessert]　　　[後食]
디저트／후식
ti.jeo.tteu／hu.sik
甜點、餐後點心

[料理]
요리
yo.li
餐點

[間食]
간식
kan.sik
點心／零食

[飲食]
음식
eum.sik
飲食／食物

비빔밥
pi.bim.bap
拌飯

돌솥비빔밥
tol.sot.bbi.bim.bap
石鍋拌飯

김밥
kim.bap
紫菜飯捲

[cheese]
치즈김밥
chi.jeu.gim.bap
起司飯捲

참치김밥
cham.chi.gim.bap
鮪魚飯捲

모듬김밥
mo.deum.gim.bap
綜合飯捲

[醋]
초밥
cho.bap
壽司

[烏賊魚]
오징어덮밥
o.jing.eo.deop.bbap
烏賊蓋飯

김치덮밥
kim.chi.deop.bbap
泡菜蓋飯

[肉]
제육덮밥
je.yuk.ddeop.bbap
豬肉蓋飯

[膾]
회덮밥
hoe.deop.bbap
生魚片蓋飯

[生鮮膾]
생선회
saeng.seo.noe
生魚片

산낙지
san.nak.jji
生章魚

수제비
su.je.bi
麵疙瘩

[炸醬麵]
자장면
ja.jang.myeon
炸醬麵

* 也可稱짜장면

우동
u.dong
烏龍麵

[ラーメン]
라면
la.myeon
拉麵

[ラーメン]
떡라면
ddeong.na.myeon
年糕拉麵

[ちゃんぽん] [ラーメン]
짬뽕라면
jjam.bbong.na.myeon
辣海鮮麵

콩나물국밥
kkong.na.mul.guk.bbap
黃豆芽湯飯

칼국수 kkal.guk.ssu 刀削麵	[冷麵] 물냉면 mul.laeng.myeon 水冷麵	[cheeseラーメン] 치즈라면 chi.jeu.la.myeon 起司拉麵
만두 man.du 水餃	구운만두 ku.un.man.du 煎餃	[麵] 쫄면 jjol.myeon 涼拌辣麵
김치찌개 kim.chi.jji.gae 泡菜鍋	[豆腐] 순두부찌개 sun.du.bu.jji.gae 嫩豆腐鍋	[醬] 된장찌개 toen.jang.ji.gae 大醬鍋
[解酲] 해장국 hae.jang.guk 醒酒湯	[肉] 육개장 yuk.ggae.jang 牛肉湯	[蔘雞湯] 삼계탕 sam.gye.ttang 人蔘雞
[湯] 설렁탕 seol.leong.ttang 牛骨湯（雪濃湯）	[湯] 추어탕 chu.eo.ttang 泥鰍湯	[湯] 갈비탕 kal.bi.ttang 排骨湯
[海物湯] 해물탕 hae.mul.ttang 海鮮鍋	[部隊] 부대찌개 pu.dae.jji.gae 部隊鍋	버섯전골 peo.seot.jjeon.gol 香菇火鍋
[湯] 매운탕 mae.un.ttang 辣湯	[湯] 감자탕 kam.ja.ttang 馬鈴薯排骨湯	찜닭 jjim.dak 燉雞

[大口] 대구찜 tae.gu.jjim 燉鱈魚	보쌈 po.ssam 生菜包肉	조개구이 jo.gae.gu.i 烤貝類
갈비구이 kal.bi.gu.i 烤牛排	불고기 pul.go.gi 烤肉	[三] 삼겹살 sam.gyeop.ssal 烤五花肉
닭갈비 tak.ggal.bi 炒雞排	[足] 족발 jok.bbal 豬腳	[set] 세트 se.tteu 套餐
[空器] 공기밥 kong.gi.bap 白飯	[oden]／[おでん] 오뎅 o.ddeng 黑輪／甜不辣	순대 sun.dae 血腸
떡볶이 ddeok.bbo.ggi 炒年糕	라볶이 la.bo.ggi 拉麵炒年糕	호떡 ho.ddeok 黑糖餡餅
회오리감자 hoe.o.li.gam.ja 薯塔	[脯] 쥐포 jwi.ppo 魚乾	곱창볶음 kop.chang.bo.ggeum 炒牛小腸
[海物] 해물파전 hae.mul.ppa.jeon 海鮮煎餅	빈대떡 pin.dae.ddeok 綠豆煎餅	[雜菜] 잡채 jap.chae 涼拌冬粉

콩나물무침
kkong.na.mul.mu.chim
涼拌豆芽

순대볶음
sun.dae.bo.ggeum
炒血腸

닭꼬치
tak.ggo.chi
烤雞肉串

[文魚]
문어빵
mu.neo.bbang
章魚燒

[鶏卵]
계란빵
ke.lan.bbang
雞蛋糕

[toast]
토스트
tto.seu.tteu
煎土司

떡볶이 맛있어요
辣炒年糕好吃喔

西式料理

[croquette]
크로켓
kkeu.lo.kket
可樂餅

스프
seu.peu
湯

[salad]
샐러드
sael.leo.deu
沙拉

새우 튀김
sae.u-ttwi.gim
炸蝦

[curried rice]
카레라이스
kka.le.la.i.seu
咖哩飯

[spaghetti]
스파게티
seu.ppa.ge.tti
義大利麵

* 也可稱파스타

[cheese gratin]
치즈그라탱
chi.jeu.geu.la.ttaeng
焗烤料理

[steak]
스테이크
seu.tte.i.kkeu
牛排

[sandwich]
샌드위치
saen.deu.wi.chi
三明治

[hamburger]
햄버거
haem.beo.geo
漢堡

빵
bbang
麵包

[pizza]
피자
ppi.ja
披薩

[fried chicken]
프라이드 치킨
ppeu.la.i.deu-chi.kkin
炸雞

[冷凍食品]
냉동식품
naeng.dong.sik.ppum
冷凍食品

各式蛋料理

[鷄卵]
계란／달걀
ke.lan / tal.gyal
蛋

[鷄卵]
삶은 계란
sal.meun-ke.lan
水煮蛋

[鷄卵fried]
계란프라이
ke.lan.ppeu.la.i
荷包蛋

[溫泉鷄卵]
온천 계란
on.cheon-ke.lan
溫泉蛋

[omelet rice]
오므라이스
o.meu.la.i.seu
歐姆蛋

[鷄卵]
계란말이
ke.lan.ma.li
煎蛋捲

[鷄卵]
계란찜
kye.lan.jjim
蒸蛋

御飯糰口味

주먹밥
ju.meok.bbap
御飯糰

김치제육볶음
kim.chi.je.yuk.bo.ggeum
泡菜炒豬肉

[鰱魚]
연어
yeo.neo
鮭魚

[梅實]
매실
mae.sil
梅子

다시마
ta.si.ma
昆布

[salad]
참치샐러드
cham.chi.sael.leo.deu
鮪魚沙拉

[mayonnaise]
마요네즈새우
ma.yo.ne.jeu.sae.u
美乃滋蝦子

[明卵]
명란
myeong.nan
明太子

멸치
myeol.chi
鯷魚

[waffle]
와플
wa.ppeul
鬆餅

[muffin]
머핀
meo.ppin
瑪芬

[brownie]
브라우니
peu.la.u.ni
布朗尼

[cake]
케이크
kke.i.kkeu
蛋糕

[gelato ice cream]
젤라또 아이스크림
jel.la.ddo-a.i.seu.kkeu.lim
義大利式冰淇淋

아이스크림 브레드
a.i.seu.kkeu.lim-peu.le.deu
冰淇淋麵包

[綠茶氷水]
녹차빙수
nok.cha.bing.su
綠茶冰

[氷水]
팥빙수
pat.bbing.su
紅豆冰

[smoothie]
스무디
seu.mu.di
冰沙

[shake]
셰이크
sye.i.kkeu
奶昔

[scone]
스콘
seu.kkon
司康

[bagle]
베이글빵
pe.i.geul.bbang
貝果

飲料

[飲料水]
음료수
eum.nyo.su
飲料

물
mul
開水

뜨거운 물
ddeu.geo.un-mul
熱開水

찬 물
chan-mul
冷開水

[coffee]
커피
kkeo.ppi
咖啡

[茶]
차
cha
茶

[ice coffee]
아이스 커피
a.i.seu-kkeo.ppi
冰咖啡

[Americano]
아메리카노
a.me.li.kka.no
美式咖啡

[ice Americano]
아이스 아메리카노
a.i.seu-a.me.li.kka.no
冰美式咖啡

[Espresso]
에스프레소
e.seu.ppeu.le.so
濃縮咖啡

[Dutch Coffee]
더치커피
teo.chi.kkeo.ppi
冰滴咖啡

[caramel macchiato]
캐러멜마끼아또
kkae.leo.mel.ma.ggi.a.ddo
焦糖瑪奇朵

[ice Cafe latte]
아이스 카페라떼
a.i.seu-kka.ppe.la.dde
冰拿鐵

[Cafe latte]
카페라떼
kka.ppe.la.dde
拿鐵

[豆乳Cafe latte]
두유 카페라떼
tu.yu-kka.ppe.la.dde
豆漿拿鐵

[ice Cafe mocha]
아이스 카페모카
a.i.seu-kka.ppe.mo.kka
冰咖啡摩卡

[Cafe mocha]
카페모카
kka.ppe.mo.kka
摩卡咖啡

[ice cappuccino]
아이스 카푸치노
a.i.seu-kka.ppu.chi.no
冰卡布奇諾

[cocoa cappuccino]
코코아 카푸치노
kko.kko.a-kka.ppu.chi.no
巧克力卡布奇諾

[cappuccino]
카푸치노
kka.ppu.chi.no
卡布奇諾

[綠茶]
녹차
nok.cha
綠茶

[紅茶]
홍차
hong.cha
紅茶

[玄米綠茶]
현미녹차
hyeon.mi.nok.cha
玄米綠茶

[木瓜茶]
모과차
mo.gwa.cha
木瓜茶

[菊花茶] 국화차 ku.kkwa.cha 菊花茶	[柚子茶] 유자차 yu.ja.cha 柚子茶	[五味子茶] 오미자차 o.mi.ja.cha 五味子茶	[水正果] 수정과 su.jeong.gwa 柿餅汁

[鬚髯茶] 옥수수 수염차 ok.ssu.su.su.yeom.cha 玉米鬚茶	[人蔘茶] 인삼차 in.sam.cha 人蔘茶	[牛乳] 우유 u.yu 牛奶

[banana牛乳] 바나나우유 pa.na.na.u.yu 香蕉牛奶	[coffee牛乳] 커피우유 kkeo.ppi.u.yu 咖啡牛奶	[牛乳] 딸기우유 ddal.gi.u.yu 草莓牛奶

[ice tea] 아이스티 a.i.seu.tti 冰紅茶	[juice] 주스 ju.seu 果汁	[食醯] 식혜 si.kkye 甜米釀	[cola] 콜라 kkol.la 可樂	[cider] 사이다 sa.i.da 蘇打汽水

[yogurt] 요구르트 yo.gu.leu.tteu 優酪乳	[生] [juice] 생과일 주스 saeng.gwa.il.ju.seu 鮮果汁	[orange juice] 오렌지 주스 o.len.ji-ju.seu 柳橙汁

커피 한잔할까요?
要喝杯咖啡？

酒類

술 sul 酒	[麥酒] **맥주** maek.jju 啤酒	[生麥酒] **생맥주** saeng.maek.jju 生啤酒
[whiskey] **위스키** wi.seu.kki 威士忌	[燒酒] **소주** so.ju 燒酒	[brandy] **브랜디** peu.laen.di 白蘭地
[藥酒] **약주** yak.jju 藥酒	[人蔘酒] **인삼주** in.sam.ju 人蔘酒	[wine] **와인** wa.in 葡萄酒
막걸리 ma.ggeol.li 濁酒	[酒] **동동주** tong.dong.ju 米酒	[覆盆子] **복분자술** pok.bbun.ja.sul 覆盆子酒
[百歲酒] **백세주** paek.sse.ji 百歲酒		

건배！
乾杯！

蔬菜

[野菜]
야채
ya.chae
蔬菜

[piment]
피망
ppi.mang
青椒

당근
tang.geun
紅蘿蔔

감자
kam.ja
馬鈴薯

[洋]
양파
yang.ppa
洋蔥

[tomato]
토마토
tto.ma.tto
蕃茄

[洋]
양배추
yang.bae.chu
高麗菜／甘藍

옥수수
ok.ssu.su
玉米

[celery]
셀러리
sel.leo.li
芹菜

콩
kkong
豆子

시금치
si.geum.chi
菠菜

오이
o.i
小黃瓜

호박
ho.bak
南瓜

[洋松耳]
양송이버섯
yang.song.i.beo.seot
蘑菇

상추
sang.chu
萵苣

[松耳]
송이버섯
song.i.beo.seot
松茸

[生薑]
생강
saeng.gang
薑

마늘
ma.neul
蒜頭

표고버섯
ppyo.go.beo.seot
香菇

[broccoli]
브로콜리
peu.lo.kkol.li
綠花椰菜

깻잎
ggaen.nip
芝麻葉

[cauliflower]
콜리플라워
kkol.li.ppeul.la.wo
（白）花椰菜

[asparagus]
아스파라거스
a.seu.ppa.la.geo.seu
蘆筍

고사리
ko.sa.li
蕨菜

과일
kwa.il
水果

[橘]
귤
kyul
橘子

[lemon]
레몬
le.mon
檸檬

사과
sa.gwa
蘋果

[orange]
오렌지
o.len.ji
柳橙

[葡萄]
포도
ppo.do
葡萄

딸기
ddal.gi
草莓

[banana]
바나나
pa.na.na
香蕉

[grapefruit]
그레이프 프루트
keu.le.i.ppeu.ppeu.lu.tteu
葡萄柚

복숭아
pok.ssung.a
桃子

감
kam
柿子

[無花果]
무화과
mu.hwa.gwa
無花果

[cherry]
체리
che.li
櫻桃

배
pae
梨子

수박
su.bak
西瓜

고기
ko.gi
肉

쇠고기
soe.go.gi
牛肉

돼지고기
twae.ji.go.gi
豬肉

닭고기
tak.ggo.gi
雞肉

소혀
so.hyeo
牛舌

다진 고기
ta.jin.go.gi
絞肉

[肝]
간
kan
肝

[ham]
햄
haem
火腿

다진 돼지고기	다진 쇠고기
ta.jin.dwae.ji.go.gi	ta.jin.soe.go.gi
豬絞肉	牛絞肉

海鮮

[海物] 해물 hae.mul 海鮮	[生鮮] 생선 saeng.seon 魚	[鯷魚] 정어리 jeong.eo.li 沙丁魚	[鰱魚] 연어 yeo.neo 鮭魚
[魚] 다랑어 ta.lang.eo 北方黑鮪	[魚] 가다랑어 ka.da.lang.eo 鰹魚	참치 cham.chi 鮪魚	[大口] 대구 tae.gu 鱈魚
넙치 neop.chi 比目魚	[松魚] 송어 song.eo 鱒魚	꽁치 ggong.chi 秋刀魚	[烏賊魚] 오징어 o.jing.eo 烏賊
[文魚] 문어 mu.neo 章魚	새우 sae.u 蝦子	김 kim 海苔	게 ke 螃蟹
굴 kul 牡蠣	조개 jo.gae 蛤蜊	떡조개 ddeok.jjo.gae 鏡蛤	[全鰒] 전복 jeon.bok 鮑魚
바닷가재 pa.dat.gga.jae 龍蝦	[長魚] 장어 chang.eo 鰻魚	미역 mi.yeok 海帶芽	

調味料

[調味料] **조미료** jo.mi.lyo 調味料	[雪糖] **설탕** seol.ttang 砂糖	**소금** so.geum 鹽	[sauce] **소스** so.seu 醬汁
[醬] **된장** toen.jang 大醬	[食醋] **식초** sik.cho 醋	[香辛料] **향신료** hyang.sin.nyo 辛香料	**후추** hu.chu 胡椒
고추 ko.chu 辣椒	[ketchup] **케첩** kke.chap 蕃茄醬	**와사비** wa.sa.bi 芥末	[butter] **버터** peo.tteo 奶油
고추냉이 ko.chu.naeng.i 山葵	[cream] **크림** kkeu.lim 奶油	[cheese] **치즈** chi.jeu 起司	**기름** ki.leum 油
[mayonnaise] **마요네즈** ma.yo.ne.jeu 美乃滋	[jam] **잼** jaem 果醬	[jam] **땅콩잼** ddang.kkong.jaem 花生醬	**참기름** cham.gi.leum 芝麻油

烹調方法

굽다 kup.dda 烤	**끓이다** ggeu.li.da 煮	**데치다** te.chi.da 川燙	**튀기다** ttwi.gi.da 炸	**찌다** jji.da 蒸

| 볶다
bok.dda
炒 | 삶다
sam.da
炊煮 | 다지다
ta.ji.da
搗碎、切碎 | 비비다
pi.bi.da
攪拌 | 섞다
seok.dda
混合 |

餐具

| 접시
jeop.ssi
盤子 | 컵
[cup]
kkeop
杯子 | 유리컵
[琉璃cup]
yu.li.kkeop
玻璃杯 |

| 밥그릇
pap.ggeu.leut
飯碗 | 찻잔
[盞]
chat.jan
茶杯 | 주전자
[酒煎子]
ju.jeon.ja
茶壺 | 칼
kkal
刀 |

| 포크
[fork]
ppo.kkeu
叉子 | 숟가락
sut.gga.lak
湯匙 | 깡통따개
ggang.ttong.dda.gae
開罐器 |

| 병따개
[瓶]
pyeong.dda.gae
開瓶器 | 컵깔개
kkeop.ggal.gae
杯墊 | 젓가락
jeot.gga.lak
筷子 |

| 이쑤시개
i.ssu.si.gae
牙籤 | 주걱
ju.geok
杓子 | 물티슈
[tissue]
mul.tti.syu
濕紙巾 |

商店、逛街

🌸 尋找商店

1 여기 괜찮은 가게가 있어요 ?
yeo.gi-kwaen.cha.neun-ka.ge.ga-i.sseo.yo

你知道這附近哪裡有不錯的店嗎？

[生必品]
2 생필품을 파는 가게가 어디에 있죠 ?
saeng.ppil.ppu.meul-ppa.neun-ka.ge.ga-eo.
di.e-it.jjyo

哪裡有賣日用品的店？

[公休日]
3 공휴일은 언제죠 ?
kong.hyu.i.leun-eon.je.jyo

請問公休日是什麼時候？

🌸 顧客與店員的對話

會話 ❶

어서 오세요 .
eo.seo-o.se.yo

歡迎光臨。

뭘 찾으세요 ?
mwol-cha.jeu.se.yo

請問要找什麼嗎？

[齒]
칫솔 있어요 ?
chit.ssol-i.sseo.yo

有牙刷嗎？

會話②

[胃腸藥]
위장약을 주세요.
wi.jang.ya.geul-ju.se.yo

請給我腸胃藥。

[罪悚]
죄송한데, 다 나갔어요.
choe.song.han.de-ta-na.ga.sseo.yo

非常抱歉，剛好賣完了。

會話③

[英語可能]　　　　　　[職員]
영어 가능한 직원이 있나요?
yeong.eo-ka.neung.han-ji.gwo.ni-in.na.yo

請問有會說英文的店員嗎？

잠깐만요.
jam.ggan.ma.nyo

請稍等一下。

會話④

[豫算]　　　　[程度]
예산이 어느 정도죠?
ye.sa.ni-eo.neu-jeong.do.jyo

請問你預算多少？

[萬元]　　[以內]
5 만 원 이내요.
o.ma.nwon-i.nae.yo

五萬元以內。

 尋問店員

[使用]
1 이거 어떻게 사용해요?
i.geo-eo.ddeo.kke-sa.yong.hae.yo

這個怎麼用？

[使用]
2 어떻게 사용하는지 알려 주세요.
eo.ddeo.kke-sa.yong.ha.neun.ji-al.lyeo-ju.se.yo

請告訴我如何使用。

3 뭘로 만들었어요?
mwol.lo-man.deu.leo.sseo.yo

那是用什麼做的？

[中國語說明書]

4 중국어 설명서도 들어 있나요？
jung.gu.geo-seol.myeong.seo.do-teu.
leo-in.na.yo

有附中文說明書嗎？

5 무슨 가죽이죠？
mu.seun-ka.ju.gi.jjyo

是什麼皮革呢？

[防水]

6 방수인가요？
pang.su.in.ga.yo

可以防水嗎？

[台灣]　　　　　[使用]

7 대만에서도 사용할 수 있어요？
tae.ma.ne.seo.do-sa.yong.hal-ssu-i.sseo.yo

在台灣可以用嗎？

8 남성용인가요？여성용인가요？
na.seong.yong.in.ga.yo-yeo.seong.yong.in.ga.yo

這是男士用的，還是女
士用的？

[還拂]　　[可能]

9 환불 가능한가요？
hwan.bul-ka.neung.han.ga.yo

可以退貨嗎？

要求店員

1 다른 것도 보여 주세요．
ta.leun-geot.ddo-po.yeo-ju.se.yo

請給我看看其他的。

2 더 좋은 거 없나요？
teo-jo.eun-keo-eom.na.yo

有沒有質料更好的？

[色]

3 다른 색깔이 없나요？
ta.leun-sae.gga.li-eom.na.yo

有沒有其他顏色？

[還拂]　　　　[交換]

4 환불／교환해 주세요．
hwan.bul／kyo.hwa.nae-ju.se.yo

我想退貨／換貨。

關於尺寸

[size]

1 사이즈 좀 재 주시겠어요？
sa.i.jeu-jom-jae-ju.si.ge.sseo.yo

可以幫我量一下尺寸
嗎？

[coat]

2 이 코트를 입어 봐도 돼요？
i-kko.tteu.leul-i.beo-pwa.do-twae.yo

我可以試穿一下這件外
套嗎？

3 너무 커요 . ／너무 작아요 .
neo.mu-kkeo.yo／neo.mu-ja.ga.yo

這件太大了。／太小了。

[coat]　　　　[size]
4 이 코트는 저랑 맞는 사이즈가 없어요 ?
i.kko.tteu.neun-jeo.lang-man.neun-sa.i.jeu.
ga-eop.sseo.yo

這件外套有沒有適合我的尺寸。

5 더 큰 거／작은 거 있어요 ?
teo-kkeun.geo／ja.geun.geo-i.sseo.yo

有沒有大一點／小一點的呢？

[修繕]
6 바지 길이 수선해 줄 수 있나요 ?
pa.ji-ki.li-su.seo.nae-jul-su-in.na.yo

可以幫我改褲子的長度嗎？

[修繕]
7 좀 짧게 수선해 주세요 .
chom-jjal.ge-su.seo.nae-ju.se.yo

請再幫我改短一點。

詢問價錢

1 이거 얼마죠 ?
i.geo-eol.ma.jyo

這多少錢？

2 모두 얼마예요 ?
mo.du-eol.ma.ye.yo

全部共多少錢？

[價格]　　　[稅金]　　　[包含]
3 이 가격은 세금도 포함돼 있어요 ?
i-ka.gyeo.geun-se.geum.do-ppo.ham.
dwae-i.sseo.yo

這個價錢有含稅嗎？

[萬元 程度]
4 만원정도의 가방이 있어요 ?
ma.nwon-jeong.do.e-ka.bang.i-i.sseo.yo

請問有一萬元左右的包包嗎？

[sale]
5 이거 세일하고 있나요 ?
i.geo-se.i.la.go-in.na.yo

這個有打折嗎？

6 너무 비싸요 .
neo.mu-pi.ssa.yo

太貴了。

7 더 싼 거 없나요 ?
teo-ssan.geo-eom.na.yo

有沒有更便宜的呢？

8 싸게 주세요.
ssa.ge-ju.se.yo

請算我便宜一點。

[千元]
9 5천 원 싸게 줄 수 없나요?
o.cheo.nwon-ssa.ge-jul-ssu-eom.na.yo

可以少算五千元嗎?

[割引]
10 할인을 좀 해 주시나요?
ha.li.neul-jom-hae-ju.si.na.yo

可以打個折嗎?

11 주머니에 이거밖에 없어요. 깎아 주세요.
ju.meo.ni.e-i.geo.ba.gge-eop.sseo.yo
gga.gga-ju.se.yo

我身上只有這些錢,請算便宜一點。

[弘報]
12 홍보해 드릴테니까 싸게 해주세요.
hong.bo.hae-teul.lil.tte.ni.gga-ssa.ge.hae-ju.
se.yo

我會幫你打廣告的,請算我便宜一點。

13 아는 사람 소개해 줬는데 싸게 해주실거죠?
a.neun-sa.lam-so.gae.hae-jwon.neun.
de-ssa.ge-hae.ju.sil.geo.jyo

我有介紹朋友來這裡買,可以算我便宜一點吧?

14 많이 살테니까 좀 싸게 해주세요.
ma.ni-sal.tte.ni.gga-jom-ssa.ge.hae-ju.se.yo

我買很多,請再算便宜一點吧。

[現金]
15 현금으로 계산하면 좀 더 깎아주실 수 있어요?
hyeon.geu.meu.lo.gye.sa.na.myeon.jom.
teo.gga.gga.ju.sil.su.i.sseo.yo.

如果付現金的話可以算便宜一點嗎?

16 싸게 주시면 다음에 또 올게요.
ssa.ge-ju.si.myeon-ta.eu.me-ddo-ol.gge.yo

算我便宜的話,下次會再來買。

17 너무 비싸서 생각해 봐야 될 것 같아요.
neo.mu-pi.ssa.seo-saeng.ga.kkae-pwa.
ya-toel-ggeot-gga.tta.yo

太貴了,我要考慮一下。

1 이거 주세요.
i.geo-ju.se.yo

請給我這個。

2 이따가 와서 살게요.
i.dda.ga-wa.seo-sal.gge.yo

我等一下再來買。

3 사고 싶은 걸 못 찾았어요.
sa.go-si.ppeun-keol-mot-cha.ja.sseo.yo

我找不到我想要買的。

4 생각해 볼게요.
saeng.ga.kkae-pol.gge.yo

我考慮一下。

5 아직 결정을 못 내렸어요.
[決定]
a.jik-kyeol.jjeong.eul-mot-nae.lyeo.sseo.yo

我還沒有決定。

6 구경할게요.
ku.gyeong.hal.gge.yo

我只是看看。

會話

① [決定]
결정하셨나요?
kyeol.jjeong-ha.syeon.na.yo

決定好了嗎？

② [中]
생각 중이에요.
saeng.gak-jung.i.e.yo

我還在考慮。

❀ 結帳

[card] [計算]
1 카드로 계산해도 되나요?
kka.deu.lo-ke.sa.nae.do-toe.na.yo

可以用信用卡付帳嗎?

[領收證]
2 영수증을 주세요.
yeong.su.jeung.eul-ju.se.yo

請給我發票(收據)。

會話

[card] [計算]
카드로 계산할게요.
kka.deu.lo-ke.sa.nal.gge.yo

我要刷卡。

네.
ne

好的。

❀ 買衣服

會話❶

입어 봐도 돼요?
i.beo-pwa.do-twae.yo

可以試穿嗎?

[上衣] [外套] [除外]
**상의는 외투를 제외하고 나머지는
안 돼요.**
sang.i.neun-oe.ttu.leul-che.oe.ha.go-na.
meo.ji.neun-an-twae.yo

上衣除了外套之外都不
可以試穿。

會話❷

[脫衣室]
탈의실이 어디에 있어요?
tta.li.si.li-eo.di.e.i.sseo.yo

試衣間在哪裡?

앞으로 가서 오른쪽에 있어요.
a.ppeu.lo-ka.seo-o.leun.jjo.ge-i.sseo.yo

前面直走右邊就是了。

[catalog]
여기 카탈로그가 있어요 ?
yeo.gi-kka.ttal.lo.geu.ga-i.sseo.yo

네 , 여기 있습니다 .
ne-yeo.gi-it.sseum.ni.da

請問有沒有服裝目錄可以參考？

有的，在這裡。

採購問題

[accessory]
1 어울리는 액세서리가 어떤 게 있어요 ? 　有哪些配件可以搭配？
eo.ul.li.neun-aek.sse.seo.li.ga-eo.ddeon-ke.i.
sseo.yo

[design]　　　　　　[流行item]
2 이번 봄에 어떤 디자인이 유행 아이템 　今年春天流行哪些款式？
이에요 ?
i.beon-po.me-eo.ddeon-ti.ja.i.ni-yu.haeng-a.i.tte.
mi.e.yo

[男性衣類]　　　　[女性衣類]
3 남성의류／여성의류가 어디에 있어요 ? 請問男裝／女裝在哪裡？
nam.seong.eui.lyu／yeo.seong.eui.lyu.ga-eo.di.
e-i.sseo.yo

[coordi(nation)]
4 옷을 어떻게　코디　해야 돼요 ? 　衣服該怎麼搭配比較
o.seul-eo.ddeo.kke-kko.di.hae.ya-twae.yo 　好呢？

[jacket]　　　　　[fit]
5 이 재킷을 입으면 핏이 좋아요 . 　這件外套穿起來很有型。
i-jae.kki.seul-i.beu.myeon-ppi.si.
jo.a.yo

[design]　　　　　[line]
6 이 디자인이 허리라인을 살려 줘요 . 　這件衣服的剪裁可以修
i-ti.ja.i.ni-heo.li.la.i.neul-sal.lyeo-chwo.yo 　飾腰身。

7 이 바지를 입으면 다리가 길어 보여요 . 穿上這件褲子可以顯腿
i-pa.ji.leul-i.beu.myeon-ta.li.ga-ki.leo-po. 　長。
yeo.yo

[knit T(shirts)]　　[skinny jean]
8 니트티와 스키니진이 아주 어울려요 . 針織杉上衣和緊身褲
ni.tteu.tti.wa-seu.kki.ni.ji.ni-a.ju-eo.ul.lyeo.yo 很搭。

9 박스티는 청바지랑 같이 입어도 돼요 . 寬版 T 恤搭配合身牛
pak.sseu.tti.neun-cheong.ba.ji.lang-ka. 仔褲也可以。
chi.i.beo.do-twae.yo

批貨會話

1 비즈니스요 .
[business]
pi.jeu.ni.seu.yo

我是來批貨的。

2 이 디자인이 얼마예요 ?
[design]
i-ti.ja.i.ni-eol.ma.ye.yo

這款式多少錢？

3 컬러가 몇 가지죠 ?
[color]
kkeol.leo.ga-myeot-gga.ji.jyo

有幾個顏色？

4 지금 재고 있어요 ?
ji.geum.jae.go.i.sseo.yo

有現貨嗎？

5 신상이 있어요 ?
[新上]
sin.sang.i-i.sseo.yo

有新款嗎？

6 리오더가 가능한가요 ?
[reorder]   [可能]
li.o.deo.ga-ka.neung.han.ga.yo

可以追加嗎？

7 이 디자인이 정 사이즈인가요 ?
[design]   [正size]
i-ti.ja.i.ni-jeong.sa.i.jeu.in.ga.yo

這款是標準版型嗎？

8 특별한 디자인이 있나요 ?
[特別]   [design]
tteuk.bbyeo.lan-ti.ja.i.ni-in.na.yo

有沒有比較特別的款
式呢？

9 큰 사이즈도 나와요 ?
[size]
kkeun-sa.i.jeu.do-na.wa.yo

有沒有加大的尺寸？

10 사이즈가 몇 가지죠 ?
[size]
sa.i.jeu.ga-myeot-gga.ji.jyo

這款有幾個尺寸？

11 대만에서 가게와 인터넷을 같이
하고 있어요 .
[台灣]   [internet]
tae.ma.ne.seo-ka.ge.wa-in.tteo.ne.seul.ka.
chi-ha.go-i.sseo.yo

我在台灣有店面和網路
銷售。

12 대량주문하면 싸게 줘요 ?
[大量注文]
tae.lyang.ju.mu.na.myeon-ssa.ge-jwo.yo

大量購買有比較便宜嗎？

13 리오더하면 언제 받을 수 있어요 ?
li.o.deo.ha.myeon-eon.je-pa.deul-ssu.i.
sseo.yo

我要追加訂貨的話，什麼
時候會到？

14 언제 나와요 ?
eon.je-na.wa.yo

什麼時候寄出？

 ## 特價訊息

[百貨店]　　[bargain sale]
1 좀 더 있으면 백화점 바겐세일이
[始作]
시작됩니다 .
jom-teo.i.sseu.myeon-pae.kkwa.jeo.pa.
gen-se.i.li-si.jak.ddoem.ni.da

百貨公司即將展開減價
優惠。

[換節期sale]
환절기 세일
hwan.jeol.gi-se.il
換季折扣

[倉庫開放]
창고 개방
chang.go-kae.bang
清倉大拍賣

[移越特價]
이월 특가
i.wol-tteuk.gga
過季商品特賣

[限定特價]
한정 특가
han.jeong-teuk.gga
限時特賣

[sale]
마지막 세일
ma.ji.mak-sse.il
最後折扣

[店鋪整理特價sale]
점포정리특가세일
jeom.ppo.jeong.ni.tteuk.gga.sse.il
結束營業大拍賣

[超特價行事]
초특가행사
cho.tteuk.gga.haeng.sa
跳樓大拍賣

예쁜 옷 많아요 .
好多漂亮的衣服

特價採購

會話❶

[定期sale]
정기 세일은 언제예요 ?
jeong.gi-se.i.leun-eon.je.ye.yo

[sale期間]
세일 기간이 언제부터예요 ?
sse.il-ki.ga.ni-eon.je.bu.tteo.ye.yo

週年慶是什麼時候？

特賣什麼時候開始？

이번 주 부터요 .
i.beon.ju.bu.tteo.yo

本週開始。

會話❷

[豫買]
예매할 수 있어요 ?
ye.mae.hal-ssu-i.sseo.yo

可以預購嗎？

[可能]
네 , 가능해요 .
ne-ka.neung.hae.yo

可以。

會話❸

[豫買]   [惠澤]
예매하면 어떤 혜택이 있어요 ?
ye.mae.ha.myeon-eo.ddeon-he.ttae.gi-i.
sseo.yo

預購有哪些優惠？

[豫買]   [coupon]   [商品卷]
지금 예매하시면 쿠폰 이나 상품권을
드립니다 .
ji.geum-ye.mae.ha.si.myeon-kku.ppo.
ni.na-sang.ppum.gwo.neul-teu.rim.ni.da

現在預購的話，會送您
折價卷或商品兌換卷。

會話④

[sale set]
어떤 세일 세트가 있어요 ?
eo.ddeon-sse.il-se.tteu.ga-i.sseo.yo

有哪些特價組合？

원플러스원 세일하고 있습니다 .
won.peul.leo.seu.won-sse.i.la.go.it.sseum.ni.da

買一送一優惠中。

會話⑤

[傳單紙]
전단지를 줄 수 있나요 ?
jeon.dan.ji.leul-jul-ssu-in.na.yo

可以給我一份 DM 嗎？

네 , 여기 있습니다 .
ne-yeo.gi-it.sseum.ni.da

好的，在這裡。

會話⑥

[sale] [始作]
겨울 세일을 시작했나요 ?
kyeo.ul-sse.i.leul-si.ja.kkaen.na.yo

請問冬季折扣開始了嗎？

[全品目] [percent] [sale]
지금 전품목 30 퍼센트 세일을 하고
있습니다 .
ji.geum-jeon.ppum.mok-sam.sip.ppeo.
sen.tteu-sse.i.leul-ha.go-it.sseum.ni.da

目前全館打七折。

會話⑦

[購買金額] [謝恩品]
구매금액에 따라 주실 사은품이 뭐예
요 ?
ku.mae.geu.maek.ge-dda.la-ju.sil-sa.eun.
ppu.mi-mwo.ye.yo

請問滿額贈品有哪些？

[coupon] [商品卷]
쿠폰이나 상품권을 드립니다 .
kku.ppo.ni.na-sang.ppum.gwo.neul-teu.lim.
ni.da

會送您折價卷或商品兌
換卷。

會話 ⑧

[謝恩品]
사은품은 어디서 받아요?
sa.eun.ppeu.meun-eo.di.seo-pa.da.yo
請問贈品在哪裡兌換？

[顧客center]
고객센터에 가서 받아가세요.
ko.gaek.ssen.tteo.e-ka.seo-pa.da.ga.se.yo
請在服務中心兌換。

配送問題

1 [配達]
이걸 집으로 배달해 주세요.
i.geol-ji.beu.lo-pae.da.lae-ju.se.yo
請幫我把這個送到我家。

2 [配達]
집으로 배달해 줄 수 있어요?
ji.beu.lo-pae.da.lae-jul-ssu-i.sseo.yo
可以幫我送到我家嗎？

3 [住所]
이 주소로 보내 주세요.
i-ju.so.lo-po.nae-ju.se.yo
請幫我送到這個地址。

4 [運送費]
운송비를 내야 돼요?
un.song.bi.leul-nae.ya-twae.yo
需要付運費嗎？

5 [設置]
설치해 줄 수 있나요?
seol.chi.hae-jul-ssu-in.na.yo
能不能幫我安裝？

6 [到著]
언제 도착할 수 있나요?
eon.je-to.cha.kkal-ssu-in.na.yo
什麼時候可以送到？

修理

1 [故障]
고장났는데요.
ko.jang.nan.neun.de.yo
故障了。

2 좀 고쳐 주세요.
jom-ko.chyeo-ju.se.yo
請幫我修好。

3 언제까지 해 줄 수 있나요?
eon.je.gga.ji-hae-jul-ssu-in.na.yo
什麼時候會好？

4 내일까지 해 줄 수 있나요? [來日]
nae.il.gga.ji-hae-jul-ssu-in.na.yo

明天前會好嗎？

5 비용이 얼마나 들어가요? [費用]
pi.yong.i.eol.ma.na-teu.leo.ga.yo

要多少錢呢？

 어떻게 고장났어요? [故障]
eo.ddeo.kke-ko.jang.na.sseo.yo

怎麼會壞掉呢？

 바닥에 떨어졌어요.
pa.da.ge-ddeo.leo.jyeo.sseo.yo

我把它掉在地上了。

또 이렇게 많이
샀어요.
又買了這麼多

各類商店

[百貨店]
백화점
pae.kkwa.jeom
百貨公司

[mart]
마트
ma.tteu
超市

[免稅店]
면세점
myeon.se.jeom
免稅商店

[便宜店]
편의점
ppyeo.ni.jeom
便利商店

[野菜]
야채가게
ya.chae.ga.ge
蔬菜店

빵집
bbang.jip
麵包店

[生鮮]
생선가게
saeng.seon.ga.ge
魚舖

[精肉店]
정육점
jeong.yuk.jjeom
肉舖

[寫真館]
사진관
sa.jin.gwan
照片沖洗店

[酒類專賣店]
주류전매점
ju.lyu.jeon.mae.jeom
酒類專賣店

꽃집
ggot.jjip
花店

[冊房]　　[書店]
책방／서점
chaek.bbang／seo.jeom
書店

[民俗工藝品]
민속공예품가게
min.sok.ggong.ye.ppum.ga.ge
民俗藝品店

[化粧品]
화장품가게
hwa.jang.ppum.ga.ge
化妝品店

장난감가게
jang.nan.gam.ga.ge
玩具店

[古董品]
골동품가게
kol.ddong.ppum.ga.ge
古董店

[shopping mall]
쇼핑몰
syo.pping.mol
購物中心

[商街]
상가
sang.ga
購物街

裝飾物品

부채 pu.chae 扇子	[漆器] 칠기 chil.gi 漆器	검 keom 刀、劍	[屏風] 병품 pyeong.ppung 屏風
[缸] 항아리 hang.a.li 壺、罈、罐	[假面] 가면 ka.myeon 面具	[陶瓷器] 도자기 to.ja.gi 陶瓷器	[鳶] 연 yeon 風箏
[製品] 대나무제품 tae.na.mu.je.ppum 竹製品	북 puk 鼓	[人形] 인형 i.nyeong 娃娃、人偶	[原州韓紙] 원주한지 won.ju.han.ji 原州韓紙

종이접기
jong.i.jeop.ggi
摺紙

팽이
ppaeng.i
陀螺

[音樂箱子]
음악상자
eu.mak.sang.ja
音樂盒

包款

[類] 가방류 ka.bang.lyu 包包類	[shoulder bag] 숄더백 syol.deo.baek 肩背包	[hand bag] 핸드백 haen.deu.baek 手提包	[cross bag] 크로스백 kkeu.lo.seu.baek 斜背包
[tote bag] 토트백 tto.tteu.baek 托特包	[boston bag] 보스톤백 po.seu.tton.baek 波士頓包	[quilting bag] 퀼팅백 kkwol.tting.baek 菱格包	[銅錢紙匣] 동전지갑 tong.jeon.ji.gap 零錢包

[clutch bag] 클러치백 kkeul.leo.chi.baek 晚宴包	[eco bag] 에코백 e.kko.baek 帆布包／環保袋	[背囊] 배낭가방 pae.nang.ga.bang 後背包
소가죽가방 so.ga.ju.ggaa.bang 牛皮包	[收納] 수납가방 su.nap.gga.bang 收納包	[書類] 서류가방 seo.lyu.ga.bang 公事包
[computer] 컴퓨터가방 kkeom.ppyu.tteo.ga.bang 電腦包		[旅行] 여행가방 yeo.haeng.ga.bang 旅行箱

服飾

[男性衣類] 남성의류 nam.seong.eui.lyu 男裝	[女性衣類] 여성의류 yeo.seong.eui.lyu 女裝	[兒童服] 아동복 a.dong.bok 童裝	소매 so.mae 袖子
[幼兒衣類] 유아의류 yu.a.eui.lyu 嬰兒服	[半] 반소매 pan.so.mae 短袖	옷깃 ot.ggit 衣領	옷자락 ot.jja.lak 衣服下擺

服飾

[衣類]
의류
eui.lu
服飾

[洋服]
양복
yang.bok
西裝

[sweater]
스웨터
seu.we.tteo
毛衣

[jacket]
재킷
jae.kkit
夾克

[女性shirts]
여성셔츠
yeo.seong.syeo.cheu
女用襯衫

[南方shirts]
남방셔츠
nam.bang.syeo.cheu
棉襯衫

[外套]　　　　[coat]
외투／코트
oe.ttu／kko.tteu
外套

[正裝white shirts]
정장 와이셔츠
jeong.jang-wa.i.syeo.cheu
西裝白襯衫

[sweater]
뜨개질 스웨터
ddeu.gae.jil-seu.we.tteo
手織毛衣

[chiffon long skirt]
쉬폰 롱 스커트
swi.ppon-long-seu.kkeo.tteu
長紗裙

[one piece]
원피스
won.ppi.seu
連身裙／洋裝

[skirt]
치마／스커트
chi.ma／seu.kkeo.tteu
裙子

[long one piece]
롱원피스
long.won.ppi.seu
長洋裝

[mini one piece]
미니원피스
mi.ni.won.ppi.seu
短洋裝

긴바지
kin.pa.ji
長褲

반바지
pan.pa.ji
短褲

[baggy pants]
배기팬츠
pae.gi-ppaen.cheu
飛鼠褲

[chiffon blouse]
쉬폰브라우스
swi.ppon.beu.la.u.seu
雪紡衣

[slim fit]
슬림핏 바지
seul.lim.ppit-pa.ji
顯瘦長褲

[slim fit上衣]
슬림핏 상의
seul.lim.ppit-sang.i
顯瘦上衣

[blouse] 브라우스 peu.la.u.seu 罩衫	[靑] 청바지 cheong.ba.ji 牛仔褲	[leggings] 레깅스 le.ging.seu 內搭褲	[skinny jean] 스키니진 seu.kki.ni.jin 單寧窄管褲
[上衣] 상의 sang.eui 上衣	[T-shirts] 티셔츠 tti.syeo.cheu Ｔ恤	[shirts] 셔츠 syeo.cheu 襯衫	[knit] 니트 ni.tteu 針織衫

나시／민소매
na.si／min.so.mae
小可愛／無袖

[casual]
케주얼옷
kke.ju.eo.lot
休閒裝

[couple look]
커플룩
kkeo.ppeul.luk
情侶裝

[pants]
바지／팬츠
pa.ji／ppaen.cheu
褲子

[半]　[T-shirts]
반팔티셔츠
pan.ppal.tti.syeo.cheu
短袖Ｔ恤

[knit] 니트 조끼 ni.tteu-cho.ggi 針織背心	[big size] 빅사이즈 pig.ssa.i.jeu 大尺碼	속옷 so.got 內衣	[pantie] 팬티 ppaen.tti 內褲
[bra] 브라 peu.la 胸罩	[水泳服] 수영복 su.yeong.bok 泳裝	[bikini] 비키니 pi.kki.ni 比基尼	잠옷 ja.mok 睡衣

[ribbon] 리본 li.bon 蝴蝶結	[韓服] 한복 han.bok 韓服	버선 peo.seon 襪套（傳統韓式襪子）

配件和其他物品

[accessory]
액세서리
aek.sse.seo.li
飾品

[半指]
반지
pan.ji
戒指

[ ]
귀걸이
kwi.geo.li
耳環

*也可稱귀고리

팔찌
ppal.jji
手環

목걸이
mok.ggeo.li
項鍊

[sun glass]
선글라스
sseon.geul.la.sseu
太陽眼鏡

[寶石]
보석
po.seok
寶石

[long]
롱목걸이
long.mok.ggeo.li
垂墜式項鍊

[brooch]
브로치
peu.lo.chi
胸針

[眼鏡]
안경
an.gyeong
眼鏡

[necktie pin]
넥타이핀
nek.tta.i.ppin
領帶夾

[珍珠]
진주
jin.ju
珍珠

[pin]
머리핀
meo.li.ppin
髮夾

[scarf]
스카프
seu.kka.ppeu
領巾、絲巾

[necktie]
넥타이
nek.tta.i
領帶

[網紗stocking]
망사스타킹
mang.sa.seu.tta.kking
網襪

목도리
mok.ddo.li
圍巾

[洋襪]
양말
yang.mal
襪子

[stocking]
스타킹
seu.tta.kking
絲襪

[掌匣]
장갑
chang.gap
手套

실
sil
線

바늘
pa.neul
針

단추
tan.chu
釦子

[pin]
옷핀
ot.ppin
別針

[陽傘]
양산
yang.san
陽傘

[雨傘]
우산
u.san
雨傘

[zipper]
지퍼
ji.ppeo
拉鍊

[帽子]
모자
mo.ja
帽子

布料

[棉] **면** myeon 棉	[silk] **실크** sil.kkeu 絲綢	[麻] **마** ma 麻	[羊] **양털** yang.tteol 羊毛

[polyester] **폴리에스테르** ppol.li.e.seu.tte.leu 聚酯	[cashmere] **캐시미어** kkae.si.mi.eo 喀什米爾羊毛

衣服花色

[無地]
무지
mu.ji
素面

무늬
mu.ni
紋路

꽃무늬
ggon.mu.ni
印花紋

[虎皮]
호피무늬
ho.ppi.mu.ni
豹紋

[check]
체크무늬
che.kkeu.mu.ni
格紋

땡땡이무늬
ddaeng.ddaeng.i.mu.ni
圓點紋

[tartan check]
타탄 체크
tta.ttan-che.kkeu
蘇格蘭格紋

줄무늬
jul.mu.ni
條紋

잔꽃무늬
chan.ggon.mu.ni
碎花紋

신발／슈즈
[shoes]
sin.bal／syu.jeu
鞋類

부츠
[boots]
pu.cheu
短靴

롱부츠
[long boots]
long.bu.cheu
長靴

구두
ku.du
皮鞋

고무 장화
[長靴]
ko.mu-jang.hwa
防水雨靴

하이힐
[high heel]
ha.i.hil
高跟鞋

샌들
[sandal]
saen.deul
涼鞋

슬리퍼
[slipper]
seul.li.ppeo
夾腳拖鞋

부티
[bootee]
pu.tti
踝靴

토오픈
[open]
tto.o.ppeun
魚口鞋

플랫
[flat]
ppeul.laet
娃娃鞋

웨지힐
[wedge heel]
we.ji.hil
楔型鞋

운동화
[運動鞋]
un.dong.hwa
球鞋

모카신
[moccasin]
mo.kka.sin
莫卡辛鞋

통굽 구두
ttong.gup-ku.du
粗跟皮鞋

소가죽 구두
so.ga.juk-ku.du
純牛皮鞋

양가죽 구두
[羊]
yang.ga.juk-ku.du
小羊皮鞋

키높이 신발
kki.no.ppi-sin.bal
增高鞋

스니커즈
[sneakers]
seu.ni.kkeo.jeu
運動休閒鞋

캐주얼신발
[casual]
kkae.ju.eol.sin.bal
休閒鞋

彩妝會話

[基礎化妝法]

1 기초 화장법 좀 가르쳐 주세요 .
ki.cho-hwa.jang.beop-jom-ka.leu.chyeo-ju.
se.yo

請教我基本化妝方法。

[色]   [circle lens]

2 파란색 서클렌즈를 사려고요 .
ppa.lan.saek-seo.kkeul.len.jeu.leul-sa.lyeo.go.yo

我想買藍色的瞳孔放大片。

[eye shadow]   [效果]

3 이 아이섀도의 효과가 아주 뛰어나요 .
i-a.i.syae.do.e-hyo.gwa.ga-a.ju-ddwi.eo.
na.yo

這款眼影效果很棒。

[foundation]   [化妝]

4 이 파운데이션으로 화장 안 한 듯
[演出]
연출할 수 있어요 .
i-ppa.un.de.i.syeo.neu.lo-hwa.jang-an-
han-teut-yeon.chu.lal-ssu-i.sseo.yo

這款粉底可以畫出裸妝效果。

[防水eye liner]

5 방수 아이라이너가 있어요 ?
pang.su-a.i.la.i.neo.ga-i.sseo.yo

有防水的眼線筆嗎?

[假]

6 가짜 속눈썹을 어떻게 붙이는지
가르쳐 줄 수 있어요 ?
ka.jja-song.nun.sseo.beul-eo.ddeo.kke-pu.
chi.neun.ji-ka.leu.chyeo-jul-ssu-i.sseo.yo

可以教我怎麼戴假睫毛嗎?

[foundation]   [cover效果]

7 어떤 파운데이션의 커버효과가 좋아요 ?
eo.ddeon-ppa.un.de.i.syeo.ne-kkeo.beo.
hyo.gwa.ga-jo.a.yo

哪一款粉底液的遮瑕效果好?

[concealer]   [skin cover]

8 컨실러나 스킨커버가 있나요 ?
kkeon.sil.leo.na-seu.kkin.kkeo.beo.ga-in.na.yo

有遮瑕膏或蓋斑膏嗎?

[sun cream]   [指數]

9 이 선크림의 SPF 지수가 어떻게 돼요 ?
i-sseon.kkeu.li.me-s.p.f.ji.su.ga-eo.ddeo.
kke-twae.yo

這款防曬乳的防曬係數多少?

[powder效果]   [第一]

10 어느 파우더 효과가 제일 좋아요 ?
eo.neu-ppa.u.deo-hyo.gwa.ga-je.il-jo.
a.yo

哪一款蜜粉最不脫妝?

11 어떤 클렌징 로션이 잘 지워져요? [cleansing lotion]
eo.ddeon-kkeul.len.jing-lo.syeo.
ni-jal-ji.wo.jyeo.yo

哪一款卸妝乳的卸妝效
果最好？

12 립아이 리무버가 있어요? [lip eye remover]
li.ba.i-li.mu.beo.ga-i.sseo.yo

有眼唇卸妝液嗎？

13 흰색 메이크업 베이스와 피부색 [色] [make up base] [皮膚色]
메이크업 베이스를 보여 주세요. [make up base]
hin.saek-me.i.kkeu.eop-pe.i.seu.wa-ppi.
bu.saek-me.i.kkeu.eop-pe.i.seu.leul-po.
yeo-ju.se.yo

請給我看一下白色妝前
乳和膚色妝前乳。

14 샘플 더 많이 줄 수 있나요? [sample]
saem.ppeul-teo-ma.ni-jul-ssu-in.na.yo

可以多給我一些試用品
嗎？

15 사은품 있어요? [謝恩品]
sa.eun.ppum-i.sseo.yo

有贈品嗎？

單字充電站

化妝品

[化妝品] [make up]
화장품／메이크업
hwa.jang.ppum／me.i.kkeu.eop
化妝品

[sun bb cream]
선 BB 크림
sseon.bi.bi.kkeu.lim
防曬 BB 霜

[make up base]
메이크업 베이스
me.i.kkeu.eop-pe.i.seu
飾底乳

[primer]
프라이머
ppeu.la.i.meo
妝前產品

[sun cream]
선크림
sseon.kkeu.lim
防曬乳

[bb cream]
BB 크림
pi.bi.kkeu.lim
BB 霜

[concealer]
컨실러
kkeon.sil.leo
遮瑕膏

[lip balm]
립밤
li.bbam
護唇膏

[lip liner]
립라이너
lim.na.i.neo
唇線筆

[珍珠] [sun bb]
진주알 맑은 선 BB
jin.ju.al-mal.geun-sseon.bi.bi
珍珠明亮防曬 BB 霜

[cream]
달팽이 크림
tal.ppaeng.i.kkeu.lim
蝸牛霜

[lipstick]
립스틱
lip.sseu.ttik
口紅

[foundation]
파운데이션
ppa.un.de.i.syeon
粉底／粉餅

[powder]
파우더
ppa.u.deo
蜜粉

[lip tint]
립틴트
lip.ttin.tteu
染唇露

[lipgloss]
립글로스
lip.ggeul.lo.seu
唇蜜

[eye brow]
아이브로우
a.i.beu.lo.u
眉彩

[eye shadow]
아이섀도
a.i.syae.do
眼影

[化妝]
화장솜
hwa.jang.som
化妝綿

[eyebrow pencil]
아이브로우 펜슬
a.i.beu.lo.u-ppen.seul
眉筆

[eye line]
아이라인
a.i.la.in
眼線

[gel eyebrow]
젤 아이브로우
jel-a.i.beu.lo.u
眉膠／染眉膏

[eye liner]
아이라이너
a.i.la.i.neo
眼線筆

[gel eye liner]
젤 아이라이너
jel-a.i.la.i.neo
眼線膠

[mascara]
마스카라
ma.seu.kka.la
睫毛膏

[water proof mascara]
워터프루프 마스카라
wo.tteo.ppeu.lu.ppeu.ma.seu.kka.la
防水睫毛膏

[long lash mascara]
롱래쉬 마스카라
long.lae.swi.ma.seu.kka.la
纖長睫毛膏

[volume mascara]
볼륨 마스카라
pol.lyum.ma.seu.kka.la
超濃密睫毛膏

[curling mascara]
컬링 마스카라
kkeol.ling.ma.seu.kka.la
捲翹睫毛膏

[eyelash curler]
아이래쉬 컬러
a.i.lae.swi.kkeol.leo
睫毛夾

[cleansing cream]
클렌징 크림
kkeul.len.jing-kkeu.lim
卸妝霜

[cleansing lotion]
클렌징 로션
kkeul.len.jing-lo.syeon
卸妝乳

[blush]
블러쉬
peul.leo.swi
腮紅

功效

[延長]
속눈썹연장
song.nun.sseo.byeon.jang
增長睫毛

[紫外線遮斷]
자외선 차단
ja.oe.seon-cha.dan
隔絕紫外線

[highlighter]
하이라이터
ha.i.la.i.tteo
局部打亮

[dark circle除去]
다크서클제거
ta.kkeu.seo.kkeul.je.geo
遮黑眼圈

[皮脂care]
피지케어
ppi.ji.kke.eo
控油

[美白]　　[whitening]
미백／화이트닝
mi.baek／hwa.i.tteu.ning
美白

[老化防止]
노화방지
no.hwa.bang.ji
抗老化

[改善]
주름개선
ju.leum.gae.seon
除皺／淡化皺紋

[敏感性]　　[trouble]
민감성／트러블
min.gam.seong／tteu.leo.beul
敏感性／痘痘適用

[角質除去]
각질제거
kak.jjil.je.geo
去角質

[anti aging]
앤티에이징
aen.tti.e.i.jing
抗老化

[防止]
주름방지
ju.leum.bang.ji
防皺

[脂性皮膚]
지성피부
ji.seong.ppi.bu
油性肌膚

[複合性皮膚]
복합성피부
po.kkap.sseong.ppi.bu
混合性肌膚

[乾性皮膚]
건성피부
keon.seong.ppi.bu
乾性肌膚

[皮膚]　　[改善]
피부결개선
ppi.bu.gyeol.gae.seon
改善膚質

[皮膚tone改善]
피부톤개선
ppi.bu.tton.gae.seon
亮肌

[black head除去]
블랙헤드제거
beul.lae.kke.deu.je.geo
去除粉刺

[顏色改善]
안색개선
an.saek.ggae.seon
改善氣色

v 라인리프팅
[v line lifting]
peu.i.la.in.li.ppeu.tting
臉部曲線拉提

기미제거
[除去]
ki.mi.je.geo
除斑

피부재생
[皮膚再生]
ppi.bu.jae.saeng
換膚

탄력유지
[彈力維持]
ttal.lyeo.gyu.ji
保持彈性

수분／보습
[水分] [保濕]
su.bun／po.seup
鎖水／保濕

모공축소
[毛孔縮小]
mo.gong.chuk.sso
縮小毛孔

保養品

토너
[toner]
tto.neo
化妝水

크림
[cream]
kkeu.lim
乳霜

슬리핑팩／수면팩
[sleeping pack] [pack]
seul.li.pping.ppaek／su.myeon.ppaek
晚安面膜

세트상품
[set商品]
se.tteu.sang.ppum
套組

블랙헤드제거팩
[black head除去pack]
beul.lae.kke.deu.je.geo.ppaek
拔粉刺面膜

에센스
[essence]
e.sen.seu
精華液

미스트
[mist]
mi.seu.tteu
噴霧

스킨케어
[skin care]
seu.kkin.kke.eo
肌膚保養／護膚產品

로션／에멀전
[lotion] [emulsion]
lo.syeon／e.meol.jeon
乳液

마스크 시트
[mask sheet]
ma.seu.kkeu-si.tteu
面膜紙

화산재 팩
[火山] [pack]
hwa.san.jae.ppaek
火山泥面膜

바디케어
[body care]
pa.di.kke.eo
身體保養

필오프
[peel off]
ppi.lo.ppeu
撕除式

워시오프
[wash off]
wo.si.o.ppeu
洗淨式

코 팩
[pack]
kko.ppaek
鼻貼

아이마스크
[eye mask]
a.i.ma.seu.kkeu
眼膜

[day cream]
데이 크림
te.i.kkeu.lim
日霜

[night cream]
나이트 크림
na.i.tteu.kkeu.lim
晚霜

[eye cream]
아이크림
a.i.kkeu.lim
眼霜

[hand cream]
핸드크림
haen.deu.kkeu.lim
護手霜

[massage cream]
마사지 크림
ma.sa.ji-kkeu.lim
按摩霜

[pack]　[mask]
팩／마스크
ppaek／ma.seu.kkeu
面膜

成分

[collagen]
콜라겐
kkol.la.gen
膠原蛋白

[herb]
허브
heo.beu
草本

[aloe]
알로에
al.lo.e
蘆薈

[乳化劑]
유화제
yu.hwa.je
乳化劑

[vitamin]
비타민
pi.tta.min
維他命

[防腐劑]
방부제
pang.bu.je
防腐劑

꿀
ggul
蜂蜜

[egg white]
에그 화이트
e.geu.hwa.i.tteu
蛋白

[rice]
라이스／쌀
la.i.seu／ssal
純米

[black sugar]
블랙슈가
beul.laek.ssyu.ga
黑糖

[milk]　[牛乳]
밀크／우유
mil.kkeu／u.yu
牛奶

[olive]
올리브
ol.li.beu
橄欖

[人蔘]
인삼
in.sam
人蔘

[紅蔘]
홍삼
hong.sam
紅蔘

[石榴]
석류
seong.nyu
石榴

[漢方]
한방
han.bang
漢方

오이
o.i
小黃瓜

[玄米]
현미
hyeon.mi
玄米

[lemon]
레몬
le.mon
檸檬

글리세린 [glycerin] keul.li.se.lin 甘油	검은콩 keo.meun.kkong 黑豆	큐컴버 [cucumber] kkyu.kkeom.beo 黃瓜
제조날짜 [製造] je.jo.nal.jja 製造日期	유통기한 [流通期限] yu.ttong.gi.han 保存期限	황토 [黃土] hwang.tto 黃土

其他產品

매니큐어／네일 [manicure] [nail] mae.ni.kkyu.eo／ne.il 指甲油	네일아트 [nail art] ne.i.la.tteu 指甲彩繪	네일밤 [nail balm] ne.il.bam 護甲霜
네일 스티커 [nail sticker] ne.il-seu.tti.kkeo 指甲貼片	네일 리무버 [nail remover] ne.il-li.mu.beo 去光水	여드름연고 [軟膏] yeo.deu.leu.myeon.go 青春痘藥膏
빗 pit 梳子	헤어케어 [hair care] he.eo.kke.eo 髮質保養	샴푸 [shampoo] syam.ppu 洗髮精	제모제 [除毛劑] je.mo.je 脫毛膏
가발 [假髮] ka.bal 假髮	비누 pi.nu 肥皂	머리핀 [pin] meo.li.ppin 髮夾	면도기 [面刀器] myeon.do.gi 刮鬍刀
린스 [rinse] lin.seu 潤髮精／護髮乳	세면도구 [洗面道具] se.myeon.do.gu 洗臉用品	향수 [香水] hyang.su 香水

整型醫美

[成形外科] **성형외과** seong.hyeong.oe.ggwa 整型外科	[成形手術] **성형수술** seong.hyeong.su.sul 整型手術	[hyaluronic acid] **히알루론산** hi.al.lu.lon.san 玻尿酸

[petit成形術] **쁘띠성형술** bbeu.ddi.seong.hyeong.sul 微整型	[restylane注射]　　　[光注射] **레스틸렌주사／물광주사** le.seu.ttil.len.ju.sa／mul.gwang.ju.sa 打玻尿酸

[radiesse filler注射] **래디어스 필러주사** lae.di.eo.seu-ppil.leo.ju.sa 打微晶瓷	[除去注射] **흉터제거주사** hyung.tteo.je.geo.ju.sa 除疤針	[filler] **필러** ppil.leo 填充物

[filler注射] **입술 필러주사** ip.ssul-ppil.leo.ju.sa 豐唇針	[美白注射] **미백주사** mi.baek.jju.sa 美白針	[v line注射] **V 라인주사** beu.i.la.in.ju.sa 小臉針

[filler注射] **코 필러주사** kko-ppil.leo.ju.sa 隆鼻針	[手術] **앞트임수술** ap.tteu.im.su.sul 開眼頭手術	[massage] **얼굴마사지** eol.gul.ma.sa.ji 臉部按摩

[botox] **보톡스** po.ttok.sseu 肉毒桿菌	[兩顎手術] **양악수술** yang.ak.ssu.sul 顎骨整形手術	[雜]　　[除去] **잡티제거** jap.tti.je.geo 除斑

[手術] **무턱수술** mu.tteok.ssu.sul 下巴手術	[laser] **레이저** le.i.jeo 雷射光療	[lifting] **실리프팅** sil.li.ppeu.tting 羽毛拉皮

[八字] [除去術]	[除去laser]
팔자주름제거술 ppal.ja.ju.leum.je.geo.sul 法令紋塡平術	**여드름흉터 제거레이저** yeo.deu.leum.hyung.tteo-je.geo.le.i.jeo 除痘斑雷射

[除去laser]	[除去laser]
흉터 제거레이저 hyung.tteo-je.geo.le.i.jeo 除疤雷射	**눈밑주름 제거레이저** nun.mit.jju.leum-je.geo.le.i.jeo 消除眼下皺紋雷射

[laser脂肪吸入術]	[自家脂肪移植] [擴大術]
레이저 지방흡입술 le.i.jeo-ji.bang.heu.bip.ssul 雷射溶脂	**자가지방이식 가슴확대술** ja.ga.ji.bang.i.sik-ka.seum.hwak.ddae.sul 自體脂肪豐胸

[雙] [切開手術]	[脂肪] [除去手術]
쌍꺼풀 절개수술 ssang.ggeo.ppul-cheol.gae.su.sul 割雙眼皮	**눈밑지방 제거수술** nun.mit.jji.bang-je.geo.su.sul 割眼袋

[ultra v lifting]	[除去手術]
울트라 V 리프팅 ul.tteu.la-beu.i-li.ppeu.tting 全臉拉提術	**눈가주름 제거수술** nun.ga.ju.leum-je.geo.su.sul 消除眼周皺紋手術

[雜] [除去laser]	[雙] [手術] [埋沒] [法]
잡티 제거레이저 jap.tti-je.geo.le.i.jeo 除斑雷射	**쌍꺼풀수술 매몰법** ssang.ggeo.ppul.su.sul-mae.mol.beop 縫雙眼皮

[縮小手術]	[成形手術]
광대뼈 축소수술 kwang.dae.bbyeo-chuk.sso.su.sul 削顴骨手術	**콧대 성형수술** kkot.ddae-seong.hyeong.su.sul 隆鼻手術

[lifting手術] 리프팅수술 li.ppeu.tting.su.sul 臉部拉提手術	[顏面居上術] 안면거상술 an.myeon.geo.sang.sul 電波拉皮	[脂肪吸入術] 지방흡입술 ji.bang.heu.bip.ssul 抽脂手術

[擴大手術] 가슴 확대수술 ka.seum-hwak.ddae.su.sul 隆乳手術	[v line lifting手術] V 라인리프팅수술 beu.i.la.il.li.ppeu.tting.su.sul V 臉拉提手術

[四角] [成形手術] 사각턱 성형수술 sa.gak.tteok-seong.hyeong.su.sul 方下巴削骨手術	[成形手術] 이마 성형수술 i.ma-seong.hyeong.su.sul 額頭整形手術

[成形手術] 턱 성형수술 tteok-seong.hyeong.su.sul 整下巴手術	[貴族手術] 귀족수술 kwi.jok.ssu.sul 鼻骨輪廓隆起術（改善老化凹陷）

電器製品

[radio] 라디오 la.di.o 錄音機／收音機	[television] 텔레비전 ttel.le.bi.jeon 電視

[mp3] 엠피 쓰리 em.ppi-sseu.li MP3	[video錄畫機] 비디오 녹화기 pi.di.o-no.kkwa.gi 錄影機	[CD Player] 시디 플레이어 si.di-ppeul.le.i.eo CD 播放器

컴퓨터	전기밥솥	난방장치
[computer] kkeom.ppyu.tteo 電腦	[電氣] jeon.gi.bap.ssot 電鍋	[暖房裝置] nan.bang.jang.chi 暖氣裝置

믹서기	냉장고	다리미	세탁기
[mixer器] mik.sseo.gi 果汁機	[冷藏庫] naeng.jang.go 冰箱	ta.li.mi 熨斗	[洗濯機] se.tta.ggi 洗衣機

토스트기	전자레인지
[toast機] tto.seu.tteu.gi 烤麵包機	[電子range] jeon.ja.le.in.ji 微波爐

헤어드라이어	배터리／밧데리
[hair drier] he.eo.deu.la.i.eo 吹風機	[battery]　[(日)バッテリー] pae.tteo.li／pat.dde.li 電池

비디오테이프	전화기	핸드폰
[video tape] pi.di.o.tte.i.ppeu 錄影帶	[電話機] jeo.nwa.gi 電話機	[hand phone] haen.deu.ppon 手機

선풍기	팩스	마이크	이어폰
[扇風機] seon.ppung.gi 電風扇	[fax] ppaek.sseu 傳真機	[mike] ma.i.kkeu 麥克風	[earphone] i.eo.ppon 耳機

앨범	스피커	건전지	충전기
[album] ael.beom 專輯	[speaker] seu.ppi.kkeo 擴音器	[乾電池] keon.jeon.ji 乾電池	[充電器] chung.jeon.gi 充電器

테이프	음반	에어컨	계산기
[tape] tte.i.ppeu 錄音帶	[音盤] eum.ban 唱片	[aircon] e.eo.kkeon 冷氣空調	[計算機] ke.san.gi 計算機

[digital camera]
디지털카메라
ti.ji.tteol.kka.me.la
數位相機

[video camera]
비디오카메라
pi.di.o.kka.me.la
錄影相機

[黑白film]
흑백필름
heuk.bbak.ppil.leum
黑白底片

[camera]
카메라
kka.me.la
相機

[film]
필름
ppil.leum
底片

[lens]
렌즈
len.jeu
鏡頭

[shutter]
셔터
syeo.tteo
快門

[焦點距離]
초점 거리
cho.jeom-keo.li
焦距

[color film]
컬러필름
kkeol.leo.ppil.leum
彩色底片

[擴大寫真]
확대사진
hwak.ddae.sa.jin
放大的照片

[追加印畫]
추가인화
chu.ga.i.nwa
加洗

[張film]
36 장 필름
seo.leun.nyeo.seot.jjang-ppil.leum
36 張裝底片

[印畫]
인화
i.nwa
沖洗

[掛鐘時計]
괘종시계
kwae.jong.si.ge
座鐘

[時計]
손목시계
son.mok.ssi.ge
手錶

[壁] [時計]
벽걸이 시계
pyeo.ggeo.li. si.ge
掛鐘

[analogue時計]
아날로그시계
a.nal.lo.geu.si.ge
指針式手錶

[알람시계]
알람시계
al.lam.si.ge
鬧鐘

[電子時計]
전자시계
jeon.ja.si.ge
電子錶

[時計]
시계
si.ge
鐘錶

文具用品

| [文具]
문구
mun.gu
文具 | [sharp pencil]
샤프펜슬
sya.ppeu.ppen.seul
自動鉛筆 | [水性ball pen]
수성볼펜
su.seong.bol.ppen
水性原子筆 | [封套]
봉투
pong.ttu
信封 |

| [油性ball pen]
유성볼펜
yu.seong.bol.ppen
油性原子筆 | [note]
노트／공책 [空冊]
no.tteu／kong.chaek
筆記本 | [便紙紙set]
편지지세트
ppyeon.ji.ji.se.tteu
信封信紙組 |

| [ball pen ink]
볼펜 잉크
pol.ppen-ing.kkeu
原子筆水 | [鉛筆]
연필깎이
yeon.ppil.gga.ggi
削鉛筆機 | [便紙紙]
편지지
ppyeon.ji.ji
信紙 | [萬年筆]
만년필
man.nyeon.ppil
鋼筆 |

| 지우개
ji.u.gae
橡皮擦 | [file]
파일
ppa.il
資料夾 | 풀
ppul
漿糊／膠水 | 자
ja
尺 |

書報雜誌

| [冊]
책
chaek
書 | [地圖]
지도
ji.do
地圖 | [雜誌]
잡지
jap.jji
雜誌 | [小說]
소설
so.seol
小說 | [辭典]
사전
sa.jeon
字典 | [新聞]
신문
sin.mun
報紙 |

| [百科辭典]
백과사전
pae.ggwa.sa.jeon
百科字典 | [英語冊]
영어책
yeong.eo.chaek
英文書 | [英韓辭典]
영한사전
yeong.han.sa.jeon
英韓字典 | [韓英辭典]
한영사전
ha.nyeong.sa.jeon
韓英字典 |

[齒]
칫솔
chit.ssol
牙刷

[齒藥]
치약
chi.yak
牙膏

[手巾]
수건
su.geon
毛巾

[手巾]
손수건
son.su.geon
手帕

손톱깎이
son.ttop.gga.ggi
指甲刀

[沐浴towel]
목욕 타월
mo.gyok-tta.wol
浴巾

[tissue]
티슈
tti.syu
面紙

[漂白劑]
표백제
ppyo.baek.jje
漂白水

빨래집게
bbal.lae.jip.gge
曬衣夾

[洗劑]
빨래세제
bbal.lae.se.je
洗衣精

[柔軟劑]
유연제
yu.yeon.je
柔軟精

[生理帶]
생리대
saeng.ni.dae
衛生棉

[家具]
가구
ka.gu
家具

[食卓]
식탁
sik.ttak
餐桌

[sofa]
소파
so.ppa
沙發

[寢臺]
침대
chim.dae
床

[椅子]
의자
ui.ja
椅子

[table]
테이블
tte.i.beul
桌子／茶几

[裝飾欌]
장식장
jang.sik.jjang
壁櫥

[curtain]
커튼
kkeo.tteun
窗簾

[冊欌]
책장
chaek.jjang
書櫃

[欌]
옷장
ot.jjang
衣櫃

[化妝臺]
화장대
hwa.jang.dae
梳妝台

[方席]
방석
pang.seok
坐墊

[欌]
신발장
sin.bal.jjang
鞋櫃

시원하다 .
好舒服

汗蒸幕

與店員的對話

會話❶

어서 오세요 . 몇 분이세요 ?
eo.seo-o.se.yo.myeot-bbu.ni.se.yo

歡迎光臨，請問幾位。

어른 둘하고 아이 하나요 .
eo.leun-tu.la.go-a.i-ha.na.yo

兩個大人，一個小孩。

會話❷

[沐浴]
목욕하실 거예요 ? 찜질하실 거예요 ?
mo.gyo.kka.sil-ggeo.ye.yo. jjim.ji.la.sil-ggeo.
ye.yo

只洗澡嗎？還是汗蒸幕呢？

찜질요 . 얼마예요 ?
jjim.ji.lyo. eol.ma.ye.yo

汗蒸幕，多少錢呢？

會話❸

때밀이 얼마예요 ?
ddae.mi.li-eol.ma.ye.yo

搓澡多少錢？

[價格]
가격 달라요 .
ka.gyeok-tal.la.yo

價格不一。

[全身]
전신때밀이 얼마예요 ?
jeon.sin.ddae.mi.li-eol.ma.ye.yo

全身搓澡多少錢？

[四萬元]
사만 원입니다 .
sa-ma.nwo.nim.ni.da

四萬元。

會話④

담요 하나 주실래요?
tam.nyo-ha.na-ju.sil.lae.yo

可以給我一個毯子嗎?

[保證金] [六千元]
보증금 육천 원입니다.
po.jeung.geum-yuk-cheo.nwo.nim.ni.da

保證金六千元。

會話⑤

[pc房] [房]
피씨방이나 노래방이 있어요?
ppi.ssi.bang.i.na-no.lae.bang.i-i.sseo.yo

有電腦室或 KTV 嗎?

[賣店]
매점 옆에 있습니다.
mae.jeom-yeo.ppe-it.sseum.ni.da

在販賣部旁邊。

會話⑥

[休憩室]
휴개실이 어디에 있어요?
hyu.gae.si.li-eo.di.e-i.sseo.yo

休息室在哪裡?

[二層]
이층에 올라가시면 됩니다.
i.cheung.e-ol.la.ga.si.myeon-twae.ni.da

往二樓走就是了。

會話⑦

[mat]
베개와 매트가 어디 있어요?
pe.gae.wa-mae.tteu.ga-eo.di-i.sseo.yo

請問枕頭跟墊子在哪裡?

[入口]
입구에 있습니다.
ip.ggu.e-it.sseum.ni.da

在入口處。

其他問題

[massage]
1 마사지해 주시나요? 얼마예요?
ma.sa.ji.hae-ju.si.na.yo. eol.ma.ye.yo

有按摩服務嗎?
怎麼計費?

2 안마 의자를 사용하려면 얼마나
[按摩椅子] [使用]
내야 돼요 ?

an.ma-ui.ja.leul-sa.yong.ha.lyeo.myeon-eol.
ma.na-nae.ya-twae.yo

按摩椅怎麼計費？

常見標語

1 탕에 오래 들어가지 마세요 .
[湯]

ttang.e-o.lae-teu.leo.ga.ji-ma.se.yo

不要泡太久。

2 목욕탕에서 뛰지 마세요 .
[沐浴湯]

mo.gyo.ttang.e.seo-ddwi.ji-ma.se.yo

請勿在浴池奔跑。

單字充電站

汗蒸幕

사우나 [sauna] sa.u.na 三溫暖	찜질방 [房] jjim.jil.bang 汗蒸幕	여탕 [女湯] yeo.ttang 女用泡澡池	남탕 [男湯] nam.ttang 男用泡澡池	매점 [賣店] mae.jeom 販賣部
냉탕 [冷湯] naeng.ttang 冷水池	식당 [食堂] sik.ddang 餐廳	피씨방 [pc房] ppi.ssi.bang 電腦室	숯가마 sut.gga.ma 炭窯房	샤워실 [shower室] sya.wo.sil 淋浴室
목욕탕 [沐浴湯] mo.gyok.ttang 泡澡池	한증막 [汗蒸幕] han.jeung.mak 汗蒸幕	수면실 [睡眠室] su.myeon.sil 休息室	얼음방 [房] eo.leum.bang 冰療房	
락커룸 [locker room] lak.kkeo.lum 寄物處／寄物櫃臺	황토방 [黃土房] hwang.tto.bang 黃土熱療房	소금방 [房] so.geum.bang 鹽熱療房		

交通

◆ 車站

車站內

1 남쪽 출구에 어떻게 가요？
nam.jjok-chul.gu.e-eo.ddeo.kke-ka.yo

往南的出口要怎麼走呢？

[時間表]
2 시간표가 어디에 있어요？
si.gan.ppyo.ga-eo.di.e-i.sseo.yo

哪裡有時刻表？

[出口]
3 여기가 출구인가요？
yeo.gi.ga-chul.gu.in.ga.yo

這裡是出口嗎？

詢問如何買票

[賣票所]
1 매표소가 어디에 있어요？
mae.ppyo.so.ga-eo.di.e-i.sseo.yo

請問售票處在哪裡？

[交通card]
2 어디서 교통카드를 살 수 있어요？
eo.di.seo-kyo.ttong.kka.deu.leul-sal-ssu-i.sseo.yo

哪裡可以買到交通卡？

3 자동매표기는 어떻게 사용하는지 가르쳐 주시겠어요？
ja.dong.mae.ppyo.gi.neun-eo.ddeo.kke-sa.yong.ha.neun.ji-ka.leu.chyeo-ju.si.ge.sseo.yo

能教我如何使用這台售票機嗎？

[釜山]
4 부산까지 가면 얼마예요？
pu.san.gga.ji-ka.myeon-eol.ma.ye.yo

到釜山要多少錢？

[片道]   [往返]
5 편도가 얼마예요？ 왕복이 얼마예요？
ppyeon.do.ga-eol.ma.ye.yo-wang.bo.gi-eol.ma.ye.yo

單程票價多少錢？
來回票價多少錢？

[無窮花號]
6 무궁화호는 얼마예요？
mu.gung.hwa.ho.neun-eol.ma.ye.yo

無窮花號火車票價多少錢？

會話

_[大田] _[票] 대전까지 가는 표를 주세요 . tae.jeon.gga.ji-ka.neun-ppyo.leul-ju.se.yo	請給我到大田的車票。
_[時] _[車] 몇 시 차를 타실 겁니까 ? myeot.ssi-cha.leul-tta.sil-ggeom.ni.gga	請問您要坐幾點的？
_[午後] _[時] _[分] 오후 6 시 5 분요 . o.hu-yeo.seot.ssi-o.bu.nyo	今天下午六點五分。
_[片道] _[往返] 편도인가요 ? 왕복인가요 ? ppyeon.do.in.ga.yo-wang.bo.gin.ga.yo	單程嗎？還是來回？
_[往返] 왕복요 . wang.bo.gyo	來回。
한 분이세요 ? han-pu.ni.se.yo	一位嗎？
_[名] 두 명이에요 . tu-myeong.i.e.yo	兩位。
_[自由席] _[指定席] 자유석이세요 ? 지정석이세요 ? ja.yu.seo.gi.se.yo-ji.jeong.seo.gi.se.yo	請問要自由座？ 還是對號座？
_[自由席] 자유석을 주세요 . ja.yu.seo.geul-ju.se.yo	請給我自由座。
_[萬] _[千元] 2 만 3 천원입니다 . i.man-sam.che.nwo-nim.ni.da	這樣是兩萬三千元。
_[感謝] 감사합니다 . kam.sa.ham.ni.da	謝謝。

＊韓國的通勤列車都是以自由席方式販售，只要有空位就可以坐。其他火
車車種大多是對號座，也有部分車廂會開放自由座。

詢問下車站

1 다음 역은 광주역인가요? [驛][光州驛]
ta.eum-yeo.geun-kwang.ju.yeo.gin.ga.yo
下一站是光州站嗎?

2 어느 역에서 내리면 돼요? [驛]
eo.neu-yeo.ge.seo-nae.li.myeon-twae.yo
我要在哪一站下車呢?

會話①

 이번 차가 동대문역에 가요? [車][東大門驛]
i.beon-cha.ga-tong.dae.mu.nyeo.ge-ka.yo
這班車有到東大門嗎?

네, 가요.
ne-ka.yo
是的,有。

會話②

 춘천에 가요? [春川]
chun.cheo.ne-ka.yo
有到春川嗎?

네, 가요.
ne-ka.yo
有的。

會話③

몇 번째 역이죠? [驛]
myeot-bbeon.jjae-yeo.gi.jyo
第幾個車站呢?

3번째 역요.
se.beon.jjae-yeo.gyo
第三個車站。

會話❹

[水原] [交通手段] [第一]
수원에 가려면 어떤 교통수단이 제일
[便]
편해요 ?
su.wo.nae-ka.lyeo.myeon-eo.ddeon-kyo.
ttong.su.da.ni-je.il-ppyeo.nae.yo

到水原市搭什麼交通工
具最方便 ?

[地下鐵] [第一]
지하철이 제일 빨라요 .
ji.ha.cheo.li-je.il-bbal.la.yo

搭地下鐵最快喔 !

會話❺

[bus] [taxi]
버스와 택시중 어떤 걸 타고 가는 게
더 나아요 ?
peo.seu.wa-ttaek.ssi.jung-eo.ddeon-geol.tta.
go-ka.neun.ge-teo-na.a.yo

巴士和計程車 ,
搭哪一種好呢 ?

[bus] [時間]
버스를 타고 가면 시간이 좀 걸려요 .
peo.seu.leul-tta.go-ka.myeon-si.ga.
ni-jom-keol.lyeo.yo

坐巴士很花時間。

[taxi]
택시가 더 나아요 .
ttaek.ssi.ga-teo-na.a.yo

還是計程車好喔 !

詢問轉車

[大田]
1 대전에 가려면 어디서 갈아타야 해요？　到大田要在哪邊換車？
tae.jeo.ne.ka.lyeo.myeon-eo.di.seo-ka.la.tta.
ya-hae.yo

會話

🐱 어디서 갈아타야 되는지 가르쳐 줄 수　能告訴我要在哪邊換車
있나요？　嗎？
eo.di.seo-ka.la.tta.ya-toe.neun.ji-ka.leu.
chyeo-jul-ssu-in.na.yo

🐰 [驛]
다다음 역에서 갈아타요.　在下下站換。
ta.da.eum-yeo.ge.seo-ka.la.tta.yo

搭車前

[新村]　　　　　　　　[號線]
1 신촌에 가려면 몇 호선 타야 돼요？　到新村要坐幾號線？
sin.cho.ne.ka.lyeo.myeon-myeo.tto.seon-tta.
ya-twae.yo
[仁川空港]
2 인천공항에 가요？　這是開往仁川機場的
in.cheon.gong.hang.e-ka.yo　嗎？
[大邱]　　　　　[車]
3 대구에 가는 차를 어디서 기다려야 돼요？　往大邱的車子要在哪裡
tae.gu.e-ka.neun-cha.leul-eo.di.seo-ki.da.lyeo.　等呢？
ya-twae.yo
[時]　[市廳]　　[到著]
4 몇 시에 시청에 도착해요？　幾點會到市政府？
myeot.ssi.e-si.cheong.e-to.cha.kkae.yo
[釜山]　　　　　[車]　　[時]　　[出發]
5 부산에 가는 다음 차는 몇 시에 출발해요？　下一班往釜山的車幾點
pu.sa.ne.ka.neun-ta.eum-cha.neun-myeot.ssi.　開？
e-chul.ba.lae.yo

6 경부선대전에 가는 차가 몇 시에 출발해요? [京釜線 大田] [車] [時] [出發]
kyeong.bu.seon-tae.jeo.ne-ka.neun-cha.
ga-myeot.ssi.e-chul.ba.lae.yo
往大田的京釜線幾點開？

7 막차는 몇 시에 출발해요? [末車] [時] [出發]
mak.cha.neun-myeot.ssi.e-chul.ba.lae.yo
最後一班電車幾點開？

8 지하철 노선도 하나만 주시겠어요? [地下鐵 路線圖]
ji.ha.cheol-no.seon.do-ha.na.man-ju.si.ge.
sseo.yo
可以給我一份地下鐵路線圖嗎？

🌸 在列車上

1 자리가 있어요?
ja.li.ga-i.sseo.yo
有位子坐嗎？

2 담배 피워도 돼요?
tam.bae-ppi.wo.do-twae.yo
我可以抽菸嗎？

3 화장실은 어디에 있나요? [化妝室]
hwa.jang.si.leun-eo.di.e-in.na.yo
化妝室在哪裡？

4 빈 자리가 있으면 금연구역으로 가고 싶어요. [禁煙區域]
pin.ja.li.ga-i.sseu.myeon-keu.myeon.gu.yeo.geu.
lo-ka.go-si.ppeo.yo
如果有空位的話，我想換到禁菸區去。

🌸 有狀況時

1 전철을 놓쳤어요. [電車]
jeon.cheo.leul-no.chyeo.sseo.yo
我錯過電車了。

2 차표를 잘못 샀어요. [車票]
cha.ppyo.leul-jal.mot-ssa.sseo.yo
我買錯車票了。

3 어디서 환불해야 돼요? [還拂]
eo.di.seo-hwan.bu.lae.ya-twae.yo
我可以在哪裡退票呢？

4 차표를 잃어버렸어요. [車票]
cha.ppyo.leul-i.leo.beo.lyeo.sseo.yo
我把車票弄丟了。

◆ 公車、巴士

搭車前

[Everland]   [bus]
1 에버랜드에 가려면 어떤 버스를 타야
  돼요 ?   往愛寶樂園要搭哪一輛
  e.beo.laen.deu.e.ka.lyeo.myeon-eo.ddeon-peo. 公車？
  seu.leul-tta.ya-twae.yo

[江南]   [bus]
2 강남에 가는 버스는 어디서 타야 돼요 ?   往江南的公車要在
  kang.na.me-ka.neun-peo.seu.neun-eo.di.seo-tta. 哪裡搭？
  ya-twae.yo

[番] [bus]   [綜合運動場]
3 이번 버스는 종합운동장에 가요 ?   這輛公車有到綜合運動
  i.beon-peo.seu.neun-jong.ha.bun.dong.jang.e-ka.yo 場嗎？

[黎泰院]   [bus]   [番]
4 이태원에 가는 버스가 몇 번이죠 ?   往梨泰院的公車是
  i.ttae.wo.ne-ka.neun-peo.sseu.ga-myeot-bbeo.ni.jyo 幾號？

[番] [bus]   [南大門市場]
5 이번 버스는 남대문시장 앞에서 서요 ?   這班車有停南大門市場
  i.beon-peo.sseu.neun-nam.dae.mun.si.jang-a.ppe. 前面嗎？
  seo-seo.yo

詢問時間或距離

[仁寺洞]   [bus]   [時]
1 인사동에 가는 버스가 몇 시에 와요 ?   往仁寺洞的公車幾點會
  in.sa.dong.e-ka.neun-peo.sseu.ga-myeot.ssi.   到？
  e-wa.yo

[狎鷗亭洞]   [時間]
2 압구정동에 가려면 시간이 얼마나 걸려요 ?   到狎鷗亭需要花多久時
  ap.ggu.jeong.dong.e-ka.lyeo.myeon-si.ga.ni-eol.ma. 間呢？
  na-keol.lyeo.yo

[bus末車]   [時]
3 버스 막차는 몇 시죠 ?   最後一班公車是幾點？
  peo.sseu-mak.cha.neun-myeot-ssi.jyo

詢問票價

[景福宮]
1 경복궁에 가려면 얼마예요?
kyeong.bo.ggung.e-ka.lyeo.myeon-eol.ma.ye.yo
到景福宮要多少錢?

[搭乘]
2 탑승할 때나 내릴 때 돈을 내요?
ttap.sseung.hal-ddae.na-nae.lil-ddae-to.neul-nae.yo
上車付錢還是下車付錢?

[交通card]　　　　[張]
3 교통 카드 한 장 주세요.
kyo.ttong.kka.deu-han.jang-ju.se.yo
請給我一張交通卡。

[銅錢]
4 동전 좀 바꿔 줄 수 있나요?
tong.jeon-jom-pa.ggwo-jul-ssu-in.na.yo
可以換零錢嗎?

下車時

1 내려 주세요.
nae.lyeo-ju.se.yo
我要下車。

[停留場]
2 다음 정류장에서 내려 주세요.
ta.eum-jeong.nyu.jang.e.seo-nae.lyeo-ju.se.yo
請讓我在下一站下車。

버스가 왜 안 와요?
公車為什麼不來?

◆ 計程車

가자！
走吧！

搭車前

會話①

🦁 [taxi 搭乘處]
택시 탑승처는 어디에 있어요 ?
ttaek.ssi-ttap.sseung.cheo.neun-eo.di.e-i.sseo.yo

請問計程車搭乘處在哪？

🐰 [正門]
정문으로 나가면 바로 탈 수 있어요 .
jeong.mu.neu.lo-na.ga.myeon-pa.lo-ttal-ssu-i.sseo.yo

從正門走出去就可以搭了。

會話②

🦁 [taxi]
택시를 불러 주세요 .
ttaek.ssi.leul-pul.leo-ju.se.yo

請幫我叫計程車。

🐰 네, 바로 불러 드릴게요.
ne-pa.lo-pul.leo.deu.lil.geo.yo.

好的，馬上幫你叫。

向司機詢問價錢

會話①

🦁 [金浦空港]
김포공항까지 가려면 얼마나 들어요 ?
kim.ppo.gong.hang.gga.ji.ga.lyeo.myeon-eol.ma.na-teu.leo.yo

到金浦機場要多少錢呢？

🐰 [萬五千]　　[程度]
만오천 원 정도 들어요 .
man-no.che.nwon-jeong.do-teu.leo.yo

大約一萬五千元左右。

會話②

🦁 [Lotte World]
롯데월드까지 가려면 5 만 원 이내는 가능해요? 　五萬元以內到得了樂天
lot.dde.wol.deu.gga.ji.ga.lyeo.myeon-o.ma. 　世界嗎？
nwon-i.nae.neun-ka.neung.hae.yo

🐰 [程度]
8만원 정도 들어요. 　可能要八萬元喔！
ppal.ma.nwon-jeong.do-teu.leo.yo

 搭車

[住所]
1 이 주소로 가 주세요. 　麻煩載我到這個地址。
i-ju.so.lo-ka-ju.se.yo

會話

🦁 타도 돼요? 　我可以搭乘嗎？
tta.do-twae.yo

🐰 타세요. 어디로 가세요? 　請上車，要到哪裡呢？
tta.se.yo-eo.di.lo-ka.se.yo

🦁 [南部terminal]
남부터미널로 가 주세요. 최대한 빨리 　麻煩載我到南部客運站。
가 주세요. 　請你盡量快一點。
nam.bu.tteo.mi.neol.lo-ka-ju.se.yo-choe.
dae.han-bbal.li-ka-ju.se.yo

 指示司機

[直進]
1 직진하세요. 　請直走。
jik.jji.na.se.yo

[corner] [右回轉]
2 다음 코너에서 우회전해 주세요. 　請在下一個轉角右轉。
ta.eum-kko.neo.e.seo-u.hoe.jeo-nae-ju.se.yo

[新村]
3 신촌에서 내려 주세요. 　請在新村讓我下車。
sin.cho.ne.seo-nae.lyeo-ju.se.yo

4 여기서 세워 주세요. 　請在這裡停車。
yeo.gi.seo-se.wo-ju.se.yo

176 ● 交通

5 트렁크 좀 열어 주세요.
[trunk]
tteu.leong.kkeu-jom-yeo.leo-ju.se.yo

請幫我打開行李箱。

◆ 飛機

 詢問櫃檯

 會話

🦁 대한항공은 어느 창구에 있어요?
[大韓航空]　　　　　[窗口]
tae.han.hang.gong.eun-eo.neu-chang.gu.
e-i.sseo.yo

大韓航空在哪一個櫃台
呢？

🐰 맨 오른쪽 창구에 있어요.
[窗口]
maen-o.leun-jjok-chang.gu.e-i.sseo.yo

在最右邊的櫃台。

 預約

 會話①

🦁 예약을 확인하려고요.
[預約]　　[確認]
ye.ya.geul-hwa.gi.na.lyeo.go.yo

我想確認預約機位。

🐰 티켓과 여권을 보여 주세요.
[ticket]　　[旅卷]
tti.kket.ggwa-yeo.gwo.neul-po.yeo-chu.se.yo

麻煩給我看一下機票
和護照。`

 會話②

🦁 예약을 변경하고 싶은데요.
[預約]　　　[變更]
ye.ya.geul-pyeon.gyeong.ha.go-si.ppeun.de.yo

我想更改預約。

🐰 언제로 변경해 드릴까요?
[變更]
eon.je.lo-pyeon.gyeong.hae-teu.lil.gga.yo

請問要改成幾點的班機
呢？

🦁 12시 비행기로 변경해 주세요.
[時]　[飛行機]　　[變更]
yeol.ddu.si-pi.haeng.gi.lo-pyeon.gyeong.
hae-ju.se.yo

請改成十二點起飛的班
機。

劃位

會話

1 티켓과 여권을 보여 주세요.
[ticket] [旅卷]
tti.kket.ggwa-yeo.ggwo.neul-po.yeo-ju.se.yo

麻煩出示您的機票和護照。

수하물이 하나만 있죠?
[手荷物]
su.ha.mu.li-ha.na.man-it.jjyo

您托運的行李只有一件對吧?

네.
ne

是的。

1 복도로 해 드릴까요? 창가 자리로 해 드릴까요?
[複道] [窗]
pok.ddo.lo-hae-teu.lil.gga.yo-chang.ga-ja.li.lo-hae-teu.lil.gga.yo

請問您的位置要靠走道?還是窗戶呢?

창가 자리를 주세요.
[窗]
chang.ga-ja.li.leul-ju.se.yo

我要靠窗戶的。

1 탑승권이 여기 있습니다.
[搭乘券]
ttap.sseung.gwo.ni-yeo.gi-it.sseum.ni.da

這是您的登機證。

在飛機上

會話 1

1 읽을 만한게 있을까요?
il.geul.ma.nan.ge.i.seul.gga.yo

有什麼東西可以看嗎?

신문을 드릴까요?
[新聞]
sin.mun.neul.leul-teu.lil.gga.yo

報紙好嗎?

1 네, 중국어신문 주세요.
ne.jung.gu.geo.sin.mun.ju.se.yo

好的,麻煩給我中文的。

會話❷

 [罪悚]
죄송한데, 좀 추워요.
joe.song.han.de-jom-ju.wo.yo
不好意思，我有點冷。

담요를 갖다 드릴게요.
ta.myo.leul-kat.dda-teu.lil.ge.yo
我去拿毛毯給您。

 會話❸

 [飲料水]
따뜻한 음료수 좀 주세요.
dda.ddue.tan-eum.nyo.su-jom-ju.se.yo
請給我一杯溫的飲料。

[紅茶] [coffee] [soup]
홍차, 커피와 수프가 있는데,
뭐 드릴까요?
hong.cha-kkeo.ppi.wa-su.ppeu.ga-in.neun.
de-mwo-teu.lil.gga.yo
有紅茶、咖啡和湯，
您要什麼呢？

[soup]
수프 하나 주세요.
su.ppeu.ha.na-ju.se.yo
那麻煩你給我一碗湯。

 會話❹

[預定 時間] [到著]
예정 시간에 도착할 수 있어요?
ye.jeong-si.ga.ne-to.cha.kkal-ssu-i.sseo.yo
請問會按照預訂時間抵
達嗎？

 [預定 時間] [到著]
예, 예정 시간에 도착합니다.
ye-ye.jeong-si.ga.ne-to.cha.kkam.ni.da
是的，會準時抵達。

行李

會話①

짐을 어디서 찾아요?
ji.meul-eo.di.seo-cha.ja.yo
請問要到哪裡領行李？

[層]
1층이에요.
il.cheung.i.e.yo
一樓。

會話②

[罪悚]
죄송한데, 짐을 못 찾았어요.
joe.song.han.de-ji.meul-mot-cha.ja.sseo.yo
不好意思，我找不到我的行李。

가방이 어떻게 생겼어요?
ka.bang.i-eo.ddeo.kke-saeng.gyeo.sseo.yo
您的行李長什麼樣子呢？

[色]
빨간 색 가방입니다.
bbal.gan-saek-ka.bang.im.ni.da
是紅色的行李箱。

[罪悚]
죄송합니다.
joe.song.ham.ni.da
非常抱歉。

바로 찾아 드릴게요. 이 거 맞으세요?
pa.lo-cha.ja-teu.lil.ge.yo-i-keo-ma.jeu.se.yo
我馬上幫您找。
是這個嗎？

네, 맞습니다.
ne-mat.sseum.ni.da
是的，沒錯。

[感謝]
감사합니다.
kam.sa.ham.ni.da
謝謝你。

짐을
잃어버렸어요.
行李弄丟了

◆ 租車

❀ 租借時

[自動車 賃貸料]
1 자동차 임대료가 얼마예요 ?   租車多少錢？
ja.dong.cha-im.dae.lyo.ga-eol.ma.ye.yo

2 기름값도 들어 있어요 ?   含油費嗎？
ki.leum.gap.ddo-teu.leo-i.sseo.yo

[保證金]   [必要]
3 보증금이 필요해요 ?   需要保證金嗎？
po.jeung.geu.mi-ppi.lyo.hae.yo

[車]
4 어떤 차가 있어요 ?   有什麼車呢？
eo.ddeon-cha.ga-i.sseo.yo

[龍山]   [返納]
5 용산에서 반납해도 돼요 ?   可以在龍山就地還車嗎？
yong.sa.ne.seo-pan.na.ppae.do-twae.yo

會話

[自動車]
자동차를 빌리고 싶은데요 .   我想租車。
ja.dong.cha.leul-pil.li.go-si.ppeun.de.yo

[運轉免許證]
운전면허증이 있으세요 ?   有駕照嗎？
un.jeon.myeo.neo.jeung.i-i.sseu.se.yo

❀ 加油站

[注油所]
1 가장 가까운 주유소가 어디에 있어요 ?   請問最近的加油站在哪裡？
ka.jang-ka.gga.wun-ju.yu.so.ga-eo.di.e-i.sseo.yo

[liter當]
2 리터당 얼마예요 ?   一公升多少錢呢？
li.tteo.dang-eol.ma.ye.yo

3 가득요 .   請幫我加滿。
ka.deu.gyo

[車 狀態]
1 차 상태가 안 좋은 것 같아요.
cha-sang.ttae.ga-an-jo.eun-keot-gga.tta.yo

車子狀況不太好。

[確認]
2 좀 확인해 주세요.
jom-hwa.gi.nae-ju.se.yo

麻煩幫我檢查一下。

[tire]　　　[puncture]
3 타이어가 펑크 났어요.
tta.i.eo.ga-ppeong.kkeu.na.sseo.yo

車子爆胎了。

開車

[制限速度]
1 여기 제한속도가 얼마죠?
yeo.gi-je.han.sok.ddo.ga-eol.ma.jyo

這裡的時速限制大約多少？

[一方通行]
2 여기 일방통행길인가요?
yeo.gi-il.bang.ttong.haeng.gi.lin.ga.yo

這裡是單行道嗎？

[近處]　　　[駐車場]
3 이 근처에 주차장 있나요?
i-keun.cheo.e-chu.cha.jang-in.na.yo

這附近有停車場嗎？

單字充電站

道路 · 交通

[車票] 차표 cha.ppyo 車票	[案內] 안내 an.nae 指南書	[地圖] 지도 ji.do 地圖	배 pae 船	[派出所] 파출소 ppa.chul.sso 派出所

[四] 사거리 sa.geo.li 十字路口	[目的地] 목적지 mok.jjeok.jji 目的地	[信號燈] 신호등 si.no.deung 紅綠燈

旅客 船	横斷步道	陸橋	直進
여객선 yeo.gaek.sseon 渡船／客輪	횡단보도 hoeng.dan.bo.do 斑馬線	육교 yu.ggyo 天橋	직진 jik.jjin 直走

		右回轉	左回轉
오른쪽으로 o.leun-jjo.geu.lo 向右方	왼쪽으로 oen.jjo.geu.lo 向左方	우회전 u.hoe.jeon 右轉	좌회전 jwa.hoe.jeon 左轉

[出退勤時間]

출퇴근시간
chul.ttoe.geun.si.gan
尖峰時刻

車站內

驛	staff	賣票所	地下鐵	電車
역 yeok 車站	스태프 seu.ttae.ppeu 站務員	매표소 mae.ppyo.so 售票處	지하철 ji.ha.cheol 地下鐵	전철 jeon.cheol 電車

車票自動販賣機	案內臺	platform
차표자동판매기 cha.ppyo.ja.dong.ppan.mae.gi 車票自動販賣機	안내대 an.nae.dae 服務台／補票處	플랫폼 ppeul.laet.ppom 月台

乘務員	搭乘處	ticket確認	時間表
승무원 seung.mu.won 車掌	탑승처 ttap.sseung.cheo 搭乘處	티켓 확인 tti.kket-hwa.gin 驗票	시간표 si.gan.ppyo 時刻表

保管處	紛失物center	地下鐵路線圖
짐보관처 jim.bo.gwan.cheo 行李暫時保管處	분실물센터 pun.sil.mul.sen.tteo 失物招領處	지하철 노선도 ji.ha.cheol-no.seon.do 地下鐵路線圖

[番出口]	[番出口]	[番出口]	[番出口]
1 번 출구 il.beon-chul.gu 一號出口	2 번 출구 i.beon-chul.gu 二號出口	3 번 출구 sam.beon-chul.gu 三號出口	4 번 출구 sa.beon-chul.gu 四號出口

[入口]	[出口]	[gate]	[私物函]
입구 ip.ggu 入口	출구 chul.gu 出口	게이트 ke.i.tteu 剪票口	사물함 sa.mu.lam 置物櫃

票種

[乘車券]	[成人票]	[兒童票]
승차권 seung.cha.gwon 乘車券	성인표 seong.in.ppyo 成人票	아동표 a.dong.ppyo 兒童票

[往返車票]	[片道車票]	[自由利用券]
왕복차표 wang.bok.cha.ppyo 來回車票	편도차표 ppyeon.do.cha.ppyo 單程車票	자유이용권 ja.yu.i.yong.gwon 周遊券

火車 · 電車種類

[高速列車]	[號]
KTX 고속열차 k.t.s-ko.song.nyeol.cha KTX 高速列車	새마을호 sae.ma.eu.lo 新村號

[無窮花號]	[通勤列車]
무궁화호 mu.gung.hwa.ho 無窮花號	통근열차 ttong.geu.nyeol.cha 通勤電車

[禁煙客室]
금연객실
keu.myeon.gaek.ssil
禁菸車廂

[吸煙客室]
흡연객실
heu.byeon.gaek.ssil
吸菸車廂

[食堂]
식당칸
sik.ddang.kkan
供餐車廂

[客室]
첫번째 객실
cheot.bbeon.jjae-gaek.ssil
最前面的車廂

마지막칸
ma.ji.mak.kkan
最後面的車廂

[號車]
5 호차
o.ho.cha
五號車廂

[自由席]
자유석
ja.yu.seok
自由入座

[指定席]
지정석
ji.jeong.seok
對號入座

[立席]
입석
ip.sseok
站票

巴士

[高速bus]
고속버스
ko.seok.bbeo.sseu
高速巴士

[長距離bus]
장거리버스
chang.geo.li.beo.sseu
長途巴士

[價格表]
가격표
ka.gyeok.ppyo
價目表

[夜間bus]
야간버스
ya.gan.peo.sseu
夜行巴士

[bus terminal]
버스터미널
peo.sseu.teo.mi.neol
巴士總站

[bus停留場]
버스정류장
peo.sseu.jeong.nyu.jang
巴士站牌

汽車

[路線圖] 노선도 no.seon.do 路線圖	[駐車場] 주차장 ju.cha.jang 停車場	[注油所] 주유소 ju.yu.so 加油站

[揮發油]　[gasoline] 휘발유／가솔린 hwi.ba.lyu／ka.sol.lin 汽油	[tire]　[puncture] 타이어가 펑크나다 tta.i.eo.ga-ppeong.kkeu.na.da 爆胎

기름 ki.leum 油	[車 警笛] 차 경적 cha-kyeong.jeok 喇叭	[back mirror] 백미러 paeng.mi.leo 後照鏡	[防風琉璃] 방풍유리 pang.ppung.yu.li 擋風玻璃

 飛機

[空港] 공항 kong.hang 機場	[搭乘券] 탑승권 ttap.sseung.gwon 登機證	[搭乘手續] 탑승수속 ttap.sseung.su.sok 登機手續

[離陸] 이륙 i.yuk 起飛	[著陸] 착륙 chang.nyuk 降落	[到著] 도착 to.chak 到達

[手荷物票] 수하물표 su.ha.mul.ppyo 行李領取証	[使用中] 사용중 sa.yong.jung 使用中（指廁所使用中）

콘서트 가고싶어！
想去演唱會！

娛樂

 購票

1 [演劇]연극과 [concert]콘서트의 안내책자를 주세요.
yeon.geuk.ggwa-kkon.seo.tteu.e-an.nae.chaek.
ja.leul-ju.se.yo
我想要戲劇和音樂會的導覽。

2 [musical ticket]뮤지컬 티켓을 좀 주세요.
myu.ji.kkeol-tti.kke.seul-jom-ju.se.yo
請給我音樂劇的票。

3 저는 [劇]마당극을 보고 싶어요.
jeo.neun-ma.dang.geu.geul-po.go-si.ppeo.yo
我想看傳統說唱劇表演。

4 [賣票所]매표소가 어디에 있나요？
mae.ppyo.so.ga-eo.di.e-in.na.yo
售票處在哪裡？

5 자리가 있나요？
ja.li.ga-in.na.yo
還有位置嗎？

6 [位置]위치가 어떻게 돼요？
wi.chi.ga-eo.ddeo.kke-twae.yo
有什麼樣的座位？

7 [入場券]입장권이 얼마예요？
ip.jjang.gwo.ni-eol.ma.ye.yo
入場券要多少錢？

8 [一般席]일반석이 얼마예요？
il.ban.seo.gi-eol.ma.ye.yo
一般席要多少錢？

9 [指定席]지정석이 얼마예요？
ji.jeong.seo.gi-eol.ma.ye.yo
對號座位要多少錢？

10 [第一]제일 싼 게 얼마예요？
je.il-ssan-ke-eol.ma.ye.yo
最便宜的票是多少錢？

11 [一般席]일반석 [張]한 장 주세요.
il.ban.seok-han-jang-ju.se.yo
請給我一張一般席。

12 오늘 저녁 지정석[指定席] 2장[張]을 주세요.
o.neul-jeo.nyeok-ji.jeong.seok-tu.jang.eul-ju.se.yo

請給我兩張今晚的對號券。

13 미리 예매[豫買]해야 되나요?
mi.li-ye.mae.hae.ya-toe.na.yo

我必須先預購票嗎?

1 지금 어떤 영화[映畫]가 나와요?
ji.geum-eo.ddeon-yeong.hwa.ga-na.wa.yo

現在有上映什麼電影?

2 그 영화[映畫]는 어디서 상영[上映]해요?
keu-yeong.hwa.neun-eo.di.seo-sang.yeong.hae.yo

那部電影在哪裡有上映?

3 그 영화[映畫]는 언제 내려요?
keu-yeong.hwa.neun-eon.je-nae.lyeo.yo

那部電影什麼時候會下片?

4 몇 시[時]에 시작[始作]해요?
myeot.ssi.e-si.ja.kkae.yo

幾點開始呢?

5 어떤 영화[映畫]인가요?
eo.ddeon-yeong.hwa.in.ga.yo

是什麼樣的電影呢?

6 코미디 영화[comedy映畫]인가요?
ko.mi.di-yeong.hwa.in.ga.yo

那是喜劇片嗎?

7 그 영화[映畫]는 어린이가 관람[觀覽]해도 돼요?
keu-yeong.hwa.neun-eo.li.ni.ga-kwal.la.mae.do-twae.yo

那部電影小朋友也可以看嗎?

8 더빙[dubbing]인가요? 자막[字幕]이 나와요?
teo.bing.in.ga.yo-ja.ma.gi-na.wa.yo

它是配音版的嗎?有字幕嗎?

劇場

1 정동극장은 요즘 어떤 공연이 나와요?
[貞洞劇場] [公演]
jeong.dong.geuk.jjang.eun-yo.jeum-eo.
ddeon-kong.yeo.ni-na.wa.yo

貞洞劇場最近有什麼表演？

2 그건 어떤 연극이죠?
[演劇]
keu-keon-eo.ddeon-yeon.geu.gi.jyo

那是什麼樣的戲劇？

3 폐막식은 언제예요?
[閉幕式]
ppe.mak.ssi.geun-eon.je.ye.yo

閉幕演出是什麼時候？

音樂

1 오늘 밤에 어떤 콘서트가 나와요?
[concert]
o.neul-pa.me-eo.ddeon-kkon.seo.tteu.ga-na.
wa.yo

今晚有什麼樣的演唱會？

2 소녀시대 콘서트는 언제 해요?
[少女時代] [concert]
so.nyeo.si.dae-kkon.seo.tteu.neun-eon.
je-hae.yo

少女時代的演唱會是什麼時候？

運動

1 테니스를 치고 싶어요.
[tennis]
tte.ni.seu.leul-chi.go-si.ppeo.yo

我想打網球。

2 볼링을 치고 싶어요.
[bowling]
pol.ling.eul-chi.go-si.ppeo.yo

我想去打保齡球。

3 씨름경기를 보고 싶어요.
[競技]
ssi.leum.gyeong.gi.leul-po.go-si.ppeo.yo

我想去看相撲。

4 야구경기를 보고 싶어요.
[野球競技]
ya.gu.gyeong.gi.leul-po.go-si.ppeo.yo

我想看棒球賽。

5 공을 빌릴 수 있나요?
kong.eul-pil.lil-ssu-in.na.yo

可以借球嗎？

6 상대팀이 어디에 있어요？
sang.dae.tim.mi-eo.di.e-i.sseo.yo

競賽對手在哪裡？

[規則]
7 전 규칙을 잘 몰라요.
jeon-kyu.ji.geul-jal-mol.la.yo

我不太清楚規則。

[規則]　　　　　[說明]
8 규칙을 설명해 줄 수 있나요？
kyu.chi.geul-seol.myeong.hae-jul-ssu-in.na.yo

可以說明規則給我聽嗎？

[近處]　　　[運動場]
9 이 근처에 운동장이 있나요？
i-keun.cheo.e-un.dong.jang.i-in.na.yo

這附近有運動場嗎？

電視

[channel]　　　　　[野球競技]
1 어느 채널에서 야구경기가 나와요？
eo.neu-chae.neo.le.seo-ya.gu.gyeong.gi.
ga-na.wa.yo

棒球賽在第幾台？

[二重語言 program]
2 이중언어 프로그램인가요？
i.jung.eo.neo-ppeu.lo.geu.lae.min.ga.yo

這是雙語節目嗎？

[英語編成表]
3 영어 편성표가 있어요？
yeong.eo-ppyeon.seong.ppyo.ga-i.sseo.yo

有沒有英語的節目表？

會話

 밖에 나갈까요？
pa.gge-na.gal.gga.yo

要不要出去走走？

[房]　　　[TV]
전 방에서 티비만 볼래요.
jeon-pang.e.seo-tti.bi.man-pol.lae.yo

我在房間看電視就好了。

電影

[映畫] **영화** yeong.hwa 電影	[映畫館] **영화관** yeong.hwa.gwan 電影院	**신작영화** sin.jak.yeong.hwa 電影新作	[演劇] **연극** yeon.geuk 戲劇

[字幕] **자막** ja.mak 字幕	[俳優] **배우** pae.u 演員	[監督] **감독** kam.dok 導演	[女俳優] **여배우** yeo.bae.u 女演員	**남자배우** nam.ja.bae.u 男演員

電影種類

[空想科學映畫] **공상과학영화** kong.sang.gwa.ha.gyeong.hwa 科幻片	[推理映畫] **추리영화** chu.li.yeong.hwa 推理片	[animation] **애니메이션** ae.ni.me.i.syeon 動畫

[恐怖映畫] **공포영화** kong.ppo.yeong.hwa 恐怖片	[戰爭映畫] **전쟁영화** jeon.jaeng.yeong.hwa 戰爭電影	[romance] **로맨스** lo.maen.seu 愛情電影

[documentary] **다큐멘터리** ta.kkyu.men.tteo.li 記錄片	[comedy映畫] **코미디 영화** ko.mi.di-yeong.hwa 喜劇片	[action映畫] **액션영화** aek.ssyeo.nyeong.hwa 動作片

상영 중
sang.yeong-chung
[上映中]
上映中（電影或戲劇等皆可使用）

학생우대
hak.ssaeng.u.dae
[學生優待]
學生優待（票）

어른
eo.leun
成人（票）

어린이
eo.li.ni
兒童（票）

당일매표
tang.il.mae.ppyo
[當日賣票]
當天的票

예매
ye.mae
[豫買]
預售

자유석
ja.yu.seok
[自由席]
自由座

지정석
ji.jeong.seok
[指定席]
對號座

입석
ip.sseok
[立席]
站票

이 영화가 너무
재미있어요 .
這電影好好看

◆ 參加演唱會、影友會

💠 進場時

1 줄을 서서 입장해야 돼요?
[入場]
ju.leul-seo.seo-ip.jjang.hae.ya-twae.yo
請問需要排隊入場嗎？

2 번호표를 뽑아서 입구에서 줄을 서세요.
[番號票]　　　　　　[入口]
beo.no.ppyo.leul-bbo.ba.seo-ip.ggu.e.seo-ju.
leul-seo.se.yo
麻煩領號碼牌之後在入口處排隊。

3 입구는 어디예요?
[入口]
ip.ggu.neun-eo.di.ye.yo
請問入口處在哪裡？

4 콘서트는 몇 시에 시작해요?
[concert]　　　[時]　　[始作]
kkon.seo.tteu.neun-myeot.ssi.e-si.ja.kkae.yo
演唱會幾點開始呢？

5 몇 시에 입장이 가능해요?
[時]　　[入場]　　[可能]
myeot.ssi.e-ip.jjang.i-ka.neung.hae.yo
幾點可以入場？

6 오늘 노래 몇 곡을 해요?
[曲]
o.neul-no.lae-myeot-ggo.geul-hae.yo
今天會唱幾首歌？

7 스탠딩석이 어디에 있죠?
[standing席]
seu.ttaen.ding.seo.gi-eo.di.e-it.jjyo
請問搖滾區在哪裡？

8 밀지 마세요.
mil.ji.ma.se.yo
請不要擠。

9 뒤로 가세요.
twi.lo-ka.se.yo
請退後。

💠 和偶像見面時

1 노래를 너무 잘해요.
no.lae.leul-neo.mu-ja.lae.yo
唱得好棒！

2 너무 예뻐요.
neo.mu-ye.bbeo.yo
好漂亮！

[真]
3 정말 멋있어요.
jeong.mal.meo.si.sseo.yo

真的好帥！

[最高]
4 최고 멋있어요.
choe.go-meo.si.sseo.yo

超級無敵帥！

[encore]
5 앵콜！
aeng.kol

安可！

[永遠]
6 영원히 사랑해요.
yeong.wo.ni-sa.lang.hae.yo

我永遠愛你！

[sexy]
7 너무 섹시해요.
neo.mu-sek.ssi.hae.yo

好性感！

8 몸매가 짱이에요.
mom.mae.ga-jjang.i.e.yo

身材超棒！

9 다리가 너무 길어요.
ta.li.ga-neo.mu-ki.leo.yo

腿好長！

[真]
10 춤을 정말 잘 춰요.
chu.meul-jeong.mal-jal-chwo.yo

舞蹈跳得好棒！

11 오빠，짱이에요.
o.bba-jjang.i.e.yo

哥哥你好棒！

[fighting]
12 화이팅！
hwa.i.tting

加油！

[台灣]
13 우리는 대만에서 왔어요.
u.li.neun-tae.ma.ne.seo-wa.sseo.yo

我們是從台灣來的。

[台灣]   [fan]
14 저는 대만에서 온 팬이에요.
jeo.neun-tae.ma.ne.seo-on-ppae.ni.e.yo

我是台灣來的歌迷。

15 가지 마요，있어 줘요.
ka.ji-ma.yo-i.sseo-jwo.yo

不要走，留下來。

16 울지 마요.
ul.ji-ma.yo

不要哭。

[真]
17 정말 사랑해요.
jeong.mal-sa.lang.hae.yo

我超愛你的！

18 **[握手] 악수해도 돼요?**
ak.ssu.hae.do-twae.yo

可以跟你握手嗎？

19 **[寫真] 같이 사진을 찍어도 돼요?**
ka.chi-sa.ji.neul-jji.geo.do-twae.yo

可以跟你合照嗎？

20 **한번 안아 줄 수 있어요?**
han.beon-a.na-jul-ssu-i.sseo.yo

可以抱你一下嗎？

21 **[sign] 사인해 줄 수 있어요?**
ssa.i.nae-jul-ssu-i.sseo.yo

可以幫我簽名嗎？

22 **[本人] 본인을 보니까 너무 기뻐요.**
po.ni.neul-po.ni.gga-neo.mu-ki.bbeo.yo

見到你本人我好高興。

23 **[特別] 특별히 [獻物] 선물을 [準備] 준비해 왔어요.**
tteuk.bbyeo.li-seon.mu.leul-jun.bi.hae-wa.
sseo.yo

這是特別準備來要送你
的禮物。

24 **예전부터 당신의 노래를 좋아해 왔어요.**
ye.jeon.bu.tteo-tang.si.ne-no.lae.leul-jo.
a.hae-wa.sseo.yo

我從以前就很喜歡你的
歌曲。

25 **[真] 노래를 정말 잘해요.**
no.lae.leul-jeong.mal-ja.lae.yo

你的歌聲好棒。

26 **저는당신의 노래를 다 할 줄 알아요.**
jeo.neun.tang.si.ne-no.lae.leul-ta-hal-jjul-a.la.yo

你的歌曲每一首我都會
唱。

27 **[映畫 作品] 나오신 영화작품을 다 봤어요.**
na.o.sin-yeong.hwa-jak.ppu.meul-ta-pwa.sseo.yo

你演的電影每一部我都
有看。

28 **[演技] 연기를 [真] 정말 잘해요.**
yeon.gi.leul-jeong.mal-ja.lae.yo

你的演技好棒。

29 **실물이 더 예뻐요 (멋있어요).**
sil.mul.li-teo-ye.bbeo.yo(meo.si.sseo.yo)

你本人比電視上更漂亮
（更帥）。

30 **[為] 당신을 위해서 [韓國語] 한국어를 [工夫] 공부해요.**
tang.si.neul-wi.hae.seo-han.gu.geo.leul-kong.
bu.hae.yo

我為了你學韓文。

31 다음에 또 대만에서 콘서트를 열었 으면 좋겠어요.

[台灣] [concert]

ta.eu.me-ddo-tae.ma.ne.seo-kkon.seo.tteu. leul-yeol.leo.sseu.myeon-cho.kke.sseo.yo

希望你下次再來台灣開 演唱會。

32 다음에 대만에 좀 더 오래 있었으면 좋겠어요.

[台灣]

ta.eu.me-tae.ma.ne-jom-teo-o.lae-i.sseo.sseu. myeon-cho.kke.sseo.yo

希望你下次能在台灣待 久一點。

單字充電站

演唱會

[concert ticket] 콘서트티켓 kkon.seo.tteu.tti.kket 演唱會門票	[standing席] 스탠딩석 seu.ttaen.ding.seok 搖滾區	[試寫會ticket] 시사회티켓 si.sa.hoe.tti.kket 首映票

[入口] 입구 ip.ggu 入口處	[出口] 출구 chul.gu 出口處	[encore] 앵콜 aeng.kol 安可	[記者會見] 기자회견 ki.ja.hoe.gyeon 記者會

[model廣告板] 모델광고판 mo.del.gwang.go.ppan 人形立牌	[fan club] 팬클럽 ppaen.kkeul.leop 歌（影）迷後援會

사인 포스터 ssa.in-ppo.seu.teo 簽名海報

[post] 포스터 ppo.seu.teo 海報	[映畫fan meeting] 영화팬미팅 yeong.hwa.ppaen.mi.tting 影友會	[fan meeting] 팬미팅 ppaen.mi.tting 見面會

[shuttle bus] 셔틀버스 syeo.tteul.beo.sseu 接駁車	[sign寫真] 사인 사진 ssa.in-sa.ji 簽名照	[fan sign會] 팬사인회 ppaen.ssa.in.hoe 簽名會

[concert] 콘서트 kkon.seo.tteu 演唱會	[夜光棒] 야광봉 ya.gwang.bong 螢光棒	[應援板] 응원판 eung.won.ppan 加油看板

偶像歌手

애프터스쿨 ae.ppeu.tteo.seu.kkul After School	**브라운 아이드 걸스** peu.la.un-a.i.deu-keol.seu Brown Eyed Girls	**씨엔블루** ssi.en.beul.lu CNBLUE

비에이피 i.e.i.pi B.A.P	**하이라이트** ha.i.la.i.teu Highlight	**빅뱅** pik.bbaeng Big Bang	[clazziquai] **클래지콰이** kkeul.lae.ji.kkwa.i 酷懶之味

에프티아일랜드 e.ppeu.tti.a.il.laen.deu FTISLAND	**제이와이제이** je.i.wa.i.je JYJ	**오렌지캬라멜** o.len.ji.kkya.la.mel 橙子焦糖

[double s 501] **더블에스오공일** teo.beu.le.seu.o.gong.il SS501	[帝國] **제국의 아이들** je.gu.ge-a.i.deul ZE：A（帝國之子）	**방탄소년단** bang.tan.so.nyeon.dan 防彈少年團

슈퍼주니어 syu.ppeo.ju.ni.eo Super Junior	**원더걸스** won.deo.geol.seu Wonder Girls	**장근석** jang.geun.seok 張根碩	**보아** po.a BOA

다비치 ta.bi.chi Davichi	**동방신기** tong.bang.sin.gi 東方神起	**에이오에이** e.i.o.e.i AOA	**에프엑스** e.ppeu.ek.sseu f（x）

엑소 ek.so EXO	**아이유** a.i.yu IU	**카라** kka.la Kara	**시크릿** si.kkeu.lit Secret	**신화** si.nwa 神話

트와이스	박보검	비	샤이니	티아라
teu.wa.i.seu	pak.bbo.geom	pi	sya.i.ni	tti.a.la
TWICE	朴寶劍	Rain	SHINee	T-ara

인피니트	여자친구	이승기	박신혜
in.ppi.ni.teu	yeo.ja.chin.gu	i.seung.gi	pak.ssin.ne
Infinite	GFRIEND	李昇基	朴信惠

레인보우	씨스타	투에이엠	레드벨벳
le.in.bo.u	ssi.seu.tta	ttu.e.i.em	re.deu.bel.bet
Rainbow	Sistar	2AM	Red Velvet

투피엠	유키스	소녀시대	투애니원
ttu.ppi.em	yu.kki.seu	so.nyeo.si.dae	ttu.ae.ni.won
2PM	U-Kiss	少女時代	2NE1

사랑해요 !!!!
我愛你 !!!!!

追星也很有內涵

　　韓國演藝圈的偶像文化可說是全世界最興盛的，無論女子團體、男子團體、個人歌手、重唱組合、搖滾樂團等等應有盡有，豐富多樣的音樂類型以及造型風格，總能刺激年輕人的感官、引領新的潮流。常久下來也發展出了一套韓國獨有的追星文化。

　　韓國的歌手和偶像團體都有自己的「粉絲名稱」以及「應援色」。這兩樣東西看似普通，但其實是營造粉絲族群向心力、歸屬感甚至責任心的重要功臣。粉絲名稱對歌迷和歌手來說有著特殊的意涵，可以視為「暱稱」，但更代表了粉絲的身份認同感。而應援色更是追星文化中相當重要的一環，除了在演唱會上可以看到滿場統一顏色的螢光棒之外，拼盤演唱會的時候也可以透過顏色來判斷那邊坐著的是誰的歌迷。應援色不單只代表一組藝人或一位歌手，更是一種精神的象徵，以及表現支持的方式。

　　在台灣如果想去參加藝人的簽名會，只需購買一張專輯，然後當天去會場排隊即可。但在韓國參加簽名會必須購買很多張專輯，再透過「抽籤」來取得參加資格。因此在盜版橫行的現代，韓國除了線上付費收聽音樂的系統相當普及之外，實體專輯的銷售量也都能維持在一定的水平。

　　此外，歌曲中的應援也是韓國樂壇特有的文化。如果看過韓國的音樂節目應該不難發現，在歌曲表演的當下，歌迷會齊聲大喊搭配歌曲設計的應援口號，在開頭、結尾、或是曲中某些個段落都有可能出現。應援口號除了代表粉絲的支持之外，也能展現台上藝人受歡迎的程度。

　　每個國家的追星模式都不太一樣，像是台灣的ibon搶票制度、日本加入官方後援會統一抽票、韓國演唱會物超所值的票價等等。從這些差異中，也能觀察出不同民族性反映在追星時的文化和習慣，追星之餘也能學習到每個國家不同的優點和缺點。

어디서
출발해요?
從哪裡出發呢？

觀光

在觀光服務中心

1 **관광안내소가 어디죠?**
[觀光案內所]
kwan.gwang.an.nae.so.ga-eo.di.jyo

觀光服務處在哪裡？

2 **패키지를 예약하려고요.**
[package] [預約]
ppae.kki.ji.leul-ye.ya.kka.lyeo.go.yo

我想預約行程。

3 **어떤 패키지가 있어요?**
[package]
eo.ddeon-ppae.kki.ji.ga-i.sseo.yo

有什麼樣的行程呢？

4 **관광안내 책자를 하나 주세요.**
[觀光案內 冊子]
kwan.gwang.an.nae-chaek.jja.leul-ha.na.ju.
se.yo

請給我一本觀光指南。

5 **이쪽 관광지를 소개해 주시겠어요?**
[觀光地] [紹介]
i.jjok-kwan.gwang.ji.leul-so.gae.hae-ju.si.
ge.sseo.yo

能不能幫我介紹這裡的觀光景點呢？

6 **설악산에 가는 코스가 있나요?**
[雪嶽山] [course]
seo.lak.ssa.ne-ka.neun-kko.seu.ga-in.na.yo

有沒有到雪嶽山的行程？

7 **영어 가능한 가이드가 있나요?**
[英語 可能] [guide]
yeong.eo-ka.neung.han-ka.i.deu.ga-in.na.yo

有沒有會說英語的導遊呢？

8 **당일 코스인가요?**
[當日course]
tang.il-kko.seu.in.ga.yo

是當天往返的行程嗎？

9 **자세히 알려 줄 수 있나요?**
[仔細]
cha.se.hi-al.lyeo-jul-su-in.na.yo

可以告訴我詳細的行程嗎？

10 **어디서 출발해요?**
[出發]
eo.di.seo-chul.ba.lae.yo

從哪裡出發呢？

11 몇 시에 [時] 출발[出發]해요?
myeot.ssi.e-chul.ba.lae.yo
幾點出發呢?

12 시간[時間]이 어느 정도[程度] 걸려요?
si.ga.ni-eo.neu-jeong.do-keol.lyeo.yo
大約要花多少時間呢?

13 요금[料金]이 얼마예요?
yo.geu.mi-eol.ma.ye.yo
旅費多少?

14 식사[食事]도 포함[包含]돼 있나요?
sik.ssa.do-ppo.ham.dwae-in.na.yo
有附餐嗎?

15 교통비[交通費]가 포함[包含]돼 있나요?
kyo.ttong.bi.ga-ppo.ham.dwae-in.na.yo
交通費包含在內嗎?

觀光中

1 들어갈 수 있어요?
teu.leo.gal-su-i.sseo.yo
可以進去嗎?

2 입장료[入場料]가 있나요?
ip.jjang.nyo.ga-in.na.yo
要入館費嗎?

3 그건 어떤 축제[祝祭]인가요?
keu.geon-eo.ddeon-chuk.jje.in.ga.yo
那是什麼樣的祭典?

4 사진[寫真] 찍을 수 있나요?
sa.jin-jji.geul-ssu-in.na.yo
可以拍照嗎?

5 같이 사진[寫真]을 찍어도 돼요?
ka.chi-sa.ji.neul-jji.geo.do-twae.yo
可以和你一起拍張照嗎?

6 여기 화장실[化妝室]이 있나요?
yeo.gi-hwa.jang.si.li-in.na.yo
這附近有洗手間嗎?

7 여기 출입금지[出入禁止]인가요?
yeo.gi-chu.lip.ggeum.ji.in.ga.yo
這裡禁止進入嗎?

8 도자기[陶瓷器] 체험[體驗]을 하고 싶어요.
to.ja.gi-che.heo.meul-ha.go-si.ppeo.yo
我想做陶藝體驗。

[韓服 體驗]
9 한복 체험을 하고 싶어요.
han.bok-che.heo.meul-ha.go-si.ppeo.yo
我想體驗穿韓服。

[韓服 賃貸]　　　　[可能]
10 한복 임대는 가능해요?
han.bok-im.dae.neun-ka.neung.hae.yo
可以租借韓服嗎?

[賃貸 料金]
11 임대 요금이 어떻게 되죠?
im.dae-yo.geu.mi-eo.ddeo.kke-toe.jyo
租借費用多少?

[寫真 service]
12 사진 서비스가 있나요?
sa.jin-sseo.bi.seu.ga-in.na.yo
有代客照相服務嗎?

13 한번에 얼마 받아요?
han.beo.ne-eol.ma-pa.da.yo
一次收費多少錢?

[紀念品]
14 살 만한 기념품이 있나요?
sal-ma.nan-ki.nyeom.ppu.mi-in.na.yo
有哪些紀念品可以買?

單字充電站

觀光

[觀光] 관광 kwan.gwang 觀光	[旅行社] 여행사 yeo.haeng.sa 旅行社	[觀光案內] 관광안내 kwan.gwang.an.nae 觀光指南
[觀光案內所] 관광안내소 kwan.gwang.an.nae.so 觀光服務處	[觀光bus] 관광버스 kwan.gwang.beo.sseu 觀光巴士	[guide] 가이드 ka.i.deu 導覽／導遊
[旅行案內] 여행안내 yeo.haeng.an.nae 旅遊指南	[入場料金] 입장요금 ip.jjang.yo.geum 入場費	

各種景點

[觀光地]
관광지
kwan.gwang.ji
名勝

[遺蹟]
유적
yu.jeok
古蹟

[遺蹟地]
유적지
yu.jeok.jji
遺址

[紀念碑]
기념비
ki.nyeom.bi
紀念碑

[城]
성
seong
城

[寺院]
사원
sa.won
寺廟

바다
pa.da
海

[博物館]
박물관
pang.mul.gwan
博物館

[美術館]
미술관
mi.sul.gwan
美術館

[遊園地]
유원지
yu.won.ji
遊樂園

[植物園]
식물원
sing.mu.lwon
植物園

[動物園]
동물원
tong.mu.lwon
動物園

[水族館]
수족관
su.jo.ggwan
水族館

[thema land]
테마랜드
tte.ma.laen.deu
主題樂園

[市場]
시장
si.jang
市場

[山]
산
san
山

다리
ta.li
橋

바닷가
pa.dat.gga
海邊

[河川]
하천
ha.cheon
河川

[噴水臺]
분수대
pun.su.dae
噴水池

[溫泉]
온천
on.cheon
溫泉

[港口]
항구
hang.gu
港口

[瀑布]
폭포
ppok.ppo
瀑布

文化藝術

韓文	羅馬拼音	中文
서예 [書藝]	seo.ye	書法
꽃꽂이	ggot.ggo.ji	插花
축제	chuk.je	祭典
탈춤	ttal.chum	面具舞
농악 [農樂]	nong.ak	農樂
판소리	ppan.sso.li	說唱鼓詞（民間傳統戲曲）
사물놀이 [四物]	sa.mul.lo.li	四物樂器
마당극 [劇]	ma.dang.geuk	說唱劇

禁止事項、告示牌

쓰레기 무단투기단속 [無斷投棄團束]	sseu.le.gi-mu.dan.ttu.gi.dan.sok	請勿丟垃圾
플래시 사용금지 [flash使用禁止]	ppeul.lae.si-sa.yong.ggeum.ji	禁止使用閃光燈
잔디밭 출입금지 [出入禁止]	jan.di.bat-chu.lip.ggeum.ji	請勿踐踏草坪
손대지 마십시오 .	son.dae.ji-ma.sip.ssi.o	請勿動手
금연 [禁煙]	keu.myeon	禁菸
촬영금지 [撮影禁止]	chwa.lyeong.geum.ji	禁止攝影
위험 [危險]	wi.heom	危險
출입금지 [出入禁止]	chu.lip.ggeum.ji	禁止進入
공사중 [工事中]	kong.sa.jung	施工中
주차금지 [駐車禁止]	ju.cha.geum.ji	禁止停車

잘못 걸었어요
打錯電話了

打電話

尋找電話

[電話]
1 전화하고 싶은데요.
jeo.nwa.ha.go-si.ppeun.de.yo

我想打電話。

[公眾電話機]
2 공중전화기가 어디에 있죠?
kong.jung.jeo.nwa.gi.ga-eo.di.e-it.jjyo

哪裡有公共電話?

[電話機]
3 전화기 좀 빌려 주실래요?
jeo.nwa.gi.jom-pil.lyeo-ju.sil.lae.yo

可以借一下電話嗎?

打電話

[使用]
1 어떻게 사용하는지 가르쳐 주실래요?
eo.ddeo.kke-sa.yong.ha.neun.ji-ka.leu.chyeo-ju.
sil.lae.yo

可以告訴我如何操作嗎?

[通話連結]
2 통화 연결이 안 돼요.
ttong.hwa-yeon.gyeo.li-an-twae.yo

電話不通。

[通話中]
3 통화 중입니다.
ttong.hwa-jung.im.ni.da

電話中。

4 소리가 잘 안 들려요.
so.li.ga-jal-an-teul.lyeo.yo

我聽不清楚聲音。

5 다시 한번 말해 주세요.
ta.si-han.beon-ma.lae-ju.se.yo

麻煩請你再說一次。

6 천천히 말해 주세요.
cheon.jeo.ni-ma.lae-ju.se.yo

請說慢一點。

7 큰소리로 말해 주세요.
keun.so.li-lo.ge-ma.lae-ju.se.yo

麻煩請你說大聲一點。

8 전화 카드 잔액이 떨어질 것 같아요. [電話card 殘額]
jeo.nwa.kka.deu-ja.nae.gi-ddeo.leo.
jil-ggeot-gga.tta.yo

電話卡的錢好像快用
完了。

9 동전이 없어요. [銅錢]
tong.jeo.ni-eop.sseo.yo

我已經沒零錢了。

 通話中

1 이따가 바로 연락할게요. [連絡]
i.dda.ga-pa.lo-yeol.la.kkal.gge.yo

等一下立刻回電給你。

2 다시 연락할게요. [連絡]
ta.si-yeol.la.kkal.gge.yo

我會再打給你。

3 전화해 주셔서 감사합니다. [電話] [感謝]
jeo.nwa.hae-ju.syeo.seo-kam.sa.ham.ni.da

謝謝你的來電。

4 수신자부담전화로 해 주세요. [受信者負擔電話]
su.sin.ja.bu.dam.jeo.nwa.lo.nae-ju.
se.yo

請接對方付費電話。

5 내선 514번으로 바꿔 주세요. [內線] [番]
nae.seon-o.baek.ssip.ssa.beo.neu.lo-pa.
ggwo-ju.se.yo

請接分機514號。

打電話到別人家裡

會話

(1) 거기 김미순 씨 집입니까? [金美順]
keo.gi-kim.mi.sun-ssi-ji.bim.ni.gga

請問是金美順小姐的家
嗎？

네, 누구세요?
ne-nu.gu.se.yo

是的，請問哪位？

(1) 저는 정재석이라고 합니다. [鄭在碩]
jeo.neun-jeong.jae.seo.gi.la.go-ham.ni.da

我叫鄭在碩。

미순 씨 계세요?

[美順]

mi.sun-ssi.ke.se.yo

請問美順在嗎？

죄송한데 지금 외출 중입니다.

[罪悚]　　　　　　　　[外出中]

choe.song.han.de-chi.geum-oe.chul-jung.
im.ni.da

抱歉，她現在外出中。

그럼 나중에 다시 전화할게요.

[電話]

keu.leom-na.jung.e-ta.si-jeo.nwa.hal.gge.yo

這樣啊，我改天再打電話過去。

打電話到公司

會話

안녕하세요 . 여기는 벚꽃회사입니다 .

[安寧]　　　　　　　　　　　　　[會社]

an.nyeong.ha.se.yo-yeo.gi.neun-peot.ggot.
hoe.sa.im.ni.da

您好，這裡是櫻花公司。

김신씨좀 바꿔 주세요.

kim-sin.ssi.jom-pa.ggwo-ju.se.yo

麻煩你我要找金信先生。

죄송한데, 김신씨가 자리에 안 계세요.

[罪悚]

joe.song.han.de-kim-sin.ssi.ga-ja.li.e-an.ke.
se.yo

很抱歉，金信先生不在座位上。

對答❶

좀 이따가 다시 연락주시겠습니까?

jom-i.dda.ga-ta.si-yeol.lak.jju.si.get.sseum.
ni.gga

能請您稍待一會兒再打電話過來嗎？

몇 시에 연락드리는 게 나아요?

[時]　　　[連絡]

myeot-ssi.e-yeol.lak.ddeu.li.neun-ge-na.a.yo

方便幾點打過去呢？

세 시쯤에 연락 주세요.

[時]　　　[連絡]

se-si.jjeu.me-yeol.lak-ju.se.yo

麻煩您三點左右打來。

對答❷

[message]
🦁 메시지를 남겨 주실래요?　　　　　能幫我留個話嗎？
me.si.ji.leul-nam.gyeo-ju.sil.lae.yo

🐰 네.　　　　　好的。
ne

對答❸

[金]　　　　　　[電話]　　　[傳]
🦁 김신씨한테 제가 전화했다고 전해　　　麻煩你跟金先生說，
주세요 .　　　　　我有打電話過來。
kim.sin-ssi.han.tte-che.ga-jeo.nwa.haet.
dda.go-jeo.nae-ju.se.yo

🌸 打錯電話

會話

🦁 여보세요? 김사장님이신가요 ?　　　喂，請問是金社長嗎？
yeo.bo.se.yo-kim.sa.ja.nim.i.sin.ga.yo

🐰 아닌데요. 잘못 거셨습니다.　　　不是，你打錯了喔！
a.nin.de.yo-jal.mot-ggeo.syeot.sseum.ni.da

[罪悚]
🦁 죄송합니다.　　　　　對不起。
joe.song.ham.ni.da

會話

[安寧]　　　　　[秀浣]
🦁 안녕하세요. 수완이네 집이죠 ?.　　　你好，是秀浣家嗎？
an.nyeong.ha.se.yo-su.wa.i.ne.ji.bi.jo

[罪悚]
🐰 아, 죄송합니다. 잘못 걸었어요.　　　啊，對不起，打錯了。
a-joe.song.ham.ni.da-jal.mot-ggeo.leo.
sseo.yo

[連絡處]
1 연락처를 가르쳐 주세요.
yeol.lak.cheo.leul-ka.leu.chyeo-ju.se.yo
請告訴我你的電話號碼。

[電話番號 案內]　　　　　[番]
2 전화번호 안내는 몇 번이지요?
jeo.nwa.beo.no-an.nae.neun-myeot-bbeo.ni.ji.yo
查號臺是幾號？

[放送局]
3 KBS방송국 전화번호를 물어보려고요.
k.b.s.bang.song.guk-jeo.nwa.beo.no.leul-mu.
leo-po.lyeo.go.yo
我想查詢KBS電視臺的電話號碼。

[首爾市 局番]　　　　[番]
4 서울시 국번이 몇 번이에요?
seo.ul.si-kuk.bbeo.ni-myeot-bbeo.ni.e.yo
首爾市區域號碼是幾號？

　　　　　　　　[番]
5 대만 국가번호가 몇 번이에요?
tae.man-kuk.ga.beo.no.ga.myeot-bbeo.ni.e.yo
台灣的國碼是幾號？

國際電話

[國際電話]
1 국제전화를 하고 싶은데요.
kuk.jje.jeo.nwa.leul-ha.go-si.ppeun.de.yo
我想打國際電話。

[電話機]　　　　[國際電話]
2 이 전화기로 국제전화를 걸 수 있나요?
i.jeo.nwa.gi.lo-kuk.jje.jeo.nwa.leul-keol-ssu-in.
na.yo
這電話可以打國際電話嗎？

[台灣]　　　　[電話]
3 대만으로 전화하고 싶어요.
tae.ma.neu.lo-jeo.nwa.ha.go-si.ppeo.yo
我想打電話到台灣。

公共電話

[電話card]
1 전화카드를 사고 싶어요.
jeo.nwa.kka.deu.leul-sa.go-si.ppeo.yo
我想買電話卡。

2 10원짜리동전으로 바꿔 주세요.
si.bwon-jja.li.tong.jeo.neu.lo-pa.ggwo-ju.se.yo
請幫我換成十元硬幣。

電話用語

[電話] 전화 jeo.nwa 電話	[公眾電話] 공중전화 kong.jung.jeo.nwa 電話亭／公共電話	[電話簿] 전화부 jeo.nwa.bu 電話簿	[內線] 내선 nae.seon 分機
[電話局] 전화국 jeo.nwa.guk 電話局	[電話番號] 전화번호 jeo.nwa.beo.no 電話號碼	[message] 메시지 me.si.ji 留言	
[受信者負擔電話] 수신자부담전화 su.sin.ja.bu.dam.jeo.nwa 對方付費電話	[電話card] 전화카드 jeo.nwa.kka.deu 電話卡		

엽서를 보내요.
寄明信片

郵局

 尋找

[郵遞局]
1 우체국은 어디예요?
u.che.gu.geun-eo.di.ye.yo

郵局在哪裡？

[近處] [郵遞筒]
2 이 근처에 우체통이 있어요?
i-keun.cheo.e-u.che.ttong.i-i.sseo.yo

這附近有郵筒嗎？

在郵局

[窗口] [郵票]
1 어느 창구에서 우표를 살 수 있나요?
eo.neu-chang.gu.e.seo-u.ppyo.leul-sal-su-in.na.yo

在哪個窗口可以買郵票？

[元] [郵票] [張]
2 50원짜리 우표를 3장 주세요.
o.si.bwon.jja.li-u.ppyo.leul-se.jang-ju.se.yo

請給我三張五十元郵票。

[郵便番號 冊子]
3 우편번호 책자를 보여 주세요.
u.ppyeon.beo.no-chaek.jja.leul-po.yeo-ju.se.yo

請給我看一下郵遞區號簿。

[平倉洞] [郵便番號]
4 평창동의 우편번호를 가르쳐 주세요.
ppyeong.chang.dong.e-u.ppyeon.beo.no.leul-ka.leu.chyeo-ju.se.yo

請告訴我平倉洞的郵遞區號。

詢問價錢

[Italia] [航空郵便]
1 이탈리아로 보내는 항공우편이 얼마예요?
i.ttal.li.a.lo-po.nae.neun-hang.gong.u.ppyeo.ni-eol.ma.ye.yo

寄到義大利的航空郵件要多少錢？

2 배로 보내면 얼마예요?
pae.lo-po.nae.myeon-eol.ma.ye.yo

海運的話要多少錢？

詢問時程

1 인도네시아까지 며칠 걸려요？
[Indonesia]
in.do.ne.si.a.gga.ji-myeo.chil-keol.lyeo.yo

寄到印尼要多少天？

2 이 주내 도착할 수 있나요？
[二週內] [到著]
i-ju.nae-to.cha.kkal-ssu-in.na.yo

兩周內會到嗎？

限時、掛號

1 빠른 우편으로 해 주세요.
[郵便]
bba.leun-u.ppyeo.neu.lo-hae-ju.se.yo

我要寄限時。

2 등기 우편으로 해 주세요.
[登記郵便]
teung.gi-u.ppyeo.neu.lo-hae-ju.se.yo

我要寄掛號。

包裹

1 이 소포를 대만으로 보내려고 합니다.
[小包] [台灣]
i-so.ppo.leul-tae.ma.neu.lo-po.nae.lyeo.go-ham.ni.da

我想把這個包裹寄到台灣。

2 이 소포의 무게를 좀 재 주세요.
[小包]
i-so.ppo.e-mu.ge.leul-jom-jae-ju.se.yo

請幫我秤一下這個包裹的重量。

郵局相關

[郵遞局] **우체국** u.che.guk 郵局	[葉書] **엽서** yeop.sseo 明信片	[郵遞筒] **우체통** u.che.ttong 郵筒

[窗口] **창구** chang.gu 窗口	[航空郵便] **항공 우편** hang.gong-u.ppyeon 航空信	**배편／선편** pae.ppyeon／seon.ppyeon 海運

[登記 郵便] **등기 우편** teung.gi-u.ppyeon 掛號	[郵便] **빠른 우편** bba.leun-u.ppyeon 限時郵件	[小包] **소포** so.ppo 包裹

[電報] **전보** jeon.bo 電報	[住所] **받는사람 주소** pan.neun.sa.lam-ju.so 收件人地址	[住所] **주소** ju.so 地址

[姓銜] **이름／성함** i.leum／seong.ham 姓名	[郵便番號] **우편번호** u.ppyeon.beo.no 郵遞區號	[料金] **요금** yo.geum 費用

[郵票] **우표** u.ppyo 郵票	[郵便] **우편** u.ppyeon 郵遞	[入金] **입금** ip.ggeum 匯錢	[計座入金] **계좌입금** ke.jwa.ip.ggeum 匯入帳戶

열심히
배워야 돼요.
要認真學才行

語言學習

表達

1 [韓國語]
한국어를 배우고 있어요.
han.gu.geo.leul-pae.u.go-i.sseo.yo

我在學韓文。

2 [韓國語]
한국어를 할 줄 알아요.
han.gu.geo.leul-hal-jul-a.la.yo

我會韓文。

3 읽을 수는 있는데 말할 수는 없어요.
il.geul-ssu.neun-in.neun.de-ma.lal-ssu.neun-eop.
sseo.yo

我看得懂，
可是不會說。

4 알아듣는데 할 줄 몰라요.
a.la-deun.neun.de-hal-jul-mol.la.yo

我聽得懂，
可是不會說。

5 [男便]   [Netherland語]
제 남편이 네덜란드어를 할 줄 알아요.
je-nam.ppyeo.ni-ne.deol.lan.deu.eo.
leul-hal-jul-a.la.yo

我先生懂荷蘭語。

6 [Vietnam語]
내 여동생은 베트남어를 할 줄 몰라요.
nae-yeo.dong.saeng.eun-pe.tteu.na.meo.
leul-hal-jul-mol.la.yo

我妹妹不懂越南話。

7 그는 한국말을 배우려고 해요.
keu.neun-han.gung.ma.leul-pae.u.lyeo.go.hae.yo

他想學韓文。

8 [Italia語]
우리 어머니는 이탈리아어를 배우신
적이 있어요.
u.li-eo.meo.ni.neun-i.ttal.li.a.eo.leul-pae.u.
sin-jeo.gi-i.sseo.yo

我媽媽學過義大利語。

9 그분이 한국어 선생님이세요.
keu.pu.ni-han.gu.geo-seon.saeng.ni.mi.se.yo

那一位是韓文老師。

1 저는 한국어학당을 알아보고 있어요.
[韓國語學堂]
jeo.neun-han.gu.geo.hak.ddang.eul-a.la.po.go.i.sseo.yo

我正在尋找韓語學校。

2 괜찮은 한국어학당을 소개해 줄 수 있나요?
[韓國語學堂]　　　　[紹介]
kwaen.ja.neun-han.gu.geo.hak.ddang.eul-so.gae.hae-jul-ssu-in.na.yo

你能幫我介紹好的韓語學校嗎?

3 일대일 한국어 과외를 원해요.
[一對一韓國語課外]　　　[願]
il.ddae.il-han.gu.geo-kwa.oe.leul-wo.nae.yo

我想要一對一的韓語課程。

4 단기 프로그램이 있나요?
[短期program]
tan.gi-ppeu.lo.geu.lae.mi-in.na.yo

有短期課程嗎?

5 수업 시 어떤 언어를 사용해요?
[授業時]　　　[語言]　　[使用]
su.eop-ssi-eo.ddeon-eo.neo.leul-sa.yong.hae.yo

上課是用什麼語言?

6 몇 시부터 수업해요?
[時]　　　[授業]
myeot.ssi.bu.tteo-su.eo.ppae.yo

幾點開始上課?

7 수업이 맨날 있나요?
[授業]
su.eo.bi-maen.nal.in.na.yo

每天都有課嗎?

8 방학이 언제부터 시작해요?
[放假]　　　　[始作]
pang.ha.gi-eon.je.bu.tteo-si.ja.kkae.yo

暑假什麼時候開始?

9 기숙사에 들어갈 수 있나요?
[寄宿舍]
ki.suk.ssa.e-teu.leo-kal-ssu-in.na.yo

我可以住宿舍嗎?

10 등록금은 할부 가능한가요?
[登錄金]　　　[割賦可能]
teung.nok.ggeu.meun-hal.bu-ka.neung.han.ga.yo

學費可以分期付款嗎?

[發音] [正確]
1 제 발음이 정확한가요？
je-pa.leu.mi-jeong.hwa.kkan.ga.yo

[發音]
2 발음이 틀리면 말해 주세요.
pa.leu.mi-tteul.li.myeon-ma.lae-ju.se.yo

我的發音標準嗎？

發音如果不正確，請告
訴我。

單字充電站

語言學習

[外來語] 외래어 oe.lae.eo 外來語	[漢字] 한자 han.ja 漢字	[韓] 한글 han.geul 韓字	[Roman字] 로마자 lo.ma.ja 羅馬拼音

[英語] 영어 yeong.eo 英語	[France語] 프랑스어 ppeu.lang.seu.eo 法語	[Spain語] 스페인어 seu.ppe.i.neo 西班牙語

[獨逸語] 독일어 to.gi.leo 德語	[Italia語] 이탈리아어 i.ttal.li.a.eo 義大利語	[Portugal語] 포르투갈어 ppo.leu.ttu.ga.leo 葡萄牙語

[韓國語] 한국어 han.gu.geo 韓文	[中國語] 중국어 jung.gu.geo 中文	[Indonesia語] 인도네시아어 in.do.ne.si.a.eo 印尼文

[泰國語] 태국어 ttae.gu.geo 泰文	[Arab語] 아랍어 a.la.beo 阿拉伯語	[廣東] 광동어 kwang.dong.eo 廣東話	[學期] 학기 ha.ggi 學期

새 생활을 시작 했어요!
開始新生活了！

租屋

尋找住處

1 [房] [求]
방 좀 구해 주시겠어요?
pang-jom-ku.hae-ju.si.ge.sseo.yo
可以幫我找房子嗎？

2 [大學近處] [適當] [房]
대학 근처에 적당한 방이 있을까요?
tae.hak-keun.cheo.e-jeok.ddang.han-pang.
i-i.sseul.gga.yo
大學附近有沒有適合的房子？

3 [停留場 近處 房] [求]
정류장 근처 방을 구하려고 해요.
jeong.nyu.jang-keun.cheo-pang.eul-ku.ha.
lyeo.go.hae.yo
我想找車站附近的房子。

4 [房]
더 큰 방은 없나요?
teo-kkeun-bang.eun-eom.na.yo
有沒有更大一點的房間？

5 [相關]
작아도 상관없어요. 좀 싼 곳 없을까요?
cha.ga.do-sang.gwa.neop.sseo.yo-jom-ssan-kot-
eob.sseul.gga.yo
小一點也沒關係，有沒有便宜一點的？

租屋設備

1 [韓屋]
한옥이에요?
ha.no.gi.e.yo
是韓式房屋嗎？

2 [家具] [option]
가구가／옵션이 있나요?
ka.gu.ga／op.ssyeo.ni-in.na.yo
有附家具嗎？

3 [heater room]
히터 룸인가요?
hi.tteo-lu.min.ga.yo
是暖爐房間嗎？

4 [廚房]
주방은 얼마만한가요?
ju.bang.eun-eol.ma.ma.nan.ga.yo
廚房大概有多大？

5 주차장 있나요?
[駐車場]
ju.cha.jang-in.na.yo

有停車場嗎？

6 전화를 설치할 수 있나요?
[電話] [設置]
jeo.nwa.leul-seol.chi.hal-ssu-in.na.yo

可以裝電話嗎？

7 방 안에 화장실이 있나요?
[房] [化粧室]
pang-a.ne-hwa.jang.si.li-in.na.yo

房間內有廁所嗎？

8 에어콘을 달아 주실 수 있나요?
[aircon]
e.eo.kko.neul-ta.la.ju.sil-ssu-in.na.yo

可以請你幫我裝空調嗎？

9 원 룸 크기는 어느 정도 하나요?
[one room] [程度]
wol.lum-kkeu.gi.neun-eo.neu-jeong.do-ha.na.yo

單人房大概多大呢？

週遭環境

1 주변환경은 조용한가요?
[周邊環境]
ju.byeo.nwan.gyeong.eun-jo.yong.han.ga.yo

四周環境很安靜嗎？

2 제일 가까운 정류장은 어디인가요?
[第一] [停留場]
je.il-ka.gga.wun-jeong.nyu.jang.eun-eo.di.
in.ga.yo

最近的車站在哪裡？

3 여기서 정류장까지는 얼마나 걸려요?
[停留場]
yeo.gi.seo-jeong.nyu.jang.gga.ji.neun-eol.ma.
na-keol.lyeo.yo

這裡離車站有多遠？

4 이 근처에 병원이 있나요?
[近處] [病院]
i-keun.cheo.e-pyeong.wo.ni-in.na.yo

附近有醫院嗎？

租金

1 집세는 얼마예요?
[稅]
jip.sse.neun-eol.ma.ye.yo

租金多少？

2 70만원 이내의 방을 구하고 싶은데요.
[以內] [房] [求]
chil.sil.ma.nwon-i.nae.e-pang.eul-ku.ha.go-si.
ppeun.de.yo

我想找七十萬元以內的房子。

3 조금 더 비싸도 괜찮아요.
jo.geum-teo-pi.ssa.do-kwaen.cha.na.yo

稍微貴一點也沒關係。

[保證金]
4 보증금은 얼마예요?
po.jeung.geu.meun-eol.ma.ye.yo

押金要多少？

[每]　　　　　[支付]
5 매달 어떻게 지불하나요?
mae.dal-eo.ddeo.kke-ji.bu.la.na.yo

每月要如何支付呢？

[電氣稅]　　　　[gas費]
6 전기세와 가스비는 어떻게 내요?
jeon.gi.se.wa-gga.seu.bi.neun-eo.ddeo.kke-nae.yo

電費和瓦斯費要怎麼付呢？

契約

[契約]
1 언제 계약하나요?
eon.je-ke.ya.kka.na.yo

何時簽約？

[保證人]　　　[必要]
2 보증인이 필요한가요?
po.jeung.i.ni-ppi.lyo.han.ga.yo

需要保證人嗎？

[移事]
3 언제 이사 들어갈 수 있을까요?
eon.je-i.sa-teu.leo.gal-ssu-i.sseul.gga.yo

什麼時候可以搬進去？

4 2달먼저 나가도 돼요??
tu.dal.meon.jeo.na.ga.do.twae.yo

可以提前兩個月退租嗎?

[保證金]
5 보증금에서 얼마를 돌려받을수 있을까요?
po.jeung.geu.me.seo.eol.ma.leul.dol.lyeo.pa.deul.su.i.sseul.gga.yo

請問可以拿回多少保證金？

6 위약금을 물어야돼요?
wi.yak.geu.meul.mu.leo.ya.twae.yo

要付違約金嗎?

單字充電站

租屋

[稅] 집세 jip.sse 房租	[主人] 집주인 jip.jju.in 房東	[電氣稅] 전기세 jeon.gi.se 電費	[gas費] 가스비 gga.seu.bi 瓦斯費	[管理費] 관리비 kwal.li.bi 管理費
[公共施設費] 공공시설비 kong.gong.si.seol.bi 公共設施費	[駐車場] 주차장 있음 ju.cha.jang-i.sseum 附停車場	[契約] 계약 ke.yak 契約	[謝禮金] 사례금 sa.le.geum 酬謝金	

[浴室] [化妝室] 욕실／화장실 있음 yok.ssil／hwa.jang.sil-i.sseum 附浴室／廁所	[電話料金] 전화 요금 jeo.nwa-yo.geum 電話費	[水道料金] 수도 요금 su.do-yo.geum 水費

[internet費] 인터넷비 in.tteo.net.bbi 網路費	[保證人] 보증인 po.jeung.in 保證人	[賃貸] 임대 im.dae 出租	[保證金] 보증금 po.jeung.geum 押金	[控除金] 공제금 kong.je.geum 抽成

房屋形式

[單獨住宅] 단독주택 tan.dok-jju.ttaek 獨門獨戶	[坪房] 6 평 방 yuk.ppyeong.bang 六坪房間	[坪房] 10 평 방 sip.ppyeong.bang 十坪房間

[apart] 아파트 a.ppa.tteu 公寓	[鐵鋼] 철강 cheol.gang 鋼筋	[one room] 원룸 wol.lum 單房	[two room] 투룸 ttu.lum 兩房	[木造] 목조 mok.jjo 木造	[月稅] 월세 wol.sse 租房

[玄關] **현관** hyeon.gwan 玄關	[複道] **복도** pok.ddo 走廊	[兒童房] **아동방** a.dong.bang 兒童房	[房] **안방** an.bbang 主臥房	[化粧室] **화장실** hwa.jang.sil 廁所
[居室] **거실** keo.sil 客廳	[寢室] **침실** chim.sil 寢室	**부엌** pu.eok 廚房	[壁櫥] **벽장** pyeok.jjang 壁櫥	[方席] **방석** pang.seok 坐墊
[dining room] **다이닝 룸** ta.i.ning-lum 餐廳	[浴室] **욕실** yok.ssil 盥洗室／浴室	**창문** chang.mun 窗戶	[門] **미닫이문** mi.da.ji.mun 拉門	
[浴槽] **욕조** yok.jjo 浴池	[房] **방** pang 房間	**마루** ma.lu 地板		

멋진 남자
帥哥

美髮

剪髮

1 이런 스타일로 잘라 주세요.
[style]
i.leon-seu.tta.il.lo-jal.la-ju.se.yo
請幫我照這種髮型剪。

2 머리만 자르면 될 거 같아요.
meo.li.man-ja.leu.myeon-twoel-ggeo-ka.tta.yo
我想剪髮就好。

3 짧게 잘라 주세요.
jjal.ge-jal.la-ju.se.yo
請幫我剪短一點。

4 너무 짧게 자르진 마세요.
neo.mu-jjal.ge-ja.leu.jin-ma.se.yo
請不要剪太短。

5 조금 더 짧게 잘라 주세요.
jo.geum-teo-jjal.ge-jal.la-ju.se.yo
請再剪短一點。

6 머리 끝만 조금 다듬어 주세요.
meo.li-ggeun.man-jo.geum-ta.deu.meo-ju.se.yo
請幫我把髮尾修齊就好。

7 뒤쪽은 조금만 길게 해 주세요.
twi.jjo.geun-jo.geum.man-kil.ge-hae.ju.se.yo
後面要稍微長一點。

8 여섯 시 전에 끝낼 수 있어요?
[時]
yeo.seot-ssi-jeo.ne-ggeun.nael-su-i.sseo.yo
六點前可以結束嗎?

9 드라이하려구요.
[dry]
teu.la.i.ha.lyeo.go.yo
我要吹髮。

10 머리 감고 드라이 좀 해 주세요.
[dry]
meo.li-kam.go-teu.la.i-jom-hae.ju.se.yo
請幫我洗頭和吹髮。

11 이런 헤어스타일이면 돼요.
[hair style]
i.leon-he.eo.seu.ttai.li.myeon-dwae.yo
這種髮型就可以了。

12 옆 가르마로 타 주세요.
yeop.gga.leu.ma.lo-tta.ju.se.yo
請幫我旁分。

13 머리 자르고 감는 데 얼마죠?
meo.li-ja.leu.go-kam.neun.de-eol.ma.jyo

剪髮加洗髮要多少錢？

[美容師]　　　[相關]
14 어떤 미용사든 상관없어요.
eo.ddeon-mi.yong.sa.deun-sang.gwa.neop.
sseo.yo

哪一位美髮師都可以。

[豫約]
15 예약해야 하나요?
ye.ya.kkae.ya-ha.na.yo

需要預約嗎？

[大略]
16 대략 얼마나 더 기다려야 하나요?
tae.lyak-eol.ma.na-teo-ki.da.lyeo.ya-ha.na.yo

大概還要等多久？

美容院

[permanent]
1 파마 해주세요.
ppa.ma-hae.ju.se.yo

請幫我燙髮。

[magic]
2 매직펌 하려고요.
mae.jik.ppeom-ha.lyeo.go.yo

我想燙離子燙。

[程度]
3 어깨에 닿을 정도로 잘라 주세요.
eo.ggae.e-ta.eul-jeong.do.lo-jal.la-ju.se.yo

請幫我剪到肩膀的長度。

4 앞머리를 내 주세요.
am.meo.li.leul.ne.ju.se.yo

請幫我剪出瀏海。

5 머리숱 좀 쳐 주세요.
meo.li.sut-jom-chyeo.ju.se.yo

請幫我打薄。

理髮店

1 머리 좀 잘라 주세요.
meo.li-chom-jal.la-ju.se.yo

請幫我剪髮。

[面刀]
2 면도 좀 해 주세요.
myeon.do-jom-hae.ju.se.yo

請幫我刮鬍子。

3 구레나룻은 자르지 말아 주세요.
ku.le.na.lu.seun-ja.leu.ji-ma.la-ju.se.yo

鬢角請幫我留著不要剪。

[美容室]
미용실
mi.yong.sil
美容院

[hair salon]
헤어살롱
he.eo.sal.long
美髮沙龍

[hair designer]
헤어디자이너
he.eo.di.ja.i.neo
髮型師

[理髮所]
이발소
i.bal.sso
理髮店

머리 자르기
meo.l-ja.leu.gi
剪髮

[magic]
매직펌
mae.jik.ppeom
離子燙

[permanent]
파마
ppa.ma
燙髮

머리 감기
meo.li-kam.gi
洗髮

머리 하기
meo.li-ha.gi
吹整頭髮／做造型

[massage]
마사지
ma.sa.ji
按摩

가위
ka.wi
剪刀

[理髮器]
이발기
i.bal.gi
剃刀

[面刀器]
면도기
myeon.do.gi
刮鬍刀

앞머리
am.meo.li
瀏海

구레나룻
ku.le.na.lut
鬢角

[鬍鬚]
수염
su.yeom
鬍子

[豫約]
예약
ye.yak
預約

泡湯

詢問

1 온천이 어디에 있나요?
[溫泉]
on.cheo.ni-eo.di.e-in.na.yo

請問哪裡有溫泉？

2 여기 근처에 온천이 있나요?
[近處]　　　　[溫泉]
yeo.gi-keun.cheo.e-on.cheo.ni-in.na.yo

這附近有溫泉嗎？

3 온천은 몇 시에 시작하나요?
[溫泉]　　　[時]　　[始作]
on.cheo.neun-myeot-ssi.e-si.ja.kka.na.yo

溫泉幾點開放？

4 몇 시까지 해요?
[時]
myeot.ssi.gga.ji-hae.yo

開放到幾點？

5 비누랑 샴푸 있어요?
pi.nu.lang-syam.ppu-i.sseo.yo

有肥皂和洗髮精嗎？

6 뭘 들고 가야 하죠?
mwol-teul.go-ka.ya-ha.jyo

要帶什麼東西去呢？

7 남탕입구 (여탕입구) 는 어디예요?
[男湯入口]　　　　[女湯入口]
nam.ttang.ip.ggu(yeo.ttang.ip.ggu).neun-eo.di.
ye.yo

男湯（女湯）的入口在哪裡呢？

8 옷은 사물함에 넣어야 돼요?
[私物函]
o.seun-sa.mu.la.me-neo.o.ya.twae.yo

需要把衣服放在置物箱嗎？

9 샴푸랑 린스 좀 주세요.
[shampoo]　　[rinse]
syam.ppu.lang-lin.seu-jom-ju.se.yo

請給我洗髮精和潤髮精。

10 여기 누가 사용하고 있어요?
[使用]
yeo.gi-nu.ga-sa.yong.ha.go-i.sseo.yo

這裡有人用嗎？

11 여기 세면대 써도 될까요?
[洗面臺]
yeo.gi-se.myeon.dae-sseo.do-toel.gga.yo

我可以用這個洗臉台嗎？

지갑을 잃어버렸어요! 錢包不見了!

遇到麻煩時

尋求幫助

1 사람 살려요 !
sa.lam-sal.lyeo.yo
救命!

2 무슨 일이에요 ?
mu.seun-i.li.e.yo
發生什麼事了?

[派出所]
3 파출소가 어디 있는지 가르쳐 주세요 .
ppa.jul.so.ga-eo.di.in.neun.ji-ka.leu.
chyeo-chu.se.yo
請告訴我派出所在哪裡。

[警察署]
4 경찰서에 데려다 주세요 .
kyeong.chal.sseo.e-te.lyeo.da-ju.se.yo
請帶我去警察局。

[警察]
5 경찰 좀 불러 주세요 .
kyeong.chal-jom-pul.leo-ju.se.yo
請幫我叫警察。

[警察]
6 이걸 경찰에게 주려고요 .
i.geol-kyeong.cha.le.ge-ju.lyeo.go.yo
我想把這個交給警察。

遺失物品

[汽車票]
1 기차표를 잃어버렸어요 .
ki.cha.ppyo.leul-i.leo.beo.lyeo.sseo.yo
我把車票弄丟了。

↳ 你也可以將 ◯ 裡的字代換成以下詞彙喔!

[旅卷]
● 여권　護照
yeo.ggwon

● 열쇠　鑰匙
ycol.ssoe

[紙匣]
2 지갑을 잃어버렸어요.
ji.ga.beul-i.leo.beo.lyeo.sseo.yo

我弄丟錢包了。

[紙匣]
3 지갑을 어디에 놔 뒀는지 깜빡했어요.
ji.ga.beul-eo.di.e-nwa-twon.neun.ji-ggam.
bba.kkae.sseo.yo

我忘了把錢包放在哪裡了。

[地下鐵]
4 지하철에 가방을 놓고 내렸어요.
ji.ha.cheo.le-ka.bang.eul-no.kko-nae.lyeo.
sseo.yo

我把包包忘在電車裡了。

[taxi]
5 택시에 짐을 놓고 내렸어요.
ttaek.ssi.e-ji.meul-no.kko-nae.lyeo.sseo.yo

我把行李忘在計程車裡了。

[車 番號]
6 차 번호를 모르겠어요.
cha-beo.no.leul-mo.leu.ge.sseo.yo

我不記得車號。

[card]
7 다시 새 카드를 보내 주실 수 있나요?
ta.si-sae.kka.de.leul-po.nae-ju.sil-su-in.na.yo

能再發一張新卡給我嗎？

8 어제 잃어버렸어요.
eo.je-i.leo.beo.lyeo.sseo.yo

昨天弄丟了。

9 지금 찾는 걸 도와주실 수 있나요?
chi.geum-chan.neun-keol-to.wa.ju.sil-ssu-in.na.yo

現在能幫我找一下嗎？

[紛失物center]
10 분실물센터는 어디에 있어요?
pun.sil.mul.sen.tteo.neun-eo.di.e-i.sseo.yo

失物招領處在哪裡？

[連絡]
11 찾으면 저에게 연락 좀 주시겠어요?
cha.jeu.myeon-cheo.e.ge-yeol.lak-jom-ju.si.
ge.sseo.yo

找到之後能請你跟我連絡嗎？

交通事故

[車事故]
1 차 사고가 났어요.
cha.sa.go.ga-na.seo.yo

我發生車禍了。

[車]
2 차에 치였어요.
cha.e-chi.yeo.sseo.yo

我撞車了。

[autoo+bike]

3 오토바이에 치였어요.
o.tto.ba.i.e-chi.yeo.sseo.yo

我撞到摩托車了。

[制限速度]

4 전 제한속도를 지켰어요.
jeon-je.han.sok.ddo.leul-chi.kkyeo.sseo.yo

我有遵守限速。

[綠色]

5 그때는 녹색불이었어요.
keu-ddae.neun-nok.ssaek.bbu.li.eo.sseo.yo

那時是綠燈。

6 사람이 다쳤어요.
sa.la.mi-ta.chyeo.sseo.yo

有人受傷了。

[救急車]

7 구급차 좀 불러 주세요.
ku.geup.cha-jom-pul.leo-ju.se.yo

請幫忙叫救護車。

[車]　　　[故障]

8 차가 고장났어요.
cha.ga-ko.jang.na.sseo.yo

車子壞掉了。

[tire]　　　[puncture]

9 타이어가 펑크났어요.
tta.i.eo.ga-ppeong.kkeu.na.sseo.yo

爆胎了。

遭小偷

1 도둑이야!
to.du.gi.ya

小偷！

[紙匣]

2 내 지갑을 훔쳐갔어요.
nae-ji.ga.beul-hum.chyeo.ga.sseo.yo

我的錢包被搶了。

[旅卷]

3 여권을 도둑 맞았어요.
yeo.ggwo.neul-to.dung-ma.ja.sseo.yo

護照被偷了。

4 집이 털렸어요.
ji.bi-tteol.lyeo.sseo.yo

家裡遭小偷了。

5 소매치기 당했어요.
so.mae.chi.gi-tang.hae.sseo.yo

我被扒手扒了。

[不過]　　　[分前]

6 불과 몇 분 전의 일이에요.
pul.gwa-myeot-bbun-jeo.ne-i.li.e.yo

才不過幾分鐘前的事。

7 자전거를 [自轉車] 되찾을 수 있을까요?
ja.jeon.geo.leul-toe.cha.jeul-ssu-i.sseul.gga.yo

腳踏車找得回來嗎？

8 도둑 맞았어요.
to.dung-ma.ja.sseo.yo

我被搶了。

9 그놈이 오토바이 [autoo+bike] 타고 도망갔어요. [逃亡]
keu-no.mi-o.tto.ba.i.tta.go-to.mang.ga.sseo.yo

他騎著摩托車逃跑了。

走失

1 길을 잃었어요.
ki.leul-i.leo.sseo.yo

我迷路了。

2 아이를 잃어버렸어요.
a.i.leul-i.leo.beo.lyeo.sseo.yo

我跟我小孩失散了。

3 5살 난 여자아이 [女子] (남자아이) [男子] 예요.
ta.seot.ssal-nan-yeo.ja.a.i(nam.ja.a.i).ye.yo

五歲的小女孩（小男孩）。

4 이름은 미숙이라고 [美淑] 해요.
i.leu.meun-mi.su.gi.la.go-hae.yo

她的名字叫美淑。

5 아이는 노란색 [色] 상의에 [上衣] 파란색 [色] 바지를 입고 있어요.
a.i.neun-no.lan.saek-sang.i.e-ppa.lan.saek-pa.ji.leul-ip.ggo-i.sseo.yo

她穿著黃色上衣配藍色褲子。

6 아이 좀 찾아 주세요.
a.i-jom-cha.ja-ju.se.yo

請幫我找孩子。

길을 잃었어요.
我迷路了

緊急情況

[紛失物center] 분실물센터 pun.sil.mul.sen.tteo 失物招領處	소매치기 so.mae.chi.gi 扒手	[gas] 가스가 새다 gga.seu.ga-sae.da 瓦斯外洩
[警察署] 경찰서 kyeong.chal.sseo 警察局	[駐車違反] 주차위반 ju.cha.wi.ban 違規停車	[速度違反] 속도위반 sok.ddo.wi.ban 違規超速
[派出所] 파출소 ppa.chul.sso 派出所	도둑 to.duk 小偷	[和解] 화해 hwa.hae 和解

Can I find the supermarket in this way!?

감기에 걸렸어요.
我感冒了

生病時

尋求幫助

[病院]
1 병원에 데려다 주세요.
pyeong.wo.ne-te.lyeo.da-ju.se.yo
請帶我到醫院。

[第一] [病院]
2 제일 가까운 병원이 어디예요?
je.il-ka.gga.wun-pyeong.wo.ni-eo.di.ye.yo
最近的醫院在哪裡?

3 움직일 수가 없어요.
um.ji.gil-ssu-ga.eop.sseo.yo
我自己不能動。

4 좀 도와주세요.
jom-to.wa-ju.se.yo
請幫我一下。

[救急車]
5 구급차를 불러 주세요.
ku.geup.cha.leul-pul.leo-ju.se.yo
請幫我叫救護車。

[醫師 先生]
6 의사 선생님을 불러 주세요.
ui.sa-seon.saeng.ni.meul-pul.leo-ju.se.yo
請幫我叫醫生來。

掛號

[診察]
1 진찰을 받고 싶어요.
jin.cha.leul-pat.ggo-si.ppeo.yo
我想要看診。

[預約] [相關]
2 예약 안 했는데 상관없나요?
ye.yak-an-haen.neun.de-sang.gwa.neom.na.yo
我沒有預約可以嗎?

[應急室 接受]
3 응급실 접수해 주세요.
eung.geup.ssil-jeop.ssu.hae-ju.se.yo
請幫我掛急診。

1 아파요.
a.ppa.yo
我覺得不舒服。

2 배가 아파요.
pae.ga-a.ppa.yo
我肚子痛。

3 배가 간간이 찌르듯 아파요.
[間間]
pae.ga-kan.ga.ni-jji.leu.deut-a.ppa.yo
我的腹部感到陣陣刺痛。

4 아주 아파요.
a.ju-a.ppa.yo
非常痛。

5 조금 아파요.
cho.geum-a.ppa.yo
有點痛。

6 머리가 아파요.
meo.li.ga-a.ppa.yo
我頭痛。

7 너무 추워요.
neo.mu-chu.wo.yo
好冷。

8 머리가 어지러워요.
meo.li.ga-eo.ji.leo.wo.yo
我頭暈。

9 구역질이 나고 토하고 싶어요.
[嘔逆] [吐]
ku.yeok.jji.li-na.go-tto.ha.go-si.ppeo.yo
我覺得噁心想吐。

10 열이 좀 나요.
yeo.li-jom-na.yo
我有點發燒。

11 설사했어요.
[泄瀉]
seol.ssa.hae.sseo.yo
我拉肚子。

12 저 치질이 있어요.
[痔疾]
jeo-chi.ji.li-i.sseo.yo
我有痔瘡。

13 고혈압이 있어요.
[高血壓]
ko.hyeo.la.bi-i.sseo.yo
我有高血壓。

[注射]
1 주사를 맞아야 되나요?　　　　　　要打針才行嗎？
ju.sa.leul-ma.ja.ya-toe.na.yo

[妊娠]
2 전 임신했어요.　　　　　　　　　　我懷孕了。
jeon-im.si.nae.sseo.yo

[penicillin]　　　　　　[allergie]
3 페니실린에 알레르기가 있어요.　　我對青黴素過敏。
ppe.ni.sil.li.ne-al.le.leu.gi.ga-i.sseo.yo

[今方]
4 금방 낫겠지요?　　　　　　　　　　很快就會好吧？
keum.bang-nat.gget.jji.yo

[調理]
5 몸조리 어떻게 해야 되나요?　　　　該怎麼調理身體？
mom.cho.li.eo.ddeo.kke.hae.ya.toe.na.yo

6 무슨 일이 있어요?　　　　　　　　怎麼了？
mu.seun-i.li-i.sseo.yo

7 어디 아파요?　　　　　　　　　　哪裡不舒服？
eo.di-a.ppa.yo

8 어디 안 좋아 보이는 것 같아요.　　你看起來不太對勁耶。
eo.di-an-cho.a-po.i.neun-keot-gga.tta.yo

[藥物 allergie]
9 약물 알레르기가 있어요?　　　　你會藥物過敏嗎？
yang.mul-al.le.leu.gi.ga-i.sseo.yo

會話

여기 아프세요?　　　　　　　這裡痛嗎？
yeo.gi-a.ppeu.se.yo

네, 아파요.　　　　　　　　　是的，很痛。
ne-a.ppa.yo

別人生病時

1 제 친구가 아파요. [親舊]
je-chin.gu.ga-a.ppa.yo
我朋友生病了。

2 의식을 잃었어요. [意識]
ui.si.geul-i.leo.sseo.yo
他失去意識了。

3 그녀의 얼굴이 파래졌어요. [女]
keu.nyeo.e-eol.gu.li-ppa.lae.jyeo.sseo.yo
她的臉色發青。

受傷時

1 다쳤어요.
ta.chyeo.sseo.yo
我受傷了。

2 다리가 골절됐어요. [骨折]
ta.li.ga-kol.jeol.twae.sseo.yo
我的腳骨折了。

3 피가 났어요.
ppi.ga-na.sseo.yo
流血了

4 제 손이 까졌어요.
je-so.ni.gga.jyeo.sseo.yo
我的手擦傷了。

5 손목이 삐었어요.
son.mo.gi-bbi.eo.sseo.yo
手腕扭傷了。

6 화상을 입었어요. [火傷]
hwa.sang.eul-i.beo.sseo.yo
我被燙傷了。

7 계단에서 굴러 떨어졌어요. [階段]
ke.da.ne.seo.ku.leo.ddeo.leo.jyeo.sseo.yo
我從樓梯摔下來。

8 상처가 완전히 나을 때까지 시간이 얼마나 걸려요? [傷處] [完全] [時間]
sang.cheo.ga-wan.jeo.ni-na.eul-ddae.gga.ji-si.gan.ni-eol.ma.na-keol.lyeo.yo
傷口要花多久時間才能完全治癒？

服藥

[腹痛藥]
1 복통약이 있나요?
有沒有肚子痛的藥?
pok.ttong.ya.gi-in.na.yo

[頭痛] [效果] [藥]
2 두통에 효과가 좋은 약이 있나요?
有對頭痛有效的藥嗎?
du.tong.e-hyo.gwa.ga-cho.eun-ya.gi-in.na.yo

3 언제 먹어요?
什麼時候吃?
eon.je-meo.geo.yo

[食後]
4 식후인가요?
飯後吃嗎?
si.kku.in.ga.yo

5 한번에 몇 알을 먹어요?
一次吃幾粒?
han.beo.ne-myeot-a.leul-meo.geo.yo

6 하루에 몇 번 먹어요?
一天吃幾次?
ha.lu.e-myeot-bbeon-meo.geo.yo

[抗生劑]
7 그거 항생제인가요?
那是抗生素嗎?
keu-keo-hang.saeng.je.in.ga.yo

[解熱劑]
8 그거 해열제인가요?
那是退燒藥嗎?
keu-keo-hae.yeol.je.in.ga.yo

會話

[藥] [juice]
그 약은 주스랑 같이 먹어도 돼요?
這個藥可以配果汁喝嗎?
keu-ya.geun-chu.seu.lang-ka.chi-meo.geo.
do-twae.yo

안 돼요.
不行。
an-twae.yo

따뜻한 물이랑 같이 드세요.
請配溫水吃。
dda.ddeu.tan-mu.li.lang-ka.chi-teu.se.yo

看醫生

[醫師] 의사 ui.sa 醫生	[看護師] 간호사 ka.no.sa 護士	[患者] 환자 hwan.ja 病患

아프다 a.ppeu.da 生病／痛	[病院] 병원 pyeong.won 醫院	[ringer注射] 링거주사를 맞다 ling.geo.ju.sa.leul-mat.dda 打點滴	다치다 ta.chi.da 受傷

[手術] 수술 su.sul 手術	[麻醉] 마취 ma.chwi 麻醉	[注射] 주사를 맞다 ju.sa.leul-mat.dda 打針	[應急患者] 응급환자 eung.geu.ppwan.ja 緊急病患

[診療室] 진료실 jil.lyo.sil 診療處	[救急車] 구급차 ku.geup.cha 救護車	[入院] 입원 i.bwon 入院	[退院] 퇴원 ttoe.won 出院

[飲食療法] 음식요법 eum.si.gyo.beop 飲食療法	[接受處] 접수처 jeop.ssu.cheo 掛號處

醫院內各科名稱

| [內科] 내과 nae.ggwa 內科 | [外科] 외과 oe.ggwa 外科 | [小兒科] 소아과 so.a.ggwa 小兒科 | [眼科] 안과 an.ggwa 眼科 | [齒科] 치과 chi.ggwa 齒科 |

[耳鼻咽喉科]
이비인후과
i.bi.i.nu.ggwa
耳鼻喉科

[產婦人科]
산부인과
san.bu.in.ggwa
婦產科

[消化器內科]
소화기내과
so.hwa.gi.nae.ggwa
腸胃科

[allergie科]
알레르기과
al.le.leu.gi.ggwa
過敏科

[皮膚科]
피부과
ppi.bu.ggwa
皮膚科

[泌尿器科]
비뇨기과
pi.nyo.ggwa
泌尿科

[神經精神科]
신경정신과
sin.gyeong.jeong.sin.ggwa
精神科

[精神健康醫學科]
정신건강의학과
jeong.sin.geon.gang.i.hak.ggwa
心理醫科／身心科

症狀

| [頭痛] 두통 tu.ttong 頭痛 | [胃痛] 위통 wi.ttong 胃痛 | [齒痛] 치통 chi.ttong 牙齒痛 | 떨림 ddeol.lim 發冷 | 기침 ki.chim 咳嗽 |

| [發疹] 발진 pal.jjin 斑疹 | [便秘] 변비 pyeon.bi 便秘 | [宿醉] 숙취 suk.chwi 宿醉 | [泄瀉] 설사 seol.ssa 拉肚子 | [肺炎] 폐염 ppe.yeom 肺炎 |

삐다 bbi.da 扭傷	간지럼 kan.ji.leom 發癢	[感氣] 감기 kam.gi 感冒	[骨折] 골절 kol.jeol 骨折	어지럼 eo.ji.leom 頭昏眼花
벌레 물림 peol.le.mul.lim 昆蟲咬傷	두드러기 tu.deu.leo.gi 蕁麻疹	[盲腸炎] 맹장염 maeng.jang.yeom 盲腸炎	[火傷] 화상 hwa.sang 燒傷／燙傷	
[嘔逆] 구역질 ku.yeok.jjil 噁心／想吐	[扁桃炎] 편도염 ppyeon.do.yeom 扁桃腺炎			

身體部位

몸 mom 身體	머리 meo.li 頭	얼굴 eol.gul 臉	이마 i.ma 額頭	눈 nun 眼睛
귀 kwi 耳朵	코 kko 鼻子	이 i 牙齒	입 ip 嘴巴	혀 hyeo 舌頭
턱 tteok 下巴	손 son 手	팔 ppal 手臂	발 pal 腳	배 pae 肚子
목 mok 喉嚨／脖子	어깨 eo.ggae 肩膀	가슴 ka.seum 胸	다리 ta.li 腿	

[胃] 위 wi 胃	[腸] 장 jang 腸	[肺] 폐 ppe 肺	뼈 bbyeo 骨頭
[心臟] 심장 sim.jang 心臟	[子宮] 자궁 ja.gung 子宮	[肝臟] 간장 kan.jang 肝臟	[血液] 혈액 hyeo.laek 血液
넓적다리 neop.jjeok.dda.li 大腿	종아리 jong.a.li 小腿	[筋肉] 근육 keu.nyuk 肌肉	콩팥 kkong.ppat 腎臟
[神經] 신경 sin.gyeong 神經	[皮膚] 피부 ppi.bu 皮膚／肌膚	무릎 mu.leup 膝蓋	손가락 son.ga.lak 手指

醫療用具

[藥] 약 yak 藥	[藥局] 약국 ya.gguk 藥局	[眼藥] 안약 a.nyak 眼藥	[胃腸藥] 위장약 wi.jang.yak 胃藥	[泄瀉藥] 설사약 seol.ssa.yak 止瀉藥
[軟膏] 연고 yeon.go 軟膏	[pasta] 파스 ppa.seu 貼布	[gauze] 거즈 keo.jeu 紗布	[band] 밴드 paen.deu OK 繃	[繃帶] 붕대 pung.dae 繃帶

[頭痛藥]	[泄瀉劑]	[感氣藥]	[vitamin]
두통약 tu.ttong.yak 頭痛藥	설사제 seol.ssa.je 瀉藥	감기약 kam.gi.yak 感冒藥	비타민 pi.tta.min 維他命劑

[aspirin]	[綿棒]	[救急函]	[體溫計]
아스피린 a.seu.ppi.lin 阿斯匹靈	면봉 myeon.bong 棉花棒	구급함 ku.geu.ppam 急救箱	체온계 che.on.ge 體溫計

[脫脂綿]	[allergie藥]	[處方籤]
탈지면 ttal.ji.myeon 消毒棉花	알레르기약 al.le.leu.gi.yak 止癢藥	처방전 cheo.bang.jeon 處方籤

빨리 건강 회복하세요.
早日恢復健康

手機電腦

[internet]
1 인터넷을 합니다.　　　　　　　　　　上網。
in.tteo.ne.seul-ham.ni.da

[handphone]　　　　　[internet]　　[可能]
2 핸드폰이 인터넷도 가능해요?　　　手機可以上網嗎?
haen.deu.ppo.ni-in.tteo.net.ddo-ka.neung.hae.yo

[internet無制限料金制]
3 인터넷 무제한 요금제가 어떻게 되죠?　手機上網吃到飽的費率
in.tteo.net-mu.je.han-yo.geum.je.ga-eo.ddeo.　　怎麼算?
kke-toe.jyo

4 여기 와이파이 있어요?　　　　　　這裡有wifi嗎?
yeo.gi.wa.i.pa.i.i.sseo.yo

[無線 internet]
5 여기는 무선인터넷을 따로 돈 내야 돼요?　使用無線網路需要另外
yeo.gi.neun-mu.seon-in.tteo.ne.seul-dda.lo-ton-　付費嗎?
nae.ya.twae.yo

[hand phone]　　　　　　　　　[email]
6 핸드폰으로 어떻게 이메일을 보내는지　請教我怎麼用手機發信
가르쳐 주세요.　　　　　　　　件。
haen.deu.ppo.neu.lo-eo.ddeo.kke-i.me.i.leul-po.
nae.neun.ji-ka.leu.chyeo-ju.se.yo

[地圖]　　　　[商家情報]　　　　　　　[檢索]
7 지도와 상가정보를 어떻게 검색하는지　請教我怎麼查詢地圖和
가르쳐 주세요.　　　　　　　　店家資訊。
chi.do.wa-sang.ga.jeong.bo.leul-eo.ddeo.
kke-keom.sae.kka.neun.ji-ka.leu.chyeo-ju.se.yo

[語言設定]　　　　[中國語]
8 언어 설정은 중국어로 바꿔 주세요.　請幫我把語言設定成中
eo.neo-seol.jjeong.eun-jung.gu.geo.lo-pa.　　文。
ggwo-ju.se.yo

9 핸드폰 밧데리가 떨어졌어요. [handphone] 手機沒電了。
haen.deu.ppon-pat.dde.li.ga-ddeo.leo.jyeo.sseo.yo

10 핸드폰 요금을 내려고요. [hand phone料金] 我要繳手機費。
haen.deu.ppon-nyo.geu.meul-nae.lyeo.go.yo

 單字充電站

手機

[wifi] **와이파이** wa.i.pa.i wifi	[colouring] **컬러링** kkeol.leo.ling 來電音樂	[寫真機機能] **사진기기능** sa.jin.gi.gi.neung 照相功能	[消音] **소음** so.eum 靜音
[受信volume] **수신볼륨** su.sin.bol.lyu 接聽音量	[充電器] **충전기** chung.jeon.gi 充電器	**다시 걸기** ta.si-keol.gi 重撥	[秘密番號] **비밀번호** pi.mil.beo.no 密碼
[編輯] **편집** ppyeon.jip 編輯	[機能] **기능** ki.neung 功能	[再契約] **재계약** jae.ge.yak 續約	[契約] **계약** ke.yak 簽約
[hand phone bell] **핸드폰벨** haen.deu.ppon.bel 來電鈴聲	[裝置] **잠금장치** jam.geum.jang.chi 按鍵鎖	[音聲私書函] **음성 사서함** eum.seong.sa.seo.ham 語音信箱	
[hand phone] **핸드폰걸이** haen.deu.ppon.geo.li 手機吊飾	[待機畫面] **대기화면** tae.gi.hwa.myeon 待機畫面	[full touch phone] **풀터치폰** ppul.tteo.chi.ppon 觸控手機	

[旅行用充電器] 여행용 충전기 yeo.haeng.yong-chung.jeon.gi 旅充	[無音] 무음 mu.eum 靜音模式	[信號] 신호없음 si.no.eop.sseum 沒訊號

[家庭用充電器] 가정용 충전기 ka.jeong.yong-chung.jeon.gi 座充	[連絡處] 연락처 yeol.lak.cheo 聯絡人資訊	[通信社] 통신사 ttong.sin.sa 電信公司

[撮影時]　　　　　[認識] 촬영 시 얼굴 인식 chwa.lyeong-si-eol.gul-in.sik 拍攝時臉孔辨識功能	[電源adapter] USB 전원 어댑터 u.s.b-cheo.nwon-eo.daep.tteo USB 電源轉換器

[動映像撮影] 동영상 촬영 tong.yeong.sang-chwa.lyeong 錄製影片	[削除] 삭제 sak.jje 刪除	[calendar] 캘린더 kkael.lin.deo 行事曆

[有料download] 유료 다운로드 yu.lyo-ta.ul.lo.deu 付費下載	[internet接續] 인터넷 접속 in.tteo.net-jeop.ssok 網路連線	[hand phone番號] 핸드폰번호 haen.deu.ppon.beo.no 手機號碼

[百萬畫素] 8 백만 화소 ppal.baeng.man-hwa.so 八百萬畫素	[貯藏容量] 저장 용량 jeo.jang-yong.lyang 儲存容量	[無料download] 무료 다운로드 mu.lyo-ta.ul.lo.deu 免費下載

[音聲message] 음성 메시지 eum.seong-me.si.ji 語音留言	[文字message] 문자 메시지 mun.ja-me.si.ji 簡訊	[bell]　　　[volume] 벨소리볼륨 bel.so.li.bol.lyum 來電音量

[display]
디스플레이
ti.seu.ppeul.le.i
顯示螢幕

[keyboard支援]
키보드 지원
kki.bo.deu-ji.won
鍵盤支援

[audio再生]
오디오 재생
o.di.o-jae.saeng
音訊播放

[語言支援]
언어 지원
eo.neo-ji.won
語言支援

[位置情報]
위치 정보
wi.chi-jeong.bo
定位資訊

[製品仕樣]
제품사양
je.ppum.sa.yang
產品規格

[無線通信]
무선 통신
mu.seon-ttong.sin
無線通訊

[smart phone]
스마트폰
seu.ma.tteu.ppon
智慧手機

電腦

[notebook]
노트북
no.tteu.buk
筆記型電腦

[computer]
컴퓨터
kkeom.ppyu.tteo
電腦

[monitor]
모니터
mo.ni.tteo
電腦螢幕

[computer用monitor]
컴퓨터용 모니터
kkeom.ppyu.tteo.yong-mo.ni.tteo
電腦顯示器

[複寫機]
복사기
pok.ssa.gi
印表機

[scanner]
스캐너
seu.kkae.neo
掃描器

[ink保管函]
잉크 보관함
ing.kkeu-po.gwa.nam
墨水匣

[mouse]
마우스
ma.u.seu
滑鼠

[keyboard]
키보드
kki.bo.deu
鍵盤

[enter key]
엔터 키
en.tteo-kki
Enter 鍵

[space bar]
스페이스 바
seu.ppe.i.seu-pa
空白鍵

[shift key]
쉬프트 키
swi.ppeu.tteu-kki
Shift 鍵

[delete key]
딜리트 키
til.li.tteu-kki
Delete 鍵

[alt key]
알트 키
al.tteu-kki
Alt 鍵

[cursor]
커서
kkeo.seo
游標

[tool bar]
툴바
ttul.ba
工具列

[住所錄]
주소록
ju.so.lok
通訊錄

[on line]
온라인
on.la.in
上線

[file]
파일
ppa.il
文件夾

[畫面保護program]
화면 보호 프로그램
hwa.myeon-po.ho-ppeu.lo.geu.laem
螢幕保護程式

[folder]
폴더
ppol.deo
資料夾

[home]
홈
hom
首頁

[thema]
테마글꼴
tte.ma.geul.ggol
字型

[soft ware]
소프트 웨어
so.ppeu.tteu-we.eo
軟體

[畫面]
바탕화면
pa.ttang.hwa.myeon
桌布

[hard ware]
하드 웨어
ha.deu-we.eo
硬體

[off line]
오프라인
o.ppeu.la.in
離線

[virus]
바이러스
pa.i.leo.seu
病毒

[file]	[休紙桶]	[添附file]
파일이름	휴지통	첨부파일
ppa.i.li.leum	hyu.ji.ttong	cheom.bu.ppa.il
檔名	廢紙筒	附檔

[email]	[受信函]	[site]	[home page]
이메일	수신함	사이트	홈페이지
i.me.il	su.si.nam	sa.i.tteu	hom.ppe.i.ji
電子郵件	收件匣	網址	網站主頁

操作

[壓縮]	[設置]	[取消]	[入力]
압축	설치	취소	입력
ap.chuk	seol.chi	chwi.so	im.nyeok
壓縮	安裝	取消	輸入

[click]	[click]	[rebooting]
한 번 클릭	두 번 클릭	리부팅
han.beon-kkeul.lik	tu.beon-kkeul.lik	ta.si.si.jak
點滑鼠一下	點兩下	重新啟動電腦

[scan]	[download]	[電源]
스캔하기	다운로드	전원 켜기
seu.kkae.na.gi	ta.un.no.deu	jeo.nwon-kkyeo.gi
掃描	下載	開啟電源

[電源]		[format]
전원 끄기	끌어당기다	포멧
jeo.nwon-ggeu.gi	ggeu.leo.dang.gi.da	ppo.met
關掉電源	拖曳	格式化

[error] 에러 e.leo 錯誤	[容量] 용량 yong.nyang 容量	[PC房] PC 방 ppi.ssi.bang 網咖	[emoticon] 이모티콘 i.mo.tti.kkon 表情符號

入口網站

[naver] 네이버 ne.i.beo NAVER	[daum] 다음 ta.eum DAUM	[韓國yahoo] 한국야후 han.gu.gya.hu YAHOO Korea

[nate] 네이트 ne.i.tteu NATE

社群網站相關

[facebook] 페이스북 ppe.i.seu.buk facebook	[twitter] 트위터 tteu.wi.tteo Twitter	[nate on] 네이트온 ne.i.tteu.on NATE ON	[cyworld] 싸이월드 ssa.i.wol.deu Cyworld
[mail] 메일 me.il 電子郵件	[cafe] 카페 kka.ppe 個人園地(會員制)	[知識] 지식 ji.sig 知識	[shopping] 쇼핑 syo.pping 購物
[blog] 블로그 peul.lo.geu 部落格	[辭典] 사전 sa.jeon 字典	[news] 뉴스 nyu.sseu 新聞	[證券] 증권 jeung.gwon 股市	[金融] 금융 keu.myung 理財

[不動產] **부동산** pu.dong.san 房地產	[地圖] **지도** ji.do 地圖	[映畫] **영화** yeong.hwa 電影	[music] **뮤직** myu.jik 音樂	[webtoon] **웹툰** wep.ttun 網路漫畫
[健康] **건강** keon.gang 健康	[game] **게임** ke.im 遊戲	[冊] **책** chaek 書籍	[image] **이미지** i.mi.ji 圖片	**더보기** teo.bo.gi 顯示更多
[自動車] **자동차** ja.dong.cha 汽車	[運勢] **운세** un.se 運勢	[style] **스타일** seu.tta.il 時尚美妝	[旅行] **여행** yeo.haeng 旅行	[id] **아이디** a.i.di ID
[service] **서비스** sseo.bi.seu 服務	[event] **이벤트** i.ben.tteu 活動	[檢索] **검색** keom.saek 查詢／搜索	**이름** i.leum 姓名	[男] **남** nam 男
[女] **여** yeo 女	[設定] **설정** seol.jjeong 設定	[同意] **동의** tong.i 同意	[確認] **확인** hwa.gin 確認	[刪除] **삭제** sak.jje 刪除
[取消] **취소** chwi.so 取消	[list] **리스트** li.seu.tteu 清單	[遮斷] **차단** cha.dan 封鎖	**좋아요** jo.a.yo 讚	
날씨 nal.ssi 天氣／氣象	[動映像] **동영상** tong.yeong.sang 影片	[login] **로그인** lo.geu.in 登入	[logout] **로그아웃** lo.geu.a.ut 登出	

[tv編成表] TV 편성표 tti.bi.ppyeon.seong.ppyo 電視節目表	[login狀態維持] 로그인 상태유지 lo.geu.in-sang.ttae.yu.ji 保持登入	[聯絡處] 연락처 yeol.lak.cheo 連絡方式

[認證] 인증하기 in.jeung.ha.gi 認證	[段階] 다음단계로 ta.eum.dan.gye.lo 前往下一步	[個人情報] 개인정보 kae.in.jeong.bo 個人資料	[始作] 시작하기 si.ja.kka.gi 歡迎／開始

[會員加入] 회원가입 hoe.won.ga.ip 加入會員	[秘密番號] 비밀번호 pi.mil.beo.no 密碼	[news world] 뉴스월드 nyu.seu.wol.deu 動態消息

[邀請] 요청하기 yo.cheong.ha.gi 邀請加入	[追加] 추가하기 chu.ga.ha.gi 新增	[親舊] 친구찾기 chin.gu.chat.ggi 尋找朋友

[親舊] 먼 친구 meon-chin.gu 點頭之交	아는 사람 a.neun-sa.lam 認識的人	[親] [親舊] 친한 친구 chi.nan.chin.gu 摯友

[message] 메시지 me.si.ji 收件匣訊息	[親舊] 친구끊기 chin.gu.ggeun.kki 斷交	사용자지정 sa.yong.ja.ji.jeong 自訂

[親舊] [親舊] 친구의 친구 chin.gu.e.chin.gu 朋友的朋友	[共有] 공유하기 kong.yu.ha.gi 分享	[親舊] 친구만 chin.gu.man 只限朋友

댓글달기 taet.ggeul.dal.gi 留言回應	찔러보기 jjil.leo.bo.gi 戳	[全體公開] 전체공개 cheon.che.gong.gae 公開

좋겠네요!
真好!

喜怒哀樂

[正] [幸福]
1 전 정말 행복해요.
jeon-jeong.mal-haeng.bo.kkae.yo

我非常幸福。

[bravo]
2 브라보！
peu.la.bo

太棒了！

3 살아 있어서 너무 좋아요！
sa.la-i.sseo.seo-neo.mu-jo.a.yo

活著真好！

會話

얼굴이 좋아 보이네요 . 무슨 좋은
일이 있나요？
eol.gu.li-jo.a-po.i.ne.yo-mu.seun-jo.eun-i.
li-in.na.yo

你看起來很高興的樣子，
有什麼好事發生嗎？

네, 좋은 일이 있어요.
ne-jo.eun-i.li-i.sseo.yo

嗯，是啊。

좋겠네요.
jo.kken.ne.yo

真好！

關於「喜」的其他表現

기쁘다	좋아 죽겠다	재미있다
ko.bbeu.da	jo.a-chuk.gget.dda	jae.mi.it.dda
高興	高興得不得了	有趣

[幸福]
행복하다	[宏壯] 굉장히 좋다
haeng.bo.kka.da	koeng.jang.hi-cho.tta
幸福	太棒了

怒

<table>
<tr><td>1</td><td>[焦躁]
아주 초조해요.
a.ju-cho.jo.hae.yo</td><td>很焦躁。</td></tr>
<tr><td>2</td><td>[不公平]
불공평해요.
pul.gong.ppyeong.hae.yo</td><td>不公平。</td></tr>
<tr><td>3</td><td>[正]
정말 짜증나네요.
jeong.mal-jja.jeung.na.ne.yo</td><td>真令人煩躁。</td></tr>
<tr><td>4</td><td>[無視]
사람을 무시하지 마세요.
sa.la.meul-mu.si.ha.ji-ma.se.yo</td><td>別瞧不起人。</td></tr>
<tr><td>5</td><td>[以上]
더 이상 못 참겠어요.
teo-i.sang-mot-cham.ge.sseo.yo</td><td>我受不了了。</td></tr>
<tr><td>6</td><td>[利己的]
너무 이기적이에요.
neo.mu-i.gi.jeo.gi.e.yo</td><td>太自私了。</td></tr>
<tr><td>7</td><td>하는 짓이 너무 못 됐어요.
ha.neun-ji.si-neo.mu-mot-ddwae.sseo.yo</td><td>你的作法太卑鄙了。</td></tr>
</table>

關於「怒」的其他表現

눈에 거슬리다 nu.ne-keo.seul.li.da 當成眼中釘／礙眼	[理解] 이해할 수 없다 i.hae.hal-ssu-eop.dda 無法理解	못 참겠다 mot-cham.get.dda 受不了

 哀

<table>
<tr><td>1</td><td>옆에 없어서 너무 쓸쓸해요.
yeo.ppe-eop.sseo.seo-neo.mu-sseul.sseu.lae.yo</td><td>你不在我好寂寞。</td></tr>
<tr><td>2</td><td>[氣分]
기분이 답답해요.
ki.bu.ni-tap.dda.ppae.yo</td><td>心情很鬱悶。</td></tr>
</table>

[失望]
3 실망하고 힘이 빠졌어요.
sil.mang.ha.go-hi.mi-bba.jyeo.sseo.yo

灰心喪氣。

4 힘이 하나도 없어요.
hi.mi-ha.na.do-eop.sseo.yo

一點都提不起勁來。

5 그분이 너무 슬퍼 보여요.
keu.bu.ni-neo.mu-seul.ppeo-po.yeo.yo

他看起來好像很悲傷。

6 힘내세요.
him.nae.se.yo

加油。

關於「哀」的其他表現

슬프다	[失望] 실망하다	아쉽다	외롭다
seul.ppeu.da	sil.mang.ha.da	a.swip.dda	oe.lop.dda
悲傷	失望	可惜	寂寞

 樂

[期待]
1 기대가 많이 돼요.
ki.dae.ga-ma.ni-twae.yo

真是令人非常期待。

[正]
2 오늘 정말 신나게 놀았어요.
o.neul-jeong.mal-sin.na.ge-no.la.sseo.yo

今天玩得非常開心。

關於「樂」的其他表現

즐겁다	재미있다	[期待] 기대되다
jeul.geop.dda	jae.mi.it.dda	ki.dae.doe.da
愉快、高興	好玩有趣	期待

기뻐서 날아갈 것 같다	신나다	[滿足] 만족하다
ki.bbeo.seo-na.la.gal-ggeot-ggat.dda	sin.na.da	man.jo.kka.da
高興（得坐不住）	興奮	滿足

저는 선배를
좋아해요
我喜歡學長

戀愛篇

喜歡、單戀

1 저는 미경씨가 좋아요.
[美京]
jeo.neun-mi.gyeong.ssi.ga-jo.a.yo

我喜歡美京。

2 저는 선배를 짝사랑하고 있어요.
[先輩]
jeo.neun-seon.bae.leul-jjak.ssa.lang.ha.go-i.
sseo.yo

我暗戀學長。

3 저는 미진 씨가 제일 좋아요.
[美真]　　　[第一]
jeo.neun-mi.jin-ssi.ga-je.il-cho.a.yo

我最喜歡美真了。

4 저는 태현이를 좋아해요.
[泰賢]
jeo.neun-ttae.hyeo.ni.leul-jo.a.hae.yo

我喜歡泰賢。

告白

1 저는 선희가 좋아요.
[善熙]
jeo.neun-seo.ni.ga-jo.a.yo

我喜歡善熙。

2 저랑 사귈래요?
jeo.lang-sa.gwil.lae.yo

請跟我交往好嗎？

3 당신한테 반한지 오래됐어요.
tang.si.nan.tte-pa.nan.ji-o.lae.dwae.sseo.yo

我喜歡你很久了。

4 저는 진지해요.
[真摯]
jeo.neun-jin.ji.hae.yo

我是認真的。

邀約

 會話

[Everland]
같이 에버랜드에 갈까요?
ka.chi-e.beo.laen.deu.e-kal.gga.yo

要不要一起去愛寶樂園玩？

좋아요. 언제 갈까요?
jo.a.yo-eon.je-kal.gga.yo

好啊，什麼時候呢？

오빠, 우리오늘 어디가요?
哥哥 我們今天去哪裡？

학교
다녀오겠습니다
我去上學了

學校

科系

會話 ❶

[專攻]
전공이 뭐예요?
jeon.gong.i-mwo.ye.yo
你是什麼系的？

[國際貿易學科]
국제무역학과예요.
kuk.jje.mu.yeo.kkak.ggwa.ye.yo
國貿系。

會話 ❷

[專攻]
전공이 뭐예요?
jeon.gong.i-mwo.ye.yo
你是什麼系的？

[韓國音樂學科]
한국음악학과예요.
han.gu.geum.a.kkak.ggwa.ye.yo
我是唸韓國音樂的。

各學系名稱

[法學科] **법학과** peo.pak.ggwa 法律系	[經濟學科] **경제학과** kyeong.je.hak.ggwa 經濟系	[文學科] **문학과** mu.nak.ggwa 文學系	[物理學科] **물리학과** mul.li.hak.ggwa 理學系
[理科] **이과** i.ggwa 理科	[醫學科] **의학과** ui.hak.ggwa 醫學系	[文科] **문과** mun.ggwa 文科	[工科] **공과** kong.ggwa 工學系

[經營學科] 경영학과 kyeong.yeong.hak.ggwa 商學系	[農業學科] 농업학과 nong.eo.ppak.ggwa 農學系	[教育學科] 교육학과 kyo.yu.kkak.ggwa 教育學系
[醫藥學科] 의약학과 ui.ya.kkak.ggwa 藥學系	[韓國語學科] 한국어학과 han.gu.geo.hak.ggwa 韓語系	[社會福祉學科] 사회복지학과 sa.hoe.bok.jji.hak.ggwa 社會福利學系

[國際貿易學科] 국제무역학과 kuk.jje.mu.yeo.kkak.ggwa 國際貿易系	[企業情報管理學科] 기업정보관리학과 ki.eop.jjeong.bo.gwal.li.hak.ggwa 企業資訊管理系

社團活動

會話❶

어떤 동아리에 들어갔어요？
eo.ddeon-tong.a.li.e-teu.leo.ga.sseo.yo

你參加什麼社團？

[籃球]
농구 동아리요
nong.gu-tong.a.li.yo

籃球社。

會話❷

괜찮은 동아리는 있어요？
kwaen.cha.neun-tong.a.li.neun-i.sseo.yo

有沒有什麼好玩的社團？

[劍道]
검도 동아리는 어때요？
keom.do-tong.a.li.neun-eo.ddae.yo

劍道社如何呢？

[洋弓]
양궁
yang.gung
射箭

[in-line skate]
인라인스케이트
in.la.in.seu.kke.i.teu
直排輪

[美式蹴球]
미식축구
mi.sik.chuk.ggu
美式足球／橄欖球

[ice hockey]
아이스하키
a.i.seu.ha.kki
冰上曲棍球

[soft tennis]
소프트 테니스
so.ppeu.tteu-tte.ni.seu
軟式網球

[soft ball]
소프트볼
so.ppeu.tteu.bol
壘球

[寫真攝影]
사진촬영
sa.jin-chwa.lyeong
攝影

[蹴球]
축구
chuk.ggu
足球

[卓球]
탁구
ttak.ggu
桌球

[合唱團]
합창단
hap.chang.dan
合唱團

[badminton]
배드민턴
pae.deu.min.tteon
羽球

[劍道]
검도
keom.do
劍道

[學生會]
학생회
hak.ssaeng.hoe
學生會

[籃球]
농구
nong.gu
籃球

[排球]
배구
pae.gu
排球

[管弦樂]
관현악
kwa.nyeo.nak
管弦樂

[cheer leader]
치어리더
chi.eo.li.deo
啦啦隊

[跆拳道]
태권도
ttae.ggwon.do
跆拳道

[golf]
골프
kol.peu
高爾夫

[水泳]
수영
su.yeong
游泳

[合氣道]
합기도
hap.ggi.do
合氣道

[空手道]
공수도
kong.su.do
空手道

[동아리]
동아리
tong.a.li
社團

[柔道] 유도 yu.do 柔道	[馬術] 마술 ma.sul 騎馬	[tennis] 테니스 tte.ni.seu 網球	[hockey] 하키 ha.kki 曲棍球	[體操] 체조 che.jo 體操
[boxing] 복싱 pok.ssing 拳擊	씨름 ssi.leum 摔角	[野球] 야구 ya.gu 棒球	[演劇] 연극 yeon.geuk 戲劇	[ski] 스키 seu.kki 滑雪

天氣

談論天氣

1 비가 올 것 같아요.
pi.ga-ol-ggeot-gga.tta.yo
[天動]

好像快下雨了。

2 천둥 쳤어요.
cheon.dung-chyeo.sseo.yo

打雷了。

3 바람이 세요.
pa.la.mi-se.yo

風很強。

會話

오늘 날씨가 어때요?
o.neul-nal.ssi.ga-eo.ddae.yo

今天天氣如何？

날씨가 아주 좋아요.
nal.ssi.ga-a.ju-jo.a.yo

天氣非常好。

날씨가 좋은 날에 소풍가기
딱 좋아.
天氣好的日子最適合
去野餐了

天氣用語

날이 맑다 na.li-mak.dda 晴天	무덥다 mu.deop.dda 炎熱／悶熱	날이 흐리다 na.li-heu.li.da 多雲

바람이 불다 pa.la.mi-pul.da 颳風	춥다 chup.dda 寒冷	덥다 teop.dda 熱	[颱風] 태풍 ttae.pung 颱風

비가 오다 pi.ga-o.da 下雨	눈이 오다 nu.ni-o.da 下雪	맑다 mak.dda 晴朗

맑았다가 흐리다 mal.gat.dda.ga-heu.li.da 晴時多雲	[天動] 천둥 cheon.dung 雷	추위 chu.wi 嚴寒／寒流	시원하다 si.wo.na.da 涼爽

보슬비 po.seul.bi 小雨	큰비 keun.bi 大雨	[地震] 지진 ji.jin 地震	번개 peon.gae 閃電	더위 teo.wi 暑氣

무더위 mu.deo.wi 酷暑／熱浪	[溼度] 습도가 높다 seup.ddo.ga-nop.dda 濕度高	[乾燥] 건조하다 keon.jo.ha.da 乾燥	따뜻하다 dda.ddeu.tta.da 溫暖

人生百態

談論某人

1 그 사람은 실제 나이보다 더 젊어 보여요.
   [實際]
   keu-sa.la.meun-sil.je-na.i.bo.da-teo-jeol.meo-po.
   yeo.yo
   那個人實際年齡比外表還年輕。

2 요즘 배가 많이 나왔어요.
   yo.jeum-pae.ga-ma.ni-na.wa.sseo.yo
   最近我的肚子跑出來了。

3 애가 고집이 엄청 세요.
   [固執]
   ae.ga-ko.ji.bi-eom.cheong-se.yo
   他非常頑固。

4 저는 저애랑 안 맞아요.
   cheo.neun-jeo-ae.lang-an-ma.ja.yo
   我和他不合。

5 그 사람은 머리가 정말 좋아요.
   [正]
   keu-sa.la.meun-meo.li.ga-jeong.mal-jo.a.yo
   那個人腦筋很好。

會話

그녀가 정말 미인이에요.
   [正] [美人]
   keu.nyeo.ga-jeong.mal-mi.i.ni.e.yo
   她真是一位美女啊！

그렇죠. 성격도 좋아요.
   [性格]
   keu.leo.jo.seong.gyeol.do.jo.a.yo
   是啊，個性也很好喔！

그녀의 피부가 정말 좋아요.
   [女] [皮膚] [真]
   keu.nyeo.e-ppi.bu.ga-cheong.mal-cho.a.yo
   她的皮膚很好。

單字充電站

外表

귀엽다 kwi.yeop.dda 可愛	예쁘다 ye.bbeu.da 漂亮	[童顏] 동안 tong.an 娃娃臉	[美人] 미인 mi.in 美人

아름답다 a.leum.dap.dda 美麗	멋있다 meo.sit.dda 帥

身高體型

큰 키 kkeun-kki 高個子	작은 키 ja.geun-kki 矮個子	날씬하다 nal.ssi.na.da 瘦

뚱뚱하다 ddung.ddung.ha.da 胖	똥배 나오다 ddong.bae-na.o.da 有小腹

年紀

젊은이 jeol.meu.ni 年輕人	어르신 eo.leu.sin 老年人	젊어 보이다 jeol.meo-po.i.da 看起來年輕	나이 많은 사람 na.i-ma.neun-sa.lam 年長的人

그분은 실제[實際] 나이보다 더 늙어 보이시네요.
keu.bu.meun-sil.je-na.i.bo.da-teo-neul.
geo-po.i.si.ne.yo

他看起來比實際年齡老。

눈가에 주름이 조금 있어요.
nun.gga.e-ju.leu.mi-jo.geum-i.sseo.yo

眼角有一點皺紋。

 個性

순하다 su.na.da 溫柔隨和	[親切] 친절하다 chin.jeo.la.da 親切	[陰凶] 음흉하다 eu.myung.ha.da 陰沈	무섭다 mu.seop.dda 可怕
[柔軟] 유연하다 yu.yeo.na.da 身段柔軟	거칠다 keo.chil.da 魯莽／粗心	샘이 나다 sae.mi.na.da 吃醋	[不和] 불화 pu.lwa 失和
[無責任] 무책임 mu.chae.gim 沒有責任感	[固執不通] 고집불통 ko.jip.bbul.ttong 固執己見	안 맞다 an-mat.dda 不投緣／不合	[頑固] 완고하다 wan.go.ha.da 頑固／死腦筋

[明朗]
명랑하다
myeong.nang.ha.da
開朗

말을 잘하다
ma.leul-ja.la.da
能言善道

무뚝뚝하다
mu.dduk.ddu.kka.da
沉默寡言

[性急]
성급하다
seong.geu.ppa.da
急躁

[變德]
변덕스럽다
pyeon.deok.sseu.leop.dda
捉摸不定

[長點]
장점이없다
jang.jeo.mi.eop.dda
沒有優點

잘 어울리지 못하다 jal-eo.ul.li.ji-mo.tta.da 不好相處	[性格] 성격이 비뚤어지다 seong.gyeo.gi-pi.ddu.leo.ji.da 性格扭曲

아는 사람이 많다
a.neun-sa.la.mi-man.tta
人脈廣

명랑하다	음흉하다	완고하다	순하다	무섭다
開朗	陰沈	頑固	溫柔隨和	可怕

能力

[理解力] 이해력이 좋다 i.hae.lyeo.gi-cho.tta 理解力佳	머리가 잘 돌아가다 meo.li.ga-jal-to.la.ga.da 腦筋靈敏

느리다 neu.li.da 遲鈍	[反應] 반응이 빠르다 pa.neung.i-bba.leu.da 反應快

우리 잘 어울릴 것 같아요.
我們好像很合得來

一考定勝負

　　每年11月是韓國高三生參加「高考」的日子，高考是韓國的大學入學考試，全名是「大學修學能力考試」。在這天全國有高達60多萬名的考生參加考試，這不僅是考生全力以赴的一天，也是大韓民國一年一度的大事，全國人民都會為了這天繃緊神經。

　　當高考接近時，大街小巷處處可以看到文具店、餐飲店等等貼出為高考生加油的紙條和卡片，許多店家也會推出憑學生證、准考證即可打折的優惠。學弟妹組成應援團為辛苦的高三學長姐加油；學生家長除了照顧考生的健康之外，還會去寺廟誦經、點蠟燭乞求考試順利；韓流偶像們也會在考前錄影片、手寫信件等等為考生加油。如同台灣考試前吃粽子求包中一樣，韓國的習俗是要吃年糕和硬糖，祈求可以「黏上」榜單，而考試當天早上不能喝海帶湯，因為海帶滑滑的有掉榜的意思。

　　全國上上下下都為了這一天在準備著，對考生而言更是人生中最重要的一場考試。因此在高考當天政府為了確保考試過程順利，從早上開始就安排了一連串的措施，讓考生可以不受干擾地應試。

　　為了讓大家早上可以不塞車地順利到達考場，在高考的這天不但全國上班時間延後一個小時，連股市也晚一小時開盤。除了加開地鐵和公車班次之外，路旁還有警車隨時待命，接送需要幫助的考生前往考場。

　　考試當天為了給學生良好的考試環境，全國實行「靜音」的政策。考場周邊兩百公尺內皆有交通管制，禁止鳴放喇叭製造噪音，許多工地也在今天暫停施工。原定的軍事演習全部改期，下午考英文聽力的時段更規定全國所有機場禁止起降，40分鐘間影響了大約70個航班。

　　這些政策或許會造成很多不便，然而為了讓辛苦讀書準備考試的學生能平安度過這場重要的考試，不受打擾地順利發揮平時所學，全國人民依然全力配合，給孩子一個完善的考試環境。

PART 5

韓國便利通

韓國的行政區

朝鮮民主主義人民共和國

春川
춘천
chun.cheon

京畿道
경기도
kyeong.gi.do

江原道
강원도
kang.won.do

金浦
김포
kim.ppo

仁川
인천
in.cheon

首爾
서울
seol.ul

水原
수원
su.won

忠清北道
충청북도
chung.cheong.buk.ddo

安東
안동
an.dong

忠清南道
충청남도
chung.cheong.nam.do

清州
청주
cheong.ju

慶尚北道
경상북도
kyeong.sang.buk.ddo

公州
공주
kong.ju

扶余
부여
pu.yeo

慶州
경주
kyeong.ju

大田
대전
tae.jeon

全州
전주
cheon.ju

大邱
대구
tae.gu

光州
광주
kwang.ju

全羅北道
전라북도
jeol.la.buk.ddo

蔚山
울산
ul.ssan

慶尚南道
경상남도
kyeong.sang.nam.do

釜山
부산
pu.san

木浦
목포
mok.ppo

全羅南道
전라남도
jeol.la.nam.do

昌原
창원
chang.won

麗水
여수
yoe.su

濟州道
제주도

日本

1
首爾特別市
서울특별시
seo.ul.tteuk.bbyeol.si

2
光州廣域市
광주광역시
kwang.ju.gwang.yeok.si

3
大邱廣域市
대구광역시
tae.gu.gwang.yeok.ssi

4
蔚山廣域市
울산광역시
ul.ssan.gwang.yeok.ssi

5
釜山廣域市
부산광역시
pu.san.gwang.yeok.ssi

6
仁川廣域市
인천광역시
in.cheon.gwang.yeok.ssi

7
大田廣域市
대전광역시
tae.jeon.gwang.yeok.ssi

8
江原道
강원도
kang.won.do

9
春川市
춘천시
chun.cheon.si

10
江陵市
강릉시
kang.neung.si

11
原州市
원주시
won.ju.si

12
東海市
동해시
tong.hae.si

13
三陟市
삼척시
sam.cheok.ssi

14
束草市
속초시
sok.cho.si

15
太白市
태백시
ttae.baek.ssi

16
京畿道
경기도
kyeong.gi.do

17
水原市
수원시
su.won.si

18
城南市
성남시
seong.nam.si

19	20	21
議政府市 **의정부시** ui.jeong.bu.si	安養市 **안양시** a.nyang.si	富川市 **부천시** pu.cheon.si

22	23	24
光明市 **광명시** kwang.myeong.si	東豆川市 **동두천시** tong.du.cheon.si	安山市 **안산시** an.san.si

25	26	27
高陽市 **고양시** ko.yang.si	果川市 **과천시** kwa.cheon.si	九里市 **구리시** ku.li.si

28	29	30
平澤市 **평택시** ppyeong.ttaek.ssi	南楊州市 **남양주시** na.myang.ju.si	烏山市 **오산시** o.san.si

31	32	33
始興市 **시흥시** si.heung.si	軍浦市 **군포시** kun.ppo.si	義旺市 **의왕시** ui.wang.si

34	35	36
河南市 **하남시** ha.nam.si	坡州市 **파주시** ppa.ju.si	利川市 **이천시** i.cheon.si

37 龍仁市 용인시 yong.in.si	**38** 安城市 안성시 an.seong.si	**39** 金浦市 김포시 kim.ppo.si
40 華城市 화성시 hwa.seong.si	**41** 廣州市 광주시 kwang.ju.si	**42** 楊州市 양주시 yang.ju.si
43 慶尚南道 경상남도 kyeong.sang.nam.do	**44** 昌原市 창원시 chang.won.si	**45** 馬山市 마산시 ma.san.si
46 晉州市 진주시 jin.ju.si	**47** 鎮海市 진해시 ji.nae.si	**48** 統營市 통영시 ttong.yeong.si
49 泗川市 사천시 sa.cheon.si	**50** 金海市 김해시 ki.mae.si	**51** 密陽市 밀양시 mi.lyang.si
52 梁山市 양산시 yang.san.si	**53** 巨濟市 거제시 keo.je.si	**54** 慶尚北道 경상북도 kyeong.sang.buk.ddo

55	56	57
浦項市 포항시 ppo.hang.si	慶州市 경주시 kyeong.ju.si	金泉市 김천시 kim.cheon.si

58	59	60
安東市 안동시 an.dong.si	龜尾市 구미시 ku.mi.si	榮州市 영주시 yeong.ju.si

61	62	63
永川市 영천시 yeong.cheon.si	尚州市 상주시 sang.ju.si	聞慶市 문경시 mun.gyeong.si

64	65	66
慶山市 경산시 kyeong.san.si	全羅南道 전라남도 jeol.la.nam.do	木浦市 목포시 mok.ppo.si

67	68	69	70
麗水市 여수시 yeo.su.si	順川市 순천시 sun.cheon.si	羅州市 나주시 na.ju.si	光陽市 광양시 kwang.yang.si

71	72	73
全羅北道 전라북도 jeol.la.buk.ddo	全州市 전주시 jeon.ju.si	益山市 익산시 ik.ssan.si

74
井邑市
정읍시
jeong.eup.ssi

75
南原市
남원시
na.mwon.si

76
金提市
김제시
kim.je.si

77
群山市
군산시
kun.san.si

78
忠清南道
충청남도
chung.cheong.nam.do

79
天安市
천안시
cheo.nan.si

80
公州市
공주시
kong.ju.si

81
保寧市
보령시
po.lyeong.si

82
牙山市
아산시
a.san.si

83
瑞山市
서산시
seo.san.si

84
論山市
논산시
non.san.si

85
忠清北道
충청북도
chung.cheong.buk.ddo

86
清州市
청주시
cheong.ju.si

87
忠州市
충주시
chung.ju.si

88
堤川市
제천시
je.cheon.si

89
제주특별자치도
je.ju.tteuk.bbyeol.ja.chi.do

90
서귀포시
seo.gwi.ppo.si

91
제주시
je.ju.si

愛喝咖啡的韓國人

　　常看韓劇的人應該不難發現，韓國人非常熱愛喝咖啡，其中對冰美式更是熱衷。在韓國甚至有一個說法：「當你不知道買什麼請大家喝的時候，買美式咖啡就對了！」

　　韓國街上四處林立著許多咖啡店，因為市場競爭激烈，不管是連鎖店還是獨立店家都有一定的品質，裝潢也都各有特色。除了咖啡之外，還有飲料、甜品、點心、週邊商品等等，更會推出許多季節限定的商品，因此許多遊客到韓國觀光的時候都會排入咖啡廳的行程。

　　根據2015年的統計調查顯示，韓國人每週攝取最頻繁的食品是咖啡，每週平均會喝高達12.2次，泡菜則是以每週11.9次位居第二。由此可見在韓國人的日常生活中，咖啡是個不可或缺的存在。

　　雖然咖啡產業很興盛，但事實上咖啡引進韓國的歷史並不悠久。西元1902年韓國才開始出現稱為「茶房」的咖啡廳，但因為價格昂貴，所以對當時的社會來說是一種奢侈的享受。直到西元1999年第一家星巴克在梨大開幕後，咖啡館才正式開始在韓國普及，晉身為國民最愛的飲品。

　　首爾可說是咖啡廳的集散地，除了隨處可見的連鎖咖啡店之外，各區也有許多特色咖啡廳。充滿藝術和年輕氣息的弘大、恬靜文雅的三清洞

和仁寺洞、成熟有品味的狎鷗亭等等。找間喜歡的咖啡廳，點杯飲料再配上鬆餅，與朋友度過一個悠閒又愜意的下午之後，再一起繼續接下來的旅程也是種不錯的旅遊方式喔！

●位於梨大的韓國第一家星巴克
（圖片提供：Shan）

韓國地鐵圖

大田 대전지하철
Daejeon subway

磐石
智足
老隱
世界盃競技場
九岩　儒城溫泉　甲川　月坪　葛馬　政府廳舍
顯忠院
市廳
炭坊　龍汶　五龍　西大田十字路　中區廳　中央路　大田　大洞　新興　板岩

光州 광주지하철
kwangju subway

1 1號線第1區間
2 2號線第2區間

松汀公園　機場　金大中會議中心　尚武　雲泉　雙村　花亭　農城　石頭嶺　良洞市場
光州松汀
道山
平洞
錦南路五街
錦南路四街
文化殿堂
南光州
鶴洞・證心寺入口
所臺
鹿洞

釜山 부산지하철 pusan subway

● 1號線
● 2號線
● 3號線
● 4號線
● 釜山金海輕電鐵

大邱 대구지하철
Daegu subway

1號線
2號線
3號線

一號線
1호선
i.lo.seon

逍遙山	東豆川	保山
소요산	동두천	보산
so.yo.san	tong.du.cheon	po.san

東豆川中央	紙杏	德亭
동두천중앙	지행	덕정
tong.du.cheon.jung.ang	ji.haeng	teok.jjeong

德溪	楊州	綠楊	佳陵
덕계	양주	녹양	가능
teok.gge	yang.ju	no.gyang	ka.neung

議政府	回龍	望月寺	道峰山
의정부	회룡	망월사	도봉산
ui.jeong.bu	hoe.lyong	mang.wol.ssa	to.bong.san

道峰	放鶴	倉洞	鹿川
도봉	방학	창동	녹천
to.bong	pang.hak	chang.dong	nok.cheon

月溪 월계 wol.ge	光云大 광운대 kwang.wun.tae	石溪 석계 seok.gge	新里門 신이문 si.ni.mun
外大前 외대앞 oe.dae.ap	回基 회기 hoe.gi	清涼里 청량리 cheong.nyang.ni	祭基洞 제기동 je.gi.dong
新設洞 신설동 sin.seol.dong	東廟前 동묘앞 tong.myo.ap	東大門 동대문 tong.dae.mun	鍾路5街 종로5가 jong.no.o.ga
鍾路3街 종로3가 jong.no.sam.ga	鍾閣 종각 jong.gak	市廳 시청 si.cheong	首爾站 서울역 seo.ul.lyeok
南營 남영 na.myeong	龍山 용산 yong.san	鷺梁津 노량진 no.lyang.jin	大方 대방 tae.bang
新吉 신길 sin.gil	永登浦 영등포 yeong.deung.ppo	新道林 신도림 sin.do.lim	九老 구로 ku.lo （分兩條路線）

九一
구일
ku.il
（往仁川方向）

開峰
개봉
kae.bong

梧柳洞
오류동
o.lyu.dong

溫水
온수
on.su

驛谷
역곡
yeok.ggok

素砂
소사
so.sa

富川
부천
pu.cheon

中洞
중동
jung.dong

松內
송내
song.nae

富開
부개
pu.gae

富平
부평
pu.ppyeong

白雲
백운
pae.gun

銅岩
동암
tong.am

間石
간석
kan.seok

朱安
주안
ju.an

道禾
도화
to.hwa

濟物浦
제물포
je.mul.ppo

桃源
도원
to.won

東仁川
동인천
tong.in.cheon

仁川
인천
in.cheon

加山數碼園區
가산디지털단지
ka.san.di.ji.tteol.dan.ji
（往新昌方向）

禿山
독산
tok.ssan

衿川區廳 **금천구청** keum.cheon.gu.cheong	光明 **광면** kwang.myeong	石水 **석수** seok.ssu

冠岳 **관악** kwa.nak	安養 **안양** a.nyang	鳴鶴 **명학** myeong.hak	衿井 **금정** keum.jeong

軍浦 **군포** kun.ppo	堂井 **당정** tang.jeong	義王 **의왕** ui.wang	成均館大學 **성균관대** seong.gyun.gwan.dae

華西 **화서** hwa.seo	水原 **수원** su.won	細柳 **세류** se.lyu	餠店 **병점** pyeong.jeom

西東灘 **서동탕** seo.tong.tang	洗馬 **세마** se.ma	烏山大學 **오산대** o.san.dae	烏山 **오산** o.san

振威 **진위** ji.nwi	松炭 **송탄** song.ttan	西井里 **서정리** seo.jeong.ni	芝制 **지제** ji.je

平澤	成歡	稷山	斗井
평택	성환	직산	두정
ppyeong.ttaek	seong.hwan	jik.ssan	tu.jeong

天安	鳳鳴	雙龍	牙山
천안	봉명	쌍용	아산
cheo.nan	pong.myeong	ssangn.nyong	a.san

排芳	溫陽溫泉	新昌
배방	온양온천	신창
pae.bang	o.nyang.on.cheon	sin.chang

喜鵲山	新亭十字路口
까치산	신정네거리
gga.chi.san	sin.jeong.ne.geo.li

陽川區廳	道林川	新道林
양천구청	도림천	신도림
yang.cheon.gu.cheong	to.lim.cheon	sin.do.lim
		（分兩條路線）

大林 대림 tae.lim （往大林方向）	九老數碼園區 구로디지털단지 ku.lo.di.ji.tteol.dan.ji	新大方 신대방 sin.dae.bang

新林 신림 sil.lim	奉天 봉천 pong.cheon	首爾大入口 서울대입구 seo.ul.dae.ip.ggu

落星垈 낙성대 nak.sseong.dae	舍堂 사당 sa.dang	方背 방배 pang.bae	瑞草 서초 seo.cho

首爾教大 교대 kyo.dae	江南 강남 kang.nam	驛三 역삼 yeok.ssam	宣陵 선릉 seol.leung

三成 삼성 sam.seong	綜合運動場 종합운동장 jong.ha.bun.dong.jang	新川 신천 sin.cheon

蠶室 잠실 jam.sil	蠶室渡口 잠실나루 jam.sil.la.lu	江邊 강변 kang.byeon

九宜
구의
ku.i

建大入口
건대입구
keon.dae.ip.ggu

聖水
성수
seong.su
（分兩條路線）

堤島
뚝섬
dduk.sseom
（往堤島接循環線）

漢陽大學
한양대
ha.nyang.dae

往十里
왕십리
wang.sim.ni

上往十里
상왕십리
sang.wang.sim.ni

新堂
신당
sin.dang

東大門歷史文化公園
동대문역사문화공원
tong.dae.mu.nyeok.ssa.mu.nwa.gong.won

乙支路4街
을지로 4 가
eul.ji.lo.sa.ga

乙支路3街
을지로 3 가
eul.ji.lo.sam.ga

乙支路入口
을지로입구
eul.ji.lo.ip.ggu

市廳
시청
si.cheong

忠正路
충정로
chung.jeong.lo

阿峴
아현
a.hyeon

梨大
이대
i.dae

新村
신촌
sin.chon

弘大入口
홍대입구
hong.dae.ip.ggu

合井
합정
hap.jjeong

堂山
당산
tang.san

永登浦區廳
영등포구청
yeong.deung.ppo.gu.cheong

文來
문래
mul.lae

龍踏
용답
yong.dap
（往龍踏方向）

新踏
신답
sin.dap

龍頭
용두
yong.du

新設洞
신설동
sin.seol.dong

까치산 ←→ 신설동
gga.chi.san   sin.seol.dong

三號線
3호선
sa.mo.seon

大化
대화
tae.hwa

注葉
주엽
ju.yeop

鼎鉢山
정발산
jeong.bal.san

馬頭
마두
ma.du

白石
백석
paek.sseok

大谷
대곡
tae.gok

花井
화정
hwa.jeong

元堂
원당
won.dang

元興
원흥
wo.neung

三松
삼송
sam.song

紙杻
지축
ji.chuk

舊把拔
구파발
ku.ppa.bal

延新內
연신내
yeon.sin.nae

佛光
불광
pul.gwang

碌磻
녹번
nok.bbeon

弘濟
홍제
hong.je

毋岳岭
무악재
mu.ak.jjae

獨立門
독립문
tong.nim.mun

景福宮
경복궁
kyeong.bok.ggung

安國
안국
an.guk

鍾路3街
종로3가
jong.no.sam.ga

乙支路3街
을지로3가
eul.ji.lo.sam.ga

忠武路
충무로
chung.mu.lo

東大入口
동대입구
tong.dae.ip.ggu

藥水
약수
yak.ssu

金湖
금호
keu.mo

玉水
옥수
ok.ssu

狎鷗亭
압구정
ap.ggu.jeong

新沙
신사
sin.sa

蠶院
잠원
ja.mwon

高速巴士客運站
고속터미널
ko.sok.tteo.mi.neol

首爾教大
교대
kyo.dae

南部客運站
남부터미널
nam.bu.tteo.mi.neol

良才
양재
yang.jae

梅峰
매봉
mae.bong

道谷
도곡
to.gok

大峙
대치
tae.chi

鶴灘
학여울
hang.nyeo.ul

大廳
대청
tae.cheong

逸院
일원
i.lwon

水西
수서
su.seo

可樂市場
가락시장
ka.lak.ssi.jang

警察醫院
경찰병원
kyeong.chal.byeong.won

梧琴
오금
o.geum

大化
대화
tae.hwa
↔
梧琴
오금
o.geum

四號線
4호선
sa.ho.seon

堂岾
당고개
tang.go.gae

上溪
상계
sang.ge

蘆原
노원
no.won

倉洞
창동
chang.dong

雙門
쌍문
ssang.mun

水逾
수유
su.yu

彌阿
미아
mi.a

彌阿十字路口
미아삼거리
mi.a.sam.geo.li

吉音
길음
ki.leum

誠信女大入口
성신여대입구
seong.sin.yeo.dae.ip.ggu

漢城大入口
한성대입구
han.seong.dae.ip.ggu

惠化
혜화
he.hwa

東大門
동대문
tong.dae.mun

東大門歷史文化公園
동대문역사문화공원
tong.dae.mu.nyeok.ssa.mu.nwa.gong.won

忠武路
충무로
chung.mu.lo

明洞
명동
myeong.dong

會賢
회현
hoe.hyeon

首爾站
서울역
seo.ul.lyeok

淑大入口
숙대입구
suk.ddae.ip.ggu

三角地
삼각지
sam.gak.jji

新龍山
신용산
si.nyong.san

二村
이촌
i.chon

銅雀
동작
tong.jak

總神大入口
총신대입구
chong.sin.dae.ip.ggu

舍堂
사당
sa.dang

南泰嶺	立岩	競馬公園
남태령	선바위	경마공원
nam.ttae.lyeong	seon.ba.wi	kyeong.ma.gong.won

大公園	果川	政府果川廳舍
대공원	과천	정부과천청사
tae.gong.won	kwa.cheon	cheong.bu.gwa.cheon.cheong.sa

仁德院	坪村	凡溪	衿井
인덕원	평촌	범계	금정
in.deo.gwon	ppyeong.chon	peom.ge	keum.jeong

山本	修理山	大夜味	半月
산본	수리산	대야미	반월
san.bon	su.li.san	tae.ya.mi	pa.nwol

常綠樹	漢陽大學	中央	古棧
상록수	한대앞	중앙	고잔
sang.nok.ssu	han.dae.ap	jung.ang	ko.jan

草芝	安山	新吉溫泉
초지	안산	신길온천
cho.ji	an.san	sin.gi.lon.cheon

正往	烏耳島
정왕	오이도
jeong.wang	o.i.do

堂嶺 — 烏耳島
당고개 ↔ 오이도
tang.go.gae — o.i.do

傍花	開花山	金浦機場	松亭
방화	개화산	김포공항	송정
pang.hwa	kae.hwa.san	kim.ppo.gong.hang	song.jeong

麻谷	鉢山	雨裝山	禾谷
마곡	발산	우장산	화곡
ma.gok	pal.san	u.jang.san	hwa.gok

喜鵲山	新亭	木洞	梧木橋
까치산	신정	목동	오목교
gga.chi.san	sin.jeong	mok.ddong	o.mo.ggyo

楊坪	永登浦區廳
양평	영등포구청
yang.ppyeong	yeong.deung.ppo.gu.cheong

永登浦市場
영등포시장
yeong.deung.ppo.si.jang

新吉
신길
sin.gil

汝矣島
여의도
yeo.i.do

汝矣渡口
여의나루
yeo.i.na.lu

麻浦
마포
ma.ppo

孔德
공덕
kong.deok

兒嶺
애오개
ae.o.gae

忠正路
충정로
chung.jeong.lo

西大門
서대문
seo.dae.mun

光化門
광화문
kwang.hwa.mun

鍾路3街
종로3가
jong.no.sam.ga

乙支路4街
을지로4가
eul.ji.lo.sa.ga

東大門歷史文化公園
동대문역사문화공원
tong.dae.mu.nyeok.ssa.mu.nwa.gong.won

青丘
청구
cheong.gu

新金湖
신금호
sin.geu.mo

杏堂
행당
haeng.dang

往十里
왕십리
wang.sim.ni

馬場
마장
ma.jang

踏十里
답십리
tap.ssim.ni

長漢坪
장한평
jang.han.ppyeong

君子
군자
kun.ja

峨嵯山 **아차산** a.cha.san	廣渡口 **광나루** kwang.na.lu	千戶 **천호** cheo.no	江東 **강동** kang.dong （分兩條路線）
遁村洞 **둔촌동** tun.chon.dong （往馬川方向）	奧林匹克公園 **올림픽공원** ol.lim.ppi.ggong.won		芳荑 **방이** pang.i
梧琴 **오금** o.geum	開籠 **개롱** kae.long	巨餘 **거여** keo.yeo	馬川 **마천** ma.cheon
吉洞 **길동** kil.dong （往上一洞）	曲橋 **굽은다리** ku.beun.da.li	明逸 **명일** myeong.il	高德 **고덕** ko.deok

上一洞
상일동
sang.il.dong

傍花　　上一洞
방화 ↔ 상일동
pang.hwa　　sang.il.dong

烽火山
봉화산
pong.hwa.san

花郎臺
화랑대
hwa.lang.dae

泰陵入口
태릉입구
ttae.leung.ip.ggu

石溪
석계
seok.gge

石串
돌곶이
tol.go.ji

上月谷
상월곡
sang.wol.gok

月谷
월곡
wol.gok

高麗大
고려대
ko.lyeo.dae

安岩
안암
a.nam

普門
보문
po.mun

昌信
창신
chang.sin

東廟前
동묘앞
tong.myo.ap

新堂
신당
sin.dang

青丘
청구
cheong.gu

藥水
약수
yak.ssu

波堤岭
버티고개
peo.tti.go.gae

漢江鎮
한강진
han.gang.jin

梨泰院
이태원
i.ttae.won

綠莎坪
녹사평
nok.ssa.ppyeong

三角地
삼각지
sam.gak.jji

孝昌公園前	孔德	大興
효창공원앞	공덕	대흥
hyo.chang.gong.wo.nap	kong.deok	tae.heung

廣興倉	上水	合井	望遠
광흥창	상수	합정	망원
kwang.heung.chang	sang.su	hap.jjeong	mang.won

麻浦區廳	世界盃體育場
마포구청	월드컵경기장
ma.ppo.gu.cheong	wol.deu.kkeop.ggyeong.gi.jang

數位媒體城	繒山	賽折
디지털미디어시티	증산	새절
ti.ji.tteol.mi.di.eo.si.tti	jeung.san	sae.jeol

鷹岩	驛村	佛光	甕岩
응암	역촌	불광	독바위
eung.am	yeok.chon	pul.gwang	tok.bba.wi

延新內	龜山
연신내	구산
yeon.sin.nae	ku.san

烽火山　　龜山
봉화산↔구산
pong.hwa.san　ku.san

富平區廳
부평구청
pu.pyeong.gu.cheong

掘浦川
굴포천
gul.po.cheon

三山體育館
삼산체육관
sam.san.che.yuk.ggwan

上洞
상동
sang.dong

富川市廳
부천시청
bu.cheon.si.cheong

新中洞
신중동
sin.jung.dong

春衣
춘의
chu.ni

富川綜合運動場
부천종합운동장
bu.cheon.jong.ha.bun.dong.jang

喜鵲屋
까치울
kka.chi.ul

溫水
온수
on.su

天旺
천왕
cheo.nwang

光明十字路口
광명사거리
kwang.myeong.sa.geo.li

鐵山
철산
cheol.san

加山數位園區
가산디지털단지
ka.san.di.ji.tteol.dan.ji

南九老
남구로
nam.gu.lo

大林
대림
tae.lim

新豐
신풍
sin.ppung

波拉梅
보라매
po.la.mae

新大方丁字路口
신대방삼거리
sin.dae.bang.sam.geo.li

長丞拜基
장승배기
jang.seung.bae.gi

上道
상도
sang.do

崇實大入口
숭실대입구
sung.sil.dae.ip.ggu

南城
남성
nam.seong

總神大入口
총신대입구
chong.sin.dae.ip.ggu

內方
내방
nae.bang

高速巴士客運站
고속터미널
ko.sok.tteo.mi.neol

盤浦
반포
pan.ppo

論峴
논현
no.nyeon

鶴洞
학동
hak.ddong

江南區廳
강남구청
kang.nam.gu.cheong

淸潭
청담
cheong.dam

堤島遊園地
뚝섬유원지
dduk.sseo.myu.won.ji

建大入口
건대입구
keon.dae.ip.ggu

兒童大公園
어린이대공원
eo.li.ni.dae.gong.won

君子
군자
kun.ja

中谷
중곡
jung.gok

龍馬山 용마산 yong.ma.san	四佳亭 사가정 sa.ga.jeong	面牧 면목 myeon.mok	上鳳 상봉 sang.bong
中和 중화 jung.hwa	墨谷 먹골 meok.ggol	泰陵入口 태릉입구 ttae.leung.ip.ggu	孔陵 공릉 kong.leung
下溪 하계 ha.ge	中溪 중계 jung.ge	蘆原 노원 no.won	馬得 마들 ma.deul
水落山 수락산 su.lak.ssan	道峰山 도봉산 to.bong.san	長岩 장암 jang.am	掘浦川 굴포천 ↔ 장암 gul.po.cheon　chang.am

영등
서울역

岩寺
암사
am.sa

千戶
천호
cheo.no

江東區廳
강동구청
kang.dong.gu.cheong

夢村土城
몽촌토성
mong.chon.tto.seong

蠶室
잠실
jam.sil

石村
석촌
seok.chon

松坡
송파
song.ppa

可樂市場
가락시장
ka.lak.ssi.jang

文井
문정
mun.jeong

長旨
장지
jang.ji

福井
복정
pok.jjeong

山城
산성
san.seong

南漢山城入口
남한산성입구
na.man.san.seong.ip.ggu

丹岱五叉路口
단대오거리
tan.dae.o.geo.li

新興
신흥
si.neung

壽進
수진
su.jin

牧丹
모란
mo.lan

岩寺 牧丹
암사 ↔ 모란
am.sa mo.lan

九號線
9호선
ku.ho.seon

開花　　新論峴
개 화 ↔ 신 논 현
kae.hwa　　sin.no.nyeon

開花
개화
kae.hwa

金浦機場
김포공항
kim.ppo.gong.hang

機場市場
공항시장
kong.hang.si.jang

新傍花
신방화
sin.bang.hwa

麻谷渡口
마곡나루
ma.gong.na.lu

陽川鄉校
양천향교
yang.cheon.hyang.gyo

加陽
가양
ka.yang

曾米
증미
jeung.mi

登村
등촌
teung.chon

鹽倉
염창
yeom.chang

新木洞
신목동
sin.mok.ddong

仙遊島
선유도
seo.nyu.do

堂山
당산
tang.san

國會議事堂
국회의사당
ku.kkoe.i.sa.dang

汝矣島
여의도
yeo.i.do

賽江
샛강
saet.ggang

鷺梁津
노량진
no.lyang.jin

鷺得
노들
no.deul

黑石
흑석
heuk.sseok

銅雀
동작
tong.jak

舊盤浦
구반포
ku.ban.ppo

新盤浦
신반포
sin.ban.ppo

高速巴士客運站
고속터미널
ko.sok.tteo.mi.neol

砂平
사평
sa.ppyeong

新論峴
신논현
sin.no.nyeon

彦州
언주
eon.ju

宣靖陵
선정릉
seon.jeong.neung

三成中央
삼성중앙
sam.seong.kimg.jung.ang

奉恩寺
봉은사
pong.eon.sa

綜合運動場
종합운동장
jong.ha.bun.dong.jang

仁川一號線
인천1호선
in.cheon-i.lo.seon

桂陽
계양
ke.yang

橘峴
귤현
kyu.lyeon

樸村
박촌
pak.chon

林鶴
임학
i.mak

桂山
계산
ke.san

京仁教大入口
경인교대입구
kyeong.in.gyo.dae.ip.ggu

鵲田
작전
jak.jjeon

葛山
갈산
kal.san

富平區廳
부평구청
pu.ppyeong.gu.cheong

富平市場
부평시장
pu.ppyeong.si.jang

富平
부평
pu.ppyeong

東樹
동수
tong.su

富平丁字路口
부평삼거리
pu.ppyeong.sam.geo.li

間石五叉口
간석오거리
kan.seo.go.geo.li

仁川市廳
인천시청
in.cheon.si.cheong

藝術會館
예술회관
ye.su.loe.gwan

仁川客運站
인천터미널
in.cheon.tteo.mi.neol

文鶴體育場
문학경기장
mu.nak.ggyeong.gi.jang

仙鶴
선학
seo.nak

新延壽
신연수
si.nyeon.su

源仁齋
원인재
wo.ni.jae

東春
동춘
tong.chun

東幕
동막
tong.mak

大學城
캠퍼스타운
kaem.peo.seu.ta.un

科技公園
테크노파크
tte.kkeu.no.ppa.kkeu

知識信息園區
지식정보단지
chi.sik.jjeong.bo.dan.ji

仁川大學
인천대학교
in.cheon.dae.hak.gyo

中央公園
센트럴파크
sen.tteu.leol.ppa.kkeu

國際業務園區
국제업무지구
kuk.jje.eom.mu.ji.gu

계양 ⟷ 국제업무지구
ke.yang   kuk.jje.eom.mu.ji.gu

機場線
공항철도
kong.hang.cheol.do

首爾
서울
seo.ul

孔德
공덕
kong.deok

弘大入口
홍대입구
hong.dae.ip.ggu

數位媒體城
디지털미디어시티
ti.ji.tteol.mi.di.eo.si.tti

金浦機場
김포공항
kim.ppo.gong.hang

桂陽
계양
ke.yang

黔岩
검암
keo.mam

青羅國際都市
청라국제도시
cheong.na.guk.jje.do.si

永宗
영종
yeong.jong

雲西
운서
un.seo

機場貨物廳舍
공항화물청사
kong.hang.hwa.mul.cheong.sa

仁川國際機場
인천국제공항
in.cheon.guk.jje.gong.hang

首爾   仁川國際機場
서울 ↔ 인천국제공항
seo.ul   in.cheon.guk.jje.gong.hang

往十里
왕십리
wang.sim.ni

首爾林
서울숲
seo.ul.sup

狎鷗亭羅德奧
압구정로데오
ap.ggu.jeong.ro.de.o

江南區廳
강남구청
kang.nam.gu.cheong

宣靖陵
선정릉
seon.jeong.neung

宣陵
선릉
seol.leung

漢堤
한티
han.tti

道谷
도곡
to.gok

九龍
구룡
ku.lyong

開浦洞
개포동
kae.ppo.dong

大母山入口
대모산입구
tae.mo.sa.nip.ggu

水西
수서
su.seo

福井
복정
pok.jjeong

嘉泉大學
가천대
kyeong.won.dae

太平
태평
ttae.ppyeong

牡丹
모란
mo.lan

野塔
야탑
ya.ttap

二梅
이매
i.mae

書峴
서현
seo.hyeon

藪內
수내
su.nae

亭子
정자
jeong.ja

美金	梧里	竹田	寶亭
미금	오리	죽전	보정
mi.geum	o.li	juk.jjeon	po.jeong

駒城	新葛	器興	上葛
구성	신갈	기흥	상갈
ku.seong	sin.gal	ki.heung	sang.gal

清明	靈通	網浦	梅灘
청명	영통	망포	매탄
cheong.meong	yeong.ttong	mang.po	mae.ttan

水原市廳	水原	梅橋
수원시청	수원	매교
su.won.si.cheong	su.won	mae.gyo

왕십리 ↔ 수원
wang.sim.ni   su.won

江南
강남
kang.nam

良才
양재
yang.jae

良才市民森林
양재시민의숲
yang.jae.si.mi.ne.sup

清溪山入口
청계산입구
cheong.ge.san.ip.ggu

板橋
판교
ppan.gyo

亭子
정자
jeong.ja

東川
동천
tong.cheon

水枝區廳
수지구청
su.ji.gu.cheong

星福
성복
seong.bok

上峴
상현
sang.heon

光教中央
광교중앙
gwang.gyo.jung.ang

光教
광교
gwang.gyo

江南
강남
kang.nam

光教
광교
gwang.gyo

加佐
가좌
ga.jwa

弘大
홍대입구
hong.dae.ip.gu

西江大
서강대
seo.gang.dae

孔德
공덕
gong.deok

孝昌公園
효창공원
hyo.chang.gong.won

龍山
용산
yong.san

二村
이촌
i.chon

西冰庫
서빙고
seo.bing.go

漢南
한남
han.nam

玉水
옥수
ok.ssu

鷹峰
응봉
eung.bong

往十里
왕십리
wang.sim.ni

淸涼里
청량리
cheong.nyang.ni

回基
회기
hoe.gi

中浪
중랑
jung.nang

上鳳
상봉
sang.bong

忘憂
망우
mang.u

養源
양원
yang.won

九里
구리
ku.li

陶農
도농
to.nong

養正
양정
yang.jeong

德沼
덕소
teok.sso

桃心
도심
to.sim

八堂 **팔당** ppal.dang	雲吉山 **운길산** un.gil.san	兩水 **양수** yang.su	新院 **신원** si.nwon
菊秀 **국수** kuk.ssu	我新 **아신** a.sin	梧清 **오빈** o.bin	楊平 **양평** yang.ppyeong
元德 **원덕** won.deok	龍門 **용문** yong.mun		

가좌 ↔ 용문
ga.jwa　　　yong.mun

영동
서울역

首爾 ↔ 京山
서울 ↔ 문산
seo.ul   mun.san

首爾
서울
seo.ul

新村
신촌
sin.chon

加佐
가좌
ka.jwa

數碼媒體城
디지털미디어시티
ti.ji.tteol.mi.di.eo.si.tti

水色
수색
su.saek

花田
화전
hwa.jeon

江梅
강매
gang.mae

幸信
행신
haeng.sin

陵谷
능곡
neung.gok

大谷
대곡
tae.gok

谷山
곡산
kok.ssan

白馬
백마
paeng.ma

楓山
풍산
ppung.san

一山
일산
il.ssan

炭峴
탄현
ttan.hyeon

野塘
야당
ya.dang

雲井
운정
un.jeong

金陵
금릉
keum.neung

金村
금촌
keum.chon

月龍
월롱
wol.long

坡州
파주
ppa.ju

文山
문산
mun.san

上鳳
상봉
sang.bong

忘憂
망우
mang.u

新內
신내
sin.nae

葛梅
갈매
kal.mae

別內
별내
byeol.lae

退溪院
퇴계원
ttoe.ge.won

思陵
사릉
sa.leung

金谷
금곡
keum.gok

坪內好坪
평내호평
ppyeong.nae.ho.ppyeong

天摩山
천마산
cheon.ma.san

磨石
마석
ma.seok

大成里
대성리
tae.seong.ni

清平
청평
cheong.ppyeong

上泉
상천
sang.cheon

加平
가평
ka.ppyeong

屈峰山
굴봉산
kul.bong.san

白楊里
백양리
pae.gyang.ni

江村
강촌
kang.chon

金裕貞
김유정
ki.myu.jeong

南春川
남춘천
nam.chun.cheon

春川
춘천
chun.cheon

상봉 ↔ 춘천
sang.bong   chun.cheon

烏耳島
오이도
o.i.do

達月
달월
dal.wol

月串
월곶
wol.got

蘇萊浦口
소래포구
so.rae.po.gu

仁川論峴
인천논현
in.cheon.no.nyeon

虎口浦
호구포
ho.gu.po

南洞産業園區
남동인더스파크
nam.dong.in.deo.seu.ppa.kkeu

源仁齋
원인재
woninjae

延壽
연수
yeon.su

松島
송도
song.do

仁荷大學
인하대
i.na.dae

崇又
숭이
sung.ei

新浦
신포
sin.po

仁川
인천
in.cheon

오이도 ↔ 인천
o.i.do   in.cheon

板岩
판암
ppa.nam

新興
신흥
si.neung

大洞
대동
tae.dong

大田
대전
tae.jeon

中央路
중앙로
jung.ang.no

中區廳
중구청
jung.gu.cheong

西大田十字路
서대전네거리
seo.dae.jeon.ne.geo.li

五龍
오룡
o.lyong

龍汶
용문
yong.mun

炭坊
탄방
ttan.bbang

市廳
시청
si.cheong

政府廳舍
정부청사
jeong.bu.cheong.sa

葛馬
갈마
kal.ma

月坪
월평
wol.ppyeong

甲川
갑천
kap.cheon

儒城溫泉
유성온천
yu.seong.on.cheon

九岩
구암
ku.am

顯忠院
현충원
hyeon.chung.won

世界競技場
월드컵경기장
wol.deu.kkeop.ggyeong.gi.jang

老隱
노은
no.eun

光州地下鐵路線

鹿洞
녹동
nok.ddong

所臺
소태
so.ttae

鶴洞・證心寺入口
학동・증심사입구
hak.ddong.jeung.sim.sa.ip.ggu

南光州
남광주
nam.gwang.ju

文化殿堂
문화전당
mu.nwa.jeon.dang

錦南路四街
금남로4가
keum.nam.no.sa.ga

錦南路五街
금남로5가
keum.nam.no.o.ga

良洞市場
양동시장
yang.dong.si.jang

石頭嶺
돌고개
tol.go.gae

農城
농성
nong.seong

花亭
화정
hwa.jeong

雙村
쌍촌
ssang.chon

雲泉
운천
un.cheon

尚武
상무
sang.mu

金大中會議中心
김대중컨벤션센터
kim.dae.jung.kkeon.ben.syeon.sen.tteo

機場
공항
kong.hang

松汀公園
송정공원
song.jeong.gong.won

光州松汀
광주송정
kwang.ju.song.jeong

道山
도산
to.san

平洞
평동
ppyeong.dong

鹿洞
녹동
nok.ddong

↔

平洞
평동
pyeong.dong

釜山地下鐵路線

一號線
1호선
i.lo.seon

新平 **신평** sin.ppyeong	下端 **하단** ha.dan	堂里 **당리** tang.ni	沙下 **사하** sa.ha
槐亭 **괴정** koe.jeong	大峙 **대티** tae.tti	西大新 **서대신** seo.dae.sin	東大新 **동대신** tong.dae.sin
土城 **토성** to.seong	札嘎其 **자갈치** ja.gal.chi	南浦 **남포** nam.ppo	中央 **중앙** jung.ang
釜山 **부산** pu.san	草梁 **초량** cho.lyang	釜山鎮 **부산진** pu.san.jin	佐川 **좌천** jwa.cheon
凡一 **범일** peo.mil	凡內谷 **범내골** peom.nae.gol	西面 **서면** seo.myeon	釜田 **부전** pu.jeon

楊亭	市廳	蓮山	教大
양정	시청	연산	교대
yang.jeong	si.cheong	yeon.san	kyo.dae

東萊	明倫	溫泉場	釜山大
동래	명륜	온천장	부산대
tong.nae	myeong.nyun	on.cheon.jang	pu.san.dae

長箭	久瑞	斗實	南山
장전	구서	두실	남산
jang.jeon	ku.seo	tu.sil	nam.san

梵魚寺	老圃	新平 ↔ 老圃
범어사	노포	신평 ↔ 노포
peo.meo.sa	no.ppo	sin.ppyeong no.ppo

二號線
2호선
i.ho.seon

萇山	中洞	海雲臺	冬柏
장산	중동	해운대	동백
jang.san	jung.dong	hae.un.dae	tong.baek

市立美術館
시립미술관
si.lim.mi.sul.gwan

Centum City
센텀시티
sen.tteom.si.tti

民樂
민락
mil.lak

水營
수영
su.yeong

廣安
광안
kwang.an

金蓮山
금련산
keum.nyeon.san

南川
남천
nam.cheon

慶星大・釜慶大
경성대・부경대
kyeong.seong.dae-pu.gyeong.dae

大淵
대연
tae.yeon

池谷
못골
mot.ggol

支架谷
지게골
ji.ge.gol

門峴
문현
mu.nyeon

門田
문전
mun.jeon

田浦
전포
jeon.ppo

西面
서면
seo.myeon

釜岩
부암
pu.am

伽倻
가야
ka.ya

東義大
동의대
tong.i.dae

開琴
개금
kae.geum

冷井
냉정
naeng.jeong

周禮
주례
ju.le

甘田	沙上	德浦	毛德
감전	사상	덕포	모덕
kam.jeon	sa.sang	teok.ppo	mo.deok

毛羅	龜南	龜明	德川
모라	구남	구명	덕천
mo.la	ku.nam	ku.myeong	teok.cheon

水亭	華明	栗里	東院
수정	화명	율리	동원
su.jeong	hwa.myeong	yul.li	tong.won

金谷	湖浦	甑山
금곡	호포	증산
keum.gok	ho.ppo	jeung.san

釜山大學梁山分校	南梁山	梁山
부산대양산캠퍼스	남양산	양산
pu.san.dae.yang.san.kkaem.ppeo.seu	na.myang.san	yang.san

萇山	梁山
장산 ↔ 양산	
chang.san	yang.san

水營
수영
su.yeong

望美
망미
mang.mi

杯山
배산
pae.san

水滿谷
물만골
mul.man.gol

蓮山
연산
yeon.san

巨堤
거제
keo.je

綜合運動場
종합운동장
jong.ha.bun.dong.jang

社稷
사직
sa.jik

美南
미남
mi.nam

萬德
만덕
man.deok

南山亭
남산정
nam.san.jeong

淑嶝
숙등
suk.ddeung

德川
덕천
teok.cheon

龜浦
구포
ku.ppo

江西區廳
강서구청
kang.seo.gu.cheong

體育公園
체육공원
che.yu.ggong.won

大渚
대저
tae.jeo

水營   大渚
수영 ⟷ 대저
su.yeong   tae.jeo

四號線
4호선
sa.ho.seon

美南　安平
미남 ↔ 안평
mi.nam　an.ppyeong

美南	東萊	壽安	樂民
미남	**동래**	**수안**	**낙민**
mi.nam	tong.nae	su.an	nang.min

忠烈祠	鳴藏	書洞	錦絲
충렬사	**명장**	**서동**	**금사**
chung.nyeol.ssa	myeong.jang	seo.dong	keum.sa

盤如農產品市場	石坮	靈山大
반여농산물시장	**석대**	**영산대**
pa.nyeo.nong.san.mul.si.jang	seok.ddae	yeong.san.dae

東釜山大學	古村	安平
동부산대학	**고촌**	**안평**
tong.bu.san.dae.hak	ko.cheon	an.ppyeong

加耶大 **가야대** ka.ya.tae	長神大 **장신대** jang.sin.tae	蓮池公園 **연지공원** yeon.ji.gong.won	博物館 **박물관** bang.mul.gwan
首露王陵 **수로왕릉** su.lo.wang.neung	鳳凰 **봉황** bong.hwang	府院 **부원** bu.won	金海市廳 **김해시청** ki.mae.si.cheong
仁濟大學 **인제대** in.je.dae	金海大學 **김해대학** ki.mae.dae.hak	池內 **지내** ji.nae	佛岩 **불암** bu.lam
大沙 **대사** dae.sa	平江 **평강** pyeong.gang	大渚 **대저** dae.jeo	登龜 **등구** deung.gu
德斗 **덕두** deok.ddu	機場 **공항** gong.hang	西釜山流通地區 **서부산유통지구** seo.bu.san.yu.tong.ji.gu	
掛法Renecite **괘법르네시떼** gwae.beop.reu.ne.si.dde	沙上 **사상** sa.sang		

加耶大 沙上
가야대 ⟷ **사상**
ka.ya.tae sa.sang

大邱地下鐵路線

一號線
1호선
i.lo.seon

大谷　　　　安心
대곡 ↔ 안심
tae.gok　　　an.sim

| 大谷 **대곡** tae.gok | 辰泉 **진천** jin.cheon | 月背 **월배** wol.bae | 上仁 **상인** sang.in |

月村 **월촌** wol.chon　　松峴 **송현** song.hyeon　　聖堂池 **성당못** seong.dang.mot　　大明 **대명** tae.myeong

安地郎 **안지랑** an.ji.lang　　顯忠路 **현충로** hyeon.chung.no　　岺大醫院 **영대병원** yeong.dae.byeong.won

教大 **교대** kyo.dae　　明德 **명덕** myeong.deok　　半月堂 **반월당** pa.nwol.dang　　中央路 **중앙로** jung.ang.no

大邱 **대구** tae.gu　　七星市場 **칠성시장** cheol.sseong.si.jang　　新川 **신천** sin.cheon

東大邱 **동대구** tong.dae.gu	大山口 **큰고개** kkeun.go.gae	峨洋橋 **아양교** a.yang.gyo	東村 **동촌** tong.chon
解顔 **해안** hae.an	芳村 **방촌** pang.chon	龍溪 **용계** yong.ge	栗下 **율하** yu.la
新基 **신기** sin.gi	半夜月 **반야월** pa.nya.wol	角山 **각산** kak.ssan	安心 **안심** an.sim

二號線
2호선
i.ho.seon

| 汶陽 **문양** mu.nyang | 多斯 **다사** ta.sa | 大實 **대실** tae.sil | 江倉 **강창** kang.chang |
| 啟明大學 **계명대** ke.myeong.dae | 城西產業園區 **성서산업단지** seong.seo.sa.neop.ddan.ji | | 梨谷 **이곡** i.gok |

| 龍山 용산 yong.san | 竹田 죽전 juk.jjeon | 甘三 감삼 kam.sam | 頭流 두류 tu.lyu |

| 內唐 내당 nae.dang | 小嶺 반고개 pan.go.gae | 新南 신남 sin.nam | 半月堂 반월당 pa.nwol.dang |

| 慶大醫院 경대병원 kyeong.dae.byeong.won | 大邱銀行 대구은행 tae.gu.eu.naeng | 泛魚 범어 peo.meo |

| 壽城區廳 수성구청 su.seong.gu.cheong | 晩村 만촌 man.chon | 丹提 담티 tam.tti |

| 蓮湖 연호 yeo.no | 大公園 대공원 tae.gong.won | 孤山 고산 ko.san | 新梅 신매 sin.mae |

| 沙月 사월 sa.wol | 正坪 정평 jeong.pyeong | 林堂 임당 im.dang | 岭南大 영남대 yeong.nam.dae |

漆谷慶大醫院
칠곡경대병원
chil.gok.ggyeong.dae.byeong.won

鶴亭
학정
hak.jjeong

八莒
팔거
pal.geo

東川
동천
dong.cheon

漆谷雲岩
칠곡운암
chil.go.gu.nam

鳩岩
구암
ku.am

太田
태전
ttae.jeon

梅川
매천
mae.cheon

梅川市場
매천시장
mae.cheon.si.jang

八達
팔달
pal.dal

工團
공단
gong.dan

萬坪
만평
man.pyeong

八達市場
팔달시장
pal.dal.si.jang

院伐
원대
won.dae

北區廳
북구청
buk.ggu.cheong

達城公園
달성공원
dal.seong.gong.won

西門市場
서문시장
seo.mun.si.jang

新南
신남
sin.nam

南山
남산
nam.san

明德
명덕
myeong.deok

斗笠岩
건들바위
geon.deul.ba.wi

大鳳橋
대봉교
dae.bong.gyo

壽城市場
수성시장
su.seong.si.jang

壽城區民運動場
수성구민운동장
su.seong.gu.mi.nun.dong.jang

兒童會館
어린이회관
eo.li.ni.hoe.gwan

黃金
황금
hwang.geum

壽城池
수성못
su.seong.mot

池山
지산
ji.san

凡勿
범물
beom.mul

龍池
용지
yong.ji

韓國各地旅遊景點

首爾旅遊景點

남산한옥마을 nam.sa.ha.nong.ma.eul 南山韓屋村	[南山cable car] 남산케이블카 nam.san.kke.i.beul.kka 南山纜車	[n首爾tower] N 서울타워 seo.ul.tta.wo 首爾塔
명동 myeong.dong 明洞	남대문 nam.dae.mun 南大門	동대문시장 tong.dae.mun.si.jang 東大門市場
[migliore] 밀리오레 mi.li.o.le Migliore 美利來	[free market] 프리마켓 ppeu.li.ma.kket 自由市場	희망시장 hi.mang.si.jang 希望市場
[弘大] 홍대 hong.dae 弘益大學	[弘大亂打專用館] 홍대 난타전용관 hong.dae-nan.tta.jeo.nyong.gwan 弘大亂打劇場	[梨大] 이대 i.dae 梨花女大
신촌 sin.chon 新村	덕수궁 teok.ssu.gung 德壽宮	국립중앙박물관 kung.nip.jjung.ang.bang.mul.gwan 國立中央博物館
낙산공원 nak.ssan.gong.won 駱山公園	[lotte world] 롯데월드 lot.dde.wol.deu 樂天世界	[coex] 코엑스 kko.ek.sseu COEX

에버랜드
[everland]
e.beo.laen.deu
愛寶樂園

영등포 타임스퀘어
[永登浦 time square]
yeong.deung.ppo-tta.im.seu.kkwe.eo
永登浦時代廣場

광장시장
kwang.jang.si.jang
廣藏市場

종로
jong.no
鍾路

용산 아이파크몰
[龍山 i park mall]
yong.san-a.i.ppa.kkeu.mol
龍山購物中心

인사동
in.sa.dong
仁寺洞

삼청동
sam.cheong.dong
三淸洞

한강유람선
han.gang.yu.lam.seon
漢江遊覽船

강남고속터미널 지하상가
[江南高速 terminal 地下商家]
kang.nam.go.sok.tteo.mi.neol-ji.ha.sang.ga
江南高速巴士客運站地下街

여의도
yeo.i.do
汝矣島

세빛둥둥섬
se.bit.ddung.dung.seom
漂浮島

이태원
i.ttae.won
梨泰院

🍀 江原道旅遊景點

[南怡]			[ocean world]
남이섬	**태백산**	**설악산**	**오션월드**
na.mi.seom	tae.baek.ssan	seo.lak.ssan	o.syeon.wol.deu
南怡島	太白山	雪嶽山	海洋世界

	[龍平 resort]	
오죽헌	**용평리조트**	**정동진**
o.ju.kkeon	yong.ppyeong.li.jo.tteu	jeong.dong.jin
烏竹軒	龍平渡假村	正東津

🍀 京畿道旅遊景點

오두산 통일전망대
o.du.san-ttong.il.jeon.mang.dae
鰲頭山統一展望台

판문점	**청평호반**
ppan.mun.jeom	cheong.ppyeong.ho.ban
板門店	清平湖畔

재인폭포	**소요산**	**한국민속촌**
jae.in.ppok.ppo	so.yo.san	han.gung.min.sok.cheon
才人瀑布	逍遙山	韓國民俗村

🌸 忠清北道旅遊景點

월악산국립공원
wo.lak.ssan.gung.nip.ggong.won
月岳山國家公園

고수동굴
ko.su.dong.gul
古藪洞窟

충주호
chung.ju.ho
忠州湖

죽령폭포
jung.nyeong.ppok.ppo
竹嶺瀑布

속리산국립공원
song.ni.san.gung.nip.ggong.won
俗離山國家公園

🌸 忠清南道旅遊景點

독립기념관
tong.nip.ggi.nyeom.gwan
獨立紀念館

대천해수욕장
tae.cheon.hae.su.yok.jjang
大川海水浴場

계룡산국립공원
ke.lyong.san.gung.nip.ggong.won
雞龍山國家公園

🌸 慶尚北道旅遊景點

회룡포
hoe.lyong.ppo
回龍浦

주왕산
ju.wang.san
周王山

청량사
cheong.nyang.sa
清涼寺

[河回世界] [博物館]
하회세계탈박물관
ha.hoe.se.ge.ttal.bang.mul.gwan
河回世界面具博物館

❀ 慶尚南道旅遊景點

[牛浦]
우포늪
u.ppo.neup
牛浦沼澤

황매산
hwang.mae.san
黃梅山

[花開十里]
화개 10 리벚꽃길
hwa.gae.sim.ni.beot.ggot.ggil
花開十里櫻花步道

❀ 全羅北道旅遊景點

내변산 직소폭포
nae.byeon.san-jik.sso.ppok.ppo
內邊山直沼瀑布

대두산 풍혈냉천
tae.du.san-ppung.hyeol.laeng.cheon
大頭山風穴冷泉

내장산국립공원
nae.jang.san.gung.nip.ggong.won
內藏山國家公園

❀ 全羅南道旅遊景點

다도해 해상국립공원
ta.do.hae-hae.sang.gung.nip.ggong.won
多島海海上國家公園

백양사
pae.gyang.sa
白羊寺

송광사 벚꽃
song.gwang.sa-peot.ggot
松廣寺櫻花

大田旅遊景點

유성온천
yu.seong.on.cheon
儒城溫泉

구봉산
ku.bong.san
九峰山

大邱旅遊景點

대구수목원
tae.gu.su.mo.gwon
大邱樹木園

팔공산
ppal.gong.san
八公山

측백수림
cheuk.bbaek.ssu.lim
側柏樹林

光州旅遊景點

무등산도립공원
mu.deung.san.do.lip.ggong.won
無等山道立公園

광주국립박물관
kwang.ju.gung.nip.bbang.mul.gwan
光州國立博物館

양동시장
yang.dong.si.jang
良洞市場

釜山旅遊景點

태종대
ttae.jong.dae
太宗臺

용두산공원
yong.du.san.gong.won
龍頭山公園

자갈치시장
ja.gal.chi.si.jang
札嘎其市場

부산아쿠아리움
[釜山 aquarium]
pu.sa.na.kku.a.li.um
釜山水族館

부산시립미술관
pu.san.si.lim.mi.sul.gwan
釜山市立美術館

국제시장
kuk.jje.si.jang
國際市場

해운대 해수욕장
hae.un.dae-hae.su.yok.jjang
海雲臺海水浴場

광안리해수욕장
kwang.an.ni.hae.su.yok.jjang
廣安海水浴場

오륙도
o.lyuk.ddo
五六島

송도 해수욕장
song.do-hae.su.yok.jjang
松島海水浴場

동백섬
[冬柏]
tong.baek.sseom
冬柏島

濟州島旅遊景點

수월봉
su.wol.bong
水月峰

송악산 전망대
song.ak.ssan-jeon.mang.dae
松岳山展望臺

유리의성
[琉璃] [城]
yu.li.e.seong
琉璃之城

천지연 폭포
[天地淵瀑布]
cheon.ji.yeon-ppok.ppo
天地淵瀑布

용머리 해안
[龍] [海岸]
yong.meo.li-hae.an
龍頭海岸

분재예술원
pun.jae.ye.su.lwon
盆栽藝術院

아프리카박물관
[africa博物館]
a.ppeu.li.kka.bang.mul.gwan
非洲博物館

테디베어뮤지엄
[teddy bear museum]
tte.di.be.eo.myu.ji.eom
泰迪熊博物館

[特產物]
특산물
tteuk.ssan.mul
名產

[膳物]
선물
seon.mul
伴手禮／禮物

경주 - 찰보리빵
kyeong.ju-chal.bo.li.bbang
慶州－銅鑼燒

공주 - 밤
kong.ju-pam
公州－栗子

제주도 - 귤
je.ju.do-kyul
濟州島－橘子

[覆盆子]
고창 - 복분자술
ko.chang-pok.bbun.ja.sul
高敞－覆盆子酒

통영 - 굴
ttong.yeong-kul
統營－牡蠣

[綠]
보성 - 녹차
po.sang-nok.cha
寶城－綠茶

속초 - 오징어
sok.cho-o.jing.eo
束草－魷魚

나주 - 배
na.ju-pae
羅州－水梨

상주 - 곶감
sang.ju-got.ggam
尚州－柿餅

[陶瓷器]
이천 - 도자기
i.cheon-to.ja.gi
利川－陶瓷器

韓國名店瀏覽

🌸 百貨公司、購物中心

[樂天百貨店]
롯데백화점
lot.dde.bae.kkwa.jeom
樂天百貨公司

[九老 outlet]
구로아울렛
ku.lo.a.ul.let
九老名牌暢貨中心

[新世界百貨店]
신세계백화점
sin.se.ge.bae.kkwa.jeom
新世界百貨公司

[lotte premium outlet]
롯데프리미엄아울렛
lot.dde.ppeu.li.mi.eo.ma.ul.let
樂天名牌暢貨中心

[驪州premium outlet]
여주프리미엄아울렛
yeo.ju.ppeu.li.mi.eo.ma.ul.let
驪州名牌暢貨中心

[現代百貨店]
현대백화점
hyeon.dae.bae.kkwa.jeom
現代百貨公司

[愛敬百貨店]
애경백화점
ae.gyeong.bae.kkwa.jeom
愛敬百貨公司

[galleria百貨店]
갤러리아백화점
kael.leo.li.a.bae.kkwa.jeom
Galleria 百貨公司

🌸 生活精品、用品百貨

[watsons]
다이소
ta.i.so
DAISO

[watsons]
왓슨스
wat.sseun.seu
屈臣氏

[artbox]
아트박스
a.tteu.bak.sseu
Artbox

[living plus]
리빙플러스
li.bing.ppeul.leo.seu
Living Plus

[kosney]
코즈니
kko.jeu.ni
Kosney

美妝店

미샤
mi.sya
Missha

이니스프리
i.ni.seu.ppeu.li
Innisfree

더 페이스샵
teo.ppe.i.seu.syap
The Face Shop

더샘
teo.saem
The saem

에뛰드하우스
e.ddwi.deu.ha.u.seu
Etude House

네이처리퍼블릭
ne.i.cheo.li.ppeo.beul.lik
Nature Republic

잇츠스킨
it.cheu.seu.kkin
It's Skin

홀리카 홀리카
hol.li.kka.hol.li.kka
Holika Holika

[olive young]
올리브영
ol.li.beu.yeong
Olive Young

투쿨포스쿨
ttu.kkul.ppo.seu.kkul
Too Cool for School

토니모리
tto.ni.mo.li
TONYMOLY

스킨푸드
seu.kkin.ppu.deu
Skin Food

[laneige]
라네즈
la.ne.jeu
蘭芝

3 concept eyes
3CE
3CE

한스킨
han.seu.kkin
Hanskin

바닐라코
ba.nil.la.ko
banila.co

클리오
keul.li.o
CLIO

[sulwhasoo]
설화수
seo.lwa.su
雪花秀

書店

교보문고	영풍문고	북스리브로
kyo.bo.mun.go	yeong.ppung.mun.go	puk.sseu.li.beu.lo
教保文庫	永豐文庫	Books Libro

반디앤루니스
pan.di.ael.lu.ni.seu
Bandi & Luni's

速食店

[lotteria]		[burgerking]	[smoothie king]
롯데리아	맥도날드	버거킹	스무디킹
lot.dde.li.a	maek.ddo.nal.deu	peo.geo.kking	seu.mu.di.kking
儂特利	麥當勞	漢堡王	Smoothie King

미스터 도너츠	던킨 도너츠
mi.seu.tteo.do.neo.cheu	teon.kkin.do.neo.cheu
Mister Donuts	Dunkin Donuts

餐飲店

[橋村chicken]			
교촌치킨	원할머니보쌈	놀부부대찌개	본죽
kyo.chon.chi.kkin	wo.nal.meo.ni.bo.ssam	nol.bu.bu.dae.ji.gae	bon.juk
橋村炸雞	元祖奶奶生菜包肉	挪夫部隊鍋	本粥

공릉닭한마리	강호동백정	제임스치즈등갈비
gong.leung.dal.kan.ma.li	gang.ho.dong.baek.jeong	je.im.seu.chi.jeu.deung.gal.bi
孔陵一隻雞	姜虎東白丁烤肉	詹姆士起司豬肋排

지에스이십오
ji.e.seu.i.si.bo
GS 25

세븐일레븐
se.beu.nil.le.bun
7-11

[family mart]
훼미리마트
hwe.mi.li.ma.tteu
全家

[home plus 24時]
홈플러스 24 시
hom.ppeul.leo.seu.i.sip.ssa.si
Home Plus 24 小時

씨유
ssi.yu
CU

미니스톱
mi.ni.seu.top
MINISTOP

咖啡廳

[starbucks]
스타벅스
seu.tta.beok.sseu
星巴克

빈스빈스커피
bin.seu.bin.seu.kkeo.ppi
BEANSBINS COFFEE

투썸플레이스
ttu.sseom.ppeul.le.i.seu
Twosome Place

커피스미스
kkeo.ppi.seu.mi.seu
Coffee Smith

커피베이
kkeo.ppi.be.i
Coffee Bay

할리스커피
hal.li.seu.kkeo.ppi
Hollys Coffee

커피빈
kkeo.ppi.bin
Coffee Bean

*星巴克又暱稱為「별다방」
*Coffee Bean又暱稱為「콩다방」

三溫暖、汗蒸幕

명동 한증막
myeong.dong-han.jeung.mak
明洞汗蒸幕

[sparex sauna]
스파렉스 사우나
seu.ppa.lek.sseu-sa.u.na
Sparex 三溫暖

[dragon hill spa]
드래곤힐스파
teu.lae.go.nil.seu.ppa
龍山三溫暖

씨랄라 워터파크
ssi.lal.la-wo.tteo.ppa.kkeu
Sea La La Water Park 三溫暖

超市

이마트
i.ma.tteu
E Mart

홈플러스
hom.ppeul.leo.seu
Home Plus

코스트코
kko.seu.tteu.kko
Costco

[lotte mart]
롯데마트
lot.dde.ma.tteu
樂天超市

그랜드 마트
keu.laen.deu.ma.tteu
Grand Mart

麵包店

파리바게뜨
ppa.li.ba.ge.ddeu
Paris Baguette

뚜레쥬르
ddu.le.jyu.leu
Dous Les Jours

크라운베이커리
kkeu.la.un.be.i.kkeo.li
Crown Bakery

파리크라상
ppa.li.kkeu.la.sang
Paris Croissant

신라명과
sil.la.myeong.gwa
新羅銘菓

初學者開口說韓語/DT企劃, 張亞薇著. -- 三版. –
臺北市：笛藤, 2022.07
　　344面；14.8*21公分
ISBN 978-957-710-861-6(平裝)

1.CST: 韓語 2.CST: 讀本

803.28　　111009505

2024年4月1日　三版第三刷　定價390元

著　　　者	DT企劃・張亞薇
插　　　圖	張舜傑・李佳樺
總 編 輯	洪季楨
編　　　輯	葉雯婷
編 輯 協 力	曾晏詩
封 面 設 計	王舒玗
內 頁 設 計	王舒玗
出 版 社	八方出版股份有限公司
編 輯 企 畫	笛藤出版
發 行 人	林建仲
地　　　址	台北市中山區長安東路二段171號3樓3室
電　　　話	(02) 2777-3682
傳　　　真	(02) 2777-3672
總 經 銷	聯合發行股份有限公司
地　　　址	新北市新店區寶橋路235巷6弄6號2樓
電　　　話	(02)2917-8022・(02)2917-8042
製 版 廠	造極彩色印刷製版股份有限公司
地　　　址	新北市中和區中山路二段380巷7號1樓
電　　　話	(02)2240-0333・(02)2248-3904
郵 撥 帳 戶	八方出版股份有限公司
郵 撥 帳 號	19809050